大観覧車

第一章　今宵は眺めのいいレストランで

太陽が一日の仕事を終えて、製鉄工場の巨大な高炉の向こう側へ帰っていった。西の空との境界を刻みつける臨海工場地帯の輪郭線が赤茶焦げて静かに燃えている。焼け残った十本指の煙突から灰色の揺らめきが立ち上がり、夕間暮れの深紅色の濃淡にゆっくりと染められていく。名残惜しむ残照に、たなびく燻《くすぶ》りが時間を稼いでいた。

最後の鳥が飛んだあとに、大気が蒸しねじれる熱帯夜がやってくる。灼熱の太陽が昼日中を費やして上昇させた暑熱気温は、暮色蒼然の霞に包まれてからも簡単に下がることはなかった。都市上空に充満する高気圧の動きは緩慢で、まだらに淀む倦怠は長い夏の疲れの蓄積だろうか。全天に覆い被さっていく黄昏の陰りも、繰り返す日々の終幕に飽きているのか鈍い。

工場地帯から都市中心部へと流れる高速道路の曲線上にブレーキランプの橙色と、ヘッドライトの白色の連なりが動いては止まり、詰まっては進んでいくという伸縮を繰り返している。渋滞する紅白電灯たちにクラクションの苛立ち。やがて現れてくる繁華街の派手な電飾看板は気怠そうに点滅して素知らぬ顔だ。排気口から吹き出す熱風が漂い落ちる気温を再び舞い上げて、茹だる夏の夜を少しでも長引かせようとしていた。

　気象庁は熱中症対策として、野外での激しい運動を避けるようにと注意を呼びかけていたが、建築現場で働く労働者たちの耳にまで届くことはなかった。焼けつく路面に撒かれた打ち水が蒸発すると、吊り上げられた鉄骨を見上げる作業員たちの目に大粒の汗が落ちて滲《にじ》む。

　工事予定表に予想最高気温の警告などなく、緻密な設計図が現場を慌ただしく取り仕切って時計の針を急かしているだけだ。都市の新陳代謝は留まることを知らず、刻々と迫る時間との競争さえも鬩《せめ》ぎ合うことが成長と本能だった。重機の機械音が唸り声をあげて加速していく。誰かが破壊して、違う誰かが創造する。何者かが売却して、別の何者かが購入する。終わらない経済歯車の回転と、増幅しつづける人間欲望の無限。富める者と貧しい者。勝利者と敗北者。身を隠す場所は金で買えるのだろうか。快適な涼しさは財布の中身が決めてくれるのだろうか。

　現代の神話を語る者がいるなら、大都会の夜を煌々と灯す街明かりと、その反射光を映じた仄暗い闇の対比は打って付けの舞台装置となる。かつて夜は暗かった。時代は流れて天と地の構図は反転し、無数の星々は夜空から消え去った。本来なら冥暗であるはずの大地の広がりに、償えない罪を隠してみせたのか、今宵もまた人工の綺羅星が鏤《ちりば》められている。

　煌びやかな夜景の一角に光彩を過剰なほど寄せ集めた場所がある。色取り取りの鮮やかさは、宝石箱を引っ繰り返したかのような燦然たる密集地帯だ。赤色が回転して、黄色が上下する。

緑色が走って、青色が逃げていく。大きく弾ければ、小さく閉じる。弱々しく拗ねれば、突然元気になって戻ってくる。自由気ままな光と色たちは遊びに夢中になる子供の生命力で疲れるということを知らない。歌って、踊って、笑う。メリーゴーランド。空中回転ブランコ。ジェットコースター。照明リズムが音楽と歌を奏でて、光線スピードが行進曲や円舞曲を指揮する。夏の夜の夢に戯れる遊園地は、大型玩具たちを有頂天にさせる華やかな祭典の真っ最中なのだ。

サーチライトの光芒が雲の切れ間に顔をだした満月を狙っている。その投射を噴出する電飾広場の中心地点では、溢れるばかりの光の豊饒を吸収して一本のエネルギーが巨大な丸を垂直に立ち上げていく。物足りない夜空を切り取るようにコンパスでくるりと描いた円環が美しい。主軸から放射線状に開き広がっていく幾つものスポークは三百六十度の円周に向かって大輪の花を咲かせているのだ。これが建国百周年を記念して建てられた大観覧車である。

——ねえ、知っている？　火曜日の夜に、大観覧車のゴンドラがいちばん天辺に上がったところでキスすると、その恋人たちは永遠に結ばれるって。

——違うね。その二人は別れるんだ。恋人たちの最後のデートになる。

——廃業した市営病院の手術室には、死んだ患者の幽霊がでるってよ。肝試しの価値があるぜ。誰か一度挑戦しないか。勇気ある者よ、集え。

——どっちもくだらないな。まったくバカバカしい。信じるなんて子供じみているよ。

——そんなことより、期末試験の出題のおおよそが見当ついたぜ。オレを信じなさい。

——ほんと？　教えて。ワタシは切羽つまっているの。崖っぷちのかわいそうな女にお恵みを。

——そっちの方が信じられない。マユツバですな。ほら吹き男爵の戯れ言ですな。

——ちょっと違うな。ボクの聞いた話では、水曜日の夜ってことになっていたけど。

——マユツバって。その言い方。オマエはおっさんか、爺さんか。ひねた高校生だな。

——なになに？　数学。科学。歴史？　まさか文学でしょうか？

——そもそも幸福の定義とはなにか。人によって感じ方が違うだろ。千差万別、十人十色。

——あら、ワタシのお母さんが言うには、月曜の夕方。月曜日に、日が沈んで暗くなったころ、観覧車のゴンドラでキスすると、二人は幸福な結婚ができるって。昔からの都市伝説。

——月曜日の市営病院では、金のないカップルがホテル代わりにやってくるってさ。

——幽霊とセックスするのかよ。

——おい、おい、もうやめてくれ。勘弁しろよ。オマエらの頭の悪さには辟易するぜ。腐った脳みそには虫がわいているんじゃないか。

——それは絶対に違うな。そんなことはありえない。科学的に立証できない。キミたちは常識というものを知らないのか。

――どうして言い切れるのよ。超自然現象は科学的に証明されつつあるし、大学でも研究されている。これから発展する学問分野ですよ。

――はい。正解です。アナタは正しい。

――絶対にありえない。幸福な結婚なんて、この世にはないのだ。観覧車でキスするくらいで易々と手に入るものか。そもそも、月曜日は休園日だよ。

――人知を超えたものが、この世にはある。たとえば生まれ変わりだ。

――輪廻転生なんて信じないね。人間は死んだら終わり。もちろん幽霊なんていない。

――えっ、幸福な結婚ってないの？

――結婚生活は墓場だって、酔っぱらったときの親父の口癖だ。

――結婚は超常現象だって。家出から帰ってきた伯母さんが言い放った第一声。

――オレは結婚して、絶対に幸せになる。

――この会話。たしか前に夢でみたことがあるよ。それとも既視感ってやつか。

――いいか。もういい年齢なのだから、幽霊とか都市伝説とか、試験のヤマカンとかは止めろ。ちゃんとしようぜ。真っ当に生きよう。禁酒、禁煙、禁性交。

――まるで修道士。天国にいちばん近い少年。水清ければ魚棲まず。

――まったく、いらつく。男子って、やたらに女の子を教えたがる。上から目線で言うな。

――やりなさい。やりなさい。心のままに、気にせずに、思いっ切りやりなさい。
――試験の話はいいでしょ
――月曜日だっけ？　木曜日じゃなかったか。
――結婚もいいだろ。
――もう、コイツらとはつき合いきれない。勝手にしやがれ。
――類は友を呼ぶ、って。
――幽霊は、墓場だろ。病院なんかじゃない。まして遊園地なものか。
――月曜日が、休園日ですよ。
――はやく帰ろうぜ。遊んでいる暇はないのだ。やっぱり、自分の力しか頼れない。
――木曜日じゃなかった？
――一度だけ幽霊とやりたい。どんな感じだろう。
――オマエも死ねば、できるよ。
――天国で？　それとも地獄で？
――月曜日。
――金曜日？
――何曜日だっていいだろ。

大観覧車が遠くに見える。

　ガラスの厚みに現代の最先端の工業技術が結集している。防音と断熱が施された巨大な一枚ガラスは、外部からの騒音を完全に遮断し、堅固な構えで気候の変化にも盤石であった。都会の喧噪が放つ無数の騒々しい不協和音を断ち切って遠ざけて、猛暑の夏が襲おうとも、酷寒の冬が迫ろうとも、建物内部で寛ぐ人に安全地帯を保証してくれる防護壁の役割を担っている。隔てられた外側と内側では別世界なのだ。

　煩《わずら》わしい環境変動から自由になった場所ならば、レストランの格式もまた特別なものになる。展望ガラスの長大な窓枠は緩やかな弧を描き、曲線に寄り添う客席の配列は、高級寝台列車の一等食堂車を連想させた。その眺望は晴れ渡った天気のいい昼間なら、文明繁栄の象徴である高層ビル群に反射する日光を、日没からだと茜空から煌びやかな街明かりになるまで、夜景が刻々と移り変わる様を、地球自転の動きと一緒に体感させてくれる。新鋭気鋭の現代デザインと郷愁を誘う古典的装飾がほどよく調和された非日常空間の演出。店名の『銀河横断鉄道』は設計者の着想によるものだが、旅情に思いを馳せる客人たちは、浮遊する鳥瞰感覚によって日々の疲れが軽くなり、下界の雑事など遠い故郷の出来事として忘れさせてくれるのだ。

　店内に入っていくと、穏やかな笑顔の給仕長が出迎えてくれる。気さくな挨拶を交わしながら案内する優雅な身のこなしと、洗練された応対から受ける第一印象に、初来店の客たちは月並みなレストランとの格段の違いを感じ入るだろう。テーブルと椅子の重厚感。その席で談笑する顧客たちの雅やかな風貌。成功者の意気揚々に、上流階級の泰然自若。羽振りのいい財界人の密談や、話題の著名人たち、時代の寵児の顔も見える。優しいウエイターの接客態度は、久しぶりに会う知人への心遣いに似ている。不慣れな客たちが柔らかい絨毯《じゅうたん》へ踏み込む感触は、上質の羊毛素材の弾力だけではない。さり気なく置かれた旅行鞄や、壁に飾られた記念写真の遊び心に、緊張を和らげようとする心配りが嬉しい。肩肘張らないほどよい高級感もまたこの店の魅力を深めているひとつだ。

予約席まで案内され、座り心地のいい椅子にゆっくりと腰掛ければ、包み込まれる安堵感に喜びの溜め息がでる。落ち着いた照明の下でほんのりと輝く純白のテーブルクロス。その清潔さが透き通るほどの磁器皿。銀色の光沢に磨かれたフォークとナイフに、眺望ガラスを映し込む滑らかなスプーン。整然と並ぶ食前の準備を目の当たりにするだけで主菜皿《メインディッシュ》への期待値は高まり、店への信頼は確かなものとなる。観葉植物の若葉と蕾が開きはじめた花々が香しい。水瓶に生けられた季節の水草の色彩が乾いた目の保養をしてくれる。控えめに流れる弦楽四重奏の調べが途切れた会話の余韻を引き延ばしていく。充足する幸福の予感。一口の酒も飲まずに酔わせてしまう雰囲気づくりに、当代随一の名店の実力を早々と思い知るのだ。

料理を運ぶウエイターとウエイトレスが擦れ違うが、しなやかな体の捻りで接触をかわして軽く会釈した。相手の動きにあわせて腰を退き、一歩踏み出した靴がくるりと踵《きびす》を返せば、見つめる視線は逸らさないまま背を向ける。手に持つ皿は水平に保たれて、満々と湛えるグラスからは一滴も零れない。優美な旋律に同調して気品のある動作が冴える。笑顔の合図と、洗練された給仕。その姿に働く者の気忙しさなど微塵もなく、さながら舞踏会で踊る男女の戯れを彷彿させるのだ。

彩り細やかな料理の盛り付けは細密な現代美術品のようで、誰もが造形を崩してしまうことに一瞬の躊躇《ためら》いを覚える。もはや一皿一皿の感覚は至高の領域に達していて、客人たちは料理人が創り出す世界にただ感服するばかりだ。手厳しい料理評論家たちが口を揃えて言う。近代の料理史はここに極められたと。『銀河横断鉄道』こそがレストランの究極であると。古《いにしえ》の贅を尽くした宮廷料理の美意識を組み合わせ、現代の外食産業向けに再構築し、最新の栄養学を持って無駄を削ぎ落とした。国籍や民族の枠を飛び越えて人類共通の美味を追求しようとする。舌の肥えた美食家たちに最後の微笑を与えられる場所がここにある。絶対に期待を裏切らない信頼関係が約束されている。その味に。その雰囲気に。そのサービスに。非日常的で普段とは違った贅沢に。人生の特別な日の食事に。大切な家族や友人、そして恋人と。

事務所では、受付の電話が絶え間なく鳴り響いている。対応に追われる係の者が申し訳なさそうに断りの言葉を選んでいる。予約帳の欄は、一年先まで埋まっているのだ。

ハナナ・ベンガラがゆっくりと掬った茄子と南瓜の冷製スープを口に含むと、満足そうに頬を緩ませた。スプーンを手のなかでくるりと回し、真っ直ぐに立ててみせる。銀色の湾曲に映り込むジャオ・アロイアが笑っている。

「完璧だな。こんなに濃厚なナスとカボチャのスープははじめて。この前のときよりも、さらに美味しくなったみたい。どこまでも上がっていく。冷たくて、きりっとして、気持ちが冴えわたる。ふたつの野菜が砕き氷とほどよく溶けあって、肌の下まで染みこんでくる。暑さなんて、吹っ飛ぶね」

ハナナは唇の滴を舌先でぺろりと嘗め、満悦の顔を綻ばせる。寛いだ表情に仕事終わりの疲れはなく、恋人と会えた喜びに声が飛び跳ねている。薄化粧に映える口紅がにっこりと持ちあがると、端麗な顔立ちが愛嬌のある親しみやすいものになった。少女の面影を残す加齢しない柔らかい部分は、彼女の日頃からの摂生による賜物だ。栄養バランスと食事制限に適度な運動。健康と体重維持は必須条件。形の綺麗な唇が言った。

「たかがナス。されどカボチャ。絶妙のコンビです。ずんぐりむっくりだからといって、軽く見てはいけません。夏リンゴのサラダの次でも……」

口のなかに染み入る氷の冷たさに、眉を顰《ひそ》めたハナナ。痛み走りの冷感と心地よい刺激。

「……キーンと冷たいのが頭にきた」

堪える顔に白い歯が漏れている。額の真ん中を指先でコンコンと突けば一瞬の極寒の痛みは過ぎ去り、満面の笑みが広がった。

「死ぬかと思った」

「ハハハッ。アイスクリームを大口でやると、脳天を突き抜けるあの感じね」

ジャオはハナナの慌ただしい面相を、楽しそうに眺めている。その美貌と相異なる気構えのない仕草がジャオの好むところだ。洗練された知性に、憎めない粗野が隠されている。ジャオはハナナを見つめながらスプーンをゆっくりと持ち上げて口をつける。静かに啜る口元に上流階級の作法がある。無精髭を生やして、髪の毛を無造作に乱し、無頼派作家を気取ってみても、育ちの良さは然り気ない仕草にそこはかとなく表れるのだ。

「うん、きりりと冷たい」

「北極圏から直送してきたみたいでしょ」

「みたい、じゃなくて、本当に持ってきているんだよ」

「この砕いた氷、北極産？　本物？」

「本物。氷原大陸、極洋の流氷」

「どうりで、シロクマの臭いがすると思った」

ハナナのとぼけた冗談に苦笑するジャオ。

「こういう冷たいのが喉を過ぎると思いだすよ。子どものころ、夏場になると執事の爺さんが遊びがてらに、かき氷をよく作ってくれたな。蜂蜜酒をかけて食べるんだ。中庭の涼しい木陰や馬小屋なんかに隠れてこっそりとね。親父とお袋が、食生活と健康にうるさい人たちだったから——健全な精神は、健全な肉体に宿る——だよ。氷菓子に蜂蜜酒なんて、あまり勧められたものではなかった。体を冷やすからね。とくに、お袋が神経質だったから……」

「お母様が神経質なんて話、はじめて聞いた。ジャオのお母さんってどんな人?」

ジャオは一瞬考えて遠くを見たが、さらりとハナナの質問を躱《かわ》して話をつづける。

「だけど、隠れて食べるって美味しいよね。蜂蜜酒だよ。子供にはたまらないよ。執事の爺さんは、そのへんのことはよく分かっていて、ぼくと妹と爺さんの三人だけの秘密にしてくれた。もう三十年も前の記憶だけど、昨日のことのように覚えている」

少年時代の逸話を話しながら思い出し笑いするジャオ。少し恨めしそうな目のハナナ。

「かき氷に蜂蜜酒なんて、お洒落《しゃれ》ね」

「チョコレートなんかよりも、蜂蜜酒のほうが断然いいよ」

「わたしの家は、もう少し小さかったから。そんな洒落た話はないな」

「不思議なのは、氷菓子や冷製スープを食べると、あの夏の馬小屋の臭いが甦ってくるんだ。ぷうぅんとね、馬糞の香水がどこからともなく漂ってくる」

ハナナの口に咥えたスプーンがぴたりと止まる。

「ジャオ。それは味覚と記憶の問題ね。これは切っても切り離せない宿命のようなものだな。顧客と打ち合わせを終えて夕暮れの街角を歩いていると、アパートメントの二階や民家の窓から夕飯の支度をする香りが漂ってくる。あっ、魚を焼いているな。あっ、煮込み鍋だなって。一瞬の嗅ぎ取りだけど、その料理の映像と、その料理から思い起こされる子供のころの風景が脳裏をぱあっとよぎるの。もう、こういう直感的なものからは誰も逃げられない。嗅覚から記憶が引き出され、記憶のなかに味覚がある。体の奥底にある細胞が覚えている。どんなに身なりを着飾っても、お里が知れる」

ちょっと自虐的に笑うハナナ。スプーンをもう一度、手のなかでくるりと回し、スープを静かにそっと掬う。ジャオもたっぷりと零れそうなほどスープを掬い、大きく口を開けて含んだ。噛みしめるように飲み干してから、面倒臭そうに話しだす。

「メインヴィヨンド・ザルスイが召し使い付きの屋敷に住むようになったころ、どうしても料理人の作る食事に満足できなかった。口うるさいザルスイはある日、料理長を呼び出して注文をつけた――もっと美味しくならないのか。極上のものを提供しろと言ったはずだ。こんなにぼやけた味では食べた気分にならない。辛いのなら、はっきりと辛く。甘いのなら、明らかに甘く。塩胡椒をちゃんと振れ。明確な味付けをしろ。物語が見えない。なんだかよく分からないものではダメだ――怒鳴り散らされた料理長は、次の食卓にいつもと違う味付けの料理を出した。喜んだザルスイは言う――やればできるじゃないか。なぜ、はじめからそうしない――料理長は答える――以前のものは宮廷料理の最高級レシピによる品で、いま、旦那様がお召し上がっているものは、下町の定食屋の味付けです――」

ハナナのスプーンが皿底を小突いて掬い上がってくる。上目遣いの瞳がジャオを見た。

「その話、どこかで聞いたことがある。ザルスイって下町の労働者階級育ちで、自らの生い立ちにたいして劣等感がすごく強かった。ベストセラーの連発で成功を手にしたあとでも、上流階級に溶け込もうと服装のセンスや立ち振る舞い、言葉づかいなどを徹底的に改善していった。紳士として扱われることを望み、もし少しでも足元を見るような相手がいると、完全に無視を決めこんで挨拶もしなかったって」

「代々とつづく靴職人の息子だから。人から見下されることに嫌気がさしていたんだろ。劣等感の塊さ。靴職人といっても、貴族ご用達のような足形から一足ずつ仕立てる高級靴じゃなくて、半年や一年で簡単に履きつぶすような既製品のやつ。靴が人間の足に合わせるのではなく、足が出来合いの靴に形を変えるタイプのもの。裸足で歩くよりはいいだろうって安物さ」

「靴を見れば、その人間の経済状況が分かりますね。まあ、大作家は自分の足の形は注文できても、味覚の洗練までは及ばなかったのね。三つ児の魂百まで」

そう言ったハナナの口元がちょっと歪む。なにか禁句を言葉にしたように。

「成り上がり者だから、ザルスイは」

「ジャオ。なんだか言葉に刺がありますね。嫌いなの？　メインヴィヨンド・ザルスイ。彼の本なら、誰でも一度は手にする。ただ、最後まで読むかどうかは別として」

ジャオの歯先がスプーンに当たる。寄せる眉の嫌悪感。

「どうも相性がよくない。肌に合わない」

「教科書に載っている。図書館にもほぼすべて揃っているんじゃない？　現代文学の作家先生たちは難しく考えすぎよ。近代文学史はメインヴィヨンド・ザルスイ、この人から始まった。これ、世間の定説ですね。はい」

首を横に振って否定するジャオ。

「だいたいヤツは、表現に比喩を多用しすぎる。文章が装飾過剰だよ。読んでいると胃がもたれてくる。甘ったるい砂糖菓子や、脂っこい料理を食べたときみたいに胸がむかむかとする。

――真夜中の湖面に玲瓏《れいろう》と映る月明かりのような瞳――だとか、――剣を杖にして立ち上がる不屈の王者のごとく――とか。回りくどいし大げさなんだよ。ひと昔前の作家だ。時代遅れ。

賞味期限はとっくに過ぎている。現代の手厳しい書評家なら、絶対に推さない」

「好きだけどな『帰郷する男の重い鞄』。十年ぐらい前。学生時代に読んで感動したよ。当時はまだ文学少女だったのです」

「本当に？」

「友だちに本を貸したら、それっきりで戻ってこない。彼女とは卒業してから音信不通。もう一度読んでもいいかな、と思っている。まあ、また買えばいいことなんだけれど」

「信じられないな。あんなの、美文で固めた二流のメロドラマだよ。男と女が出会って別れて、思い出がどうのこうの、感傷に耽って終わり。辛気臭くって、どうしようもない」

笑ったハナナはスプーンの匙先をジャオに向けて、

「それがいいんじゃない。男と女が出会って別れてどうのこうの、ってのが。誰もが経験する普遍的なテーマでしょ。老若男女が共感する。これほど奥が深く、考えさせられるものは他にない。全世界人類共通の最大公約数ね。恋愛は文学の基本定理なり」

ジャオの眼差しが一瞬の険しさに細くなり、小さな咳払いをひとつ鳴らした。

「それはどうだろう。その意見には素直に賛成できないな。小説家の端くれとしては、異議を唱えたいところだ」

ハナナは背筋を伸ばし、俯き加減のジャオを真っ直ぐに見すえる。

「恋愛は嫌い？　わたしのことはどう？」

「好きだよ」

「だけど恋愛小説は、ダメなんだ」

首を傾けて考える姿勢をとるジャオ。止まったスプーンが下がっていく。

「どんなものだって読むさ。大衆文学だからといってバカにはしていない。色恋ものから推理、時代もの、伝記に古典から前衛まで。仕事だからね。読書は不可欠だよ。ただ本を読むとき、いつも気をつけていることがある。それはジャンルがどうであれ、その作品に熱量が込められているかどうかだ。作者がどれだけ力を込めて書いたかということだよ。ある程度のキャリアを積むと、小説なんて惰性で書けてしまえるものなんだ。場数を踏んだ執筆技術によって物語は安易に完成する。書店の店先に並ぶベストセラーのなかには、そういう心のない本があるね。全部が全部とは言わないけど、酷いものが時々、現れてくる。ザルスイの晩年はまさにそうだった。手慣れた筆力と知識で、読者の趣向に媚びへつらい、万人受けする見た目が重厚なだけの文学作品を乱発していた。『重い鞄』なんて、その典型的な代物だよ。名作とは言いがたい」

冷静を装いながらも一徹な持論を説くジャオ。静かな声の裏側に、熱い反骨が息づいている。気圧されてスプーンを咥えたままの顔で止まってしまうハナナ。恋人が見せる気概に愛らしさと可笑しさを感じ入り、優しく微笑んだ。南瓜の欠片を呑み込んでから言う。

「ジャオ・アロイアにかかれば、文豪メインヴィヨンド・ザルスイも形なしね」

「本当のことを言っているまでさ。つまらないものは、つまらない。本物を見極める目を持たないと。名前なんかに騙されてはだめだ」

ハナナは、ジャオの口振りと顰《しか》めっ面をわざとらしく真似してみる。胸を張って、肩を角立てて、男のような低い声を籠もらせる。

「名前なんかにダマされては、ダメだ」

ハナナの口真似を受け流し、主張を突き進めていくジャオ。

「世間の評価なんかよりも、自分の感覚を信じなければ。自分の目で見て、自分の耳で聞いて、自分の頭で考える」

「ジブンの、アタマで、考える」

悪ふざけを続けるハナナに、ジャオは大きく目を見開いて無言の忠告を発する。（なにやっているんだ？）洒脱と野暮の一線は難しいところ。（どうしました？）悪びれるハナナは照れ隠しに肩を少し竦めてみせた。大人の顔に少女の無邪気さが表れては消えた。

「考えている？　言いたいことがあるなら、遠慮せずにどうぞ」

「考えていますよ」

「なにを考えているんだよ」

ハナナは舌先に残る慣れない微かな調味料の成分に疑問を投げかける。

「このスープのこと。甘さのなかに苦みがある。いままでとは違ったなにかが入っているの。なんだろう、この尖った感じ。えも言われぬこの刺激」

ハナナの突然の話の切り替わりに呆れるジャオ。大きく深呼吸をして一旦目を閉じた。弦楽四重奏の嫋《たお》やかな調べが聞こえてくる。バイオリンが波のように寄せては返す。再び目を開き、ハナナに調子をあわせてスプーンを嘗めてみる。研ぎ澄まされる舌の感覚が視線を泳がした。

「そういえば、確かに苦い」

「でしょう。苦いのよ。なんだろう、この味。さっきから考えているんだけど、分からない」

二人同時に皿を覗き込む。残り少ないスープを食い入るように見るジャオとハナナ。何かを感づいたのか、ゆっくりと顔を上げるハナナ。

「唐辛子?」

「香りが違う。唐辛子じゃない。黒胡椒でもない」

「サフラン。シナモン。ナツメグ」

「遠からず近からず。それは違うと思う」

「玉葱か生姜が微妙に入っている?」

「入ってない。そういうのではなく、もっと爽やかな感じ。香草のようなもの」

「パセリ。セージ。ローズマリーにタイム」

ジャオの顔が緩んで、穏やかに顔を振る。ハナナのスプーンは皿底を擦って、最後の一掬いを口に運んでくる。

「なんだろう。ケシの実?」

「まさか」

ハナナの喉元を滑り落ちていく南瓜と茄子の冷たさが、確かな手応えのある一つの答えに辿り着く。枝葉と木漏れ日の向こうに、風に揺れる緑色の小さな実。

「山椒《サンショウ》だ」

「サンショウ。なにそれ?」

「ジャオは、山椒を知らないの?」

「どこかで聞いたことがあるような、ないような」

「へぇ、山椒、知らないんだ」

無知を指摘されたジャオは一瞬まごつき怯《ひる》んだが、舌の上の感覚を分析している集中力に逃げ込んで意地を突き通す。啜るスープの動きが速くなる。

「知らないよ、そんなもの」

俯いたジャオの顔に、ハナナの声が被さる。

「古くは東大陸の民族料理のものらしいけど、そうね、近ごろのレストランでも扱うところがあるみたい。焼き魚とか、蒸し肉なんかにかけると美味しいよ。十四区あたり、片目漁師通りの小洒落《こじゃれ》た青果店で売っている。品揃え豊富な市場でも置いていたかな」

「知らないね。ぼくは片目漁師通りなんて滅多に行かない。最新の流行を追いかけることには興味がないからね。これはサンショウじゃない。きっと違うよ。マスタードの一種じゃないか」

「山椒よ。間違いない。舌先の残るぴりっとした感じ、鼻に抜ける妖しい香り。冷製スープにも合うはずだし、隠し味に使う趣向も悪くない」

ハナナの力説を避けるように視線を逸らすジャオ。空《から》になった皿にスプーンを無造作に投げると、磁器を鳴らす長音がチャリーンと周囲に弾け飛んだ。ジャオの背後の席の男性客が耳を立て、気掛かりそうに首をねじって振り向いた。白髪に白髭の横顔。ハナナは男性が後頭部を向けるまで待ってから、しっかりとした口調で話していく。

「これは山椒です。この味。この刺激。間違いない。某雑貨屋の店舗改装のとき、そこの主人が仕事終わりに食事をご馳走してくれた。東大陸帰りの男性で、肉料理になにか振りかけているから、それはなんですか、と訊いたら、山椒だって言う。一口食べたら気に入った。あのときのあの感じと同じ。東方は無限大陸の味。思い出したよ。これ、山椒の味です」

主張を曲げないハナナを一瞥するジャオ。何が可笑しいのか、にやりと笑って顔を向けてくる。ジャオのちょっと挑むような拗ねたような目つき。ハナナの首が左右に揺れて戻り、含み笑いで愛嬌をつくる。

「そうそう、『帰郷する男の重い鞄』にも登場してくる。主人公が避暑地のホテルに滞在する場面があるでしょ。男が食堂で新聞を読んでいると、隣の老婦人がバタートーストになにか妙なものをつけて食べている。あれが山椒よ。男は新聞からちらりと盗み見するけど、よく分からない。異国の食習慣に、自分が祖国から遠く離れたところにいるんだと実感する。とてもいい心理描写だと思う。覚えてる？」

「そんな場面、あったかな？」

「あった、あった。海岸が見える崖の上のホテル。窓から吹き込む潮風の香り。壊れた蓄音機。記憶喪失の伯爵夫人。バタートーストと山椒。物語の終わりの方にでてくる」

「知らないな」

ハナナはジャオのぶっきらぼうな受け答えを突くように、上目遣いの鋭い視線をつくる。

「本当に読んだの？」

感情を押し殺して、小さく答えるジャオ。

「読んだよ」

「どこがよかった？」

「だから、嫌いだって」

「遠浅の砂浜での回想は？　映画化された時に、絶賛された場面ですよ」

「映画？」

「二度映画化されている。新しいやつじゃなくて、戦後間もなく作られた方」

目を閉じるジャオ。弦楽四重奏曲。店内のざわめき。その向こう側から聞こえてくる潮騒。波が打ち寄せては返す轟《とどろ》き。海鳥が鳴き、風が海水浴場のテント屋根を震わす。どこかで蓄音機が歌劇を歌っている。水着姿の子供たち。夏服の女たち。シャツの袖を捲った男。男は煙草に火を点けて、気持ちよさそうに煙を吐く。沖合に一隻の帆船が停泊している。男の煙は海風に攫《さら》われて、天高く舞い上がる。夏の青空に、聳え立つ入道雲。目を開けるジャオ。

「あそこは悪くない」

「思い出した？」

「長い一人語りが印象的だった。丁寧に描かれている。でも、今となっては意識の流れなんて、もう古臭い。まるで骨董品。情緒を過剰に美化しすぎている」

「いいものに古いとか、新しいとかあるの？」

食い下がるハナナ。肘をテーブルにつき、空皿の上で指を組んでジャオを窺《うかが》う。雑談を楽しんでいる目が生き生きとしている。

「新進気鋭のインテリアデザイナーの発言とは思えないお言葉ですな」

ジャオもハナナと同じようにテーブルに肘をつく。向き合う顔と顔。

「まだ独立はしていない。わたしは、しがない月給取りです。上司の命令に従っているだけですよ。その上司の口癖が、──故きを温ねて新しきを知る──」

「温故知新か。また、東方は無限大陸からの入れ知恵かい」

「わたしは、まだまだ修行の身ですから」

「ご謙遜を。年間最優秀新人賞をとって、時代の変化に目端《めはし》が利かないわけがない」

ジャオの言葉は真っ直ぐに届く。不意に褒められて、ちょっと照れるハナナ。

「あれは、業界の宣伝大会だから。事務所の力関係や、根回し、個人的な感情が影響するもの。スポーツのように公明正大とはいかない。業界の人間なら、誰だって知っている」

「だけど、才能のない者には、さすがにトロフィーはあげないよ。やはり、ハナナ・ベンガラには、その他大勢とは違う可能性と幸運があるんだよ」

「ありがとう、ジャオ」

ハナナを褒めちぎるジャオ。賞賛は誰にとっても甘美であり、自尊心を擽る力をもっている。社交辞令でなく恋人からの率直な意見ならば、酔い痴れさせる言葉となる。相手を優しく愛撫して、眩惑させると人は身動きができなくなる。主導権を握ろうとする手腕は巧みだ。

「はじめて会ったときのことを、いまでもはっきりと覚えている。きみは大勢の人混みのなかでもキラリと光っていた」

「退屈な建碑式。みんな、木枯らし吹く冬の空の下で、凍えて震えていた」

「別格だよ。ものが違う。ひと目で分かった」

言葉が繊細な指を持ち、声が肌の感触を試していく。

「あの石碑の原案。本当は、わたしが描いたんだ。世間には内緒だけど」

「だと、思った」

「ばれてましたか」

記憶のなかの指使い。刹那の回想。あの夜。床に転がる靴。脱ぎ捨てられるシャツとズボン。タイル壁に押しつけられる女の背中。耳元に息を吹きかけられ、甘い声が首筋を降りていく。

「いい女の定義を言おうか」

「教えてくださいな」

ハナナの顔は指を組んだ手の甲の上にゆっくりと沈んでいく。陶酔した表情なのか、それを演じている女の顔なのか。蕩ける瞼に、潤んだ瞳。

「かつて文学少女で、やがてインテリアデザイナーになり、そして小説家に恋すること」

ハナナの艶めく眼差しに惹きつけられて、ジャオの企んだ面構えが近づいてくる。

「若さを謳歌し、官能に正直であり、そんな過剰な自分をどうしようもなく持て余している」

開け放たれた冷蔵庫の扉。零れ落ちていく牛乳の白色の滴り。散らばり潰れる果実の色彩。髪の毛を掻き上げる指の動きと、温かい肌を摩る鼻先の遊び。貪る口が快楽を叫んで、飢えた歯が良識を噛み砕く。腕力に逆らえない両足に、弾き飛ばされたガラスのコップ。書きかけの原稿用紙の文字に、冷たい氷水の飛沫が濡らす。窓の外から聞こえる旧市街の喧噪。子供たちのはしゃぐ声で、ハナナの理性が目を覚ました。思考が姿勢を正す。咳払いひとつ。

「ジャオ。顔が近いよ。ここをどこだと思っているの」

「『銀河横断鉄道』の窓際席だ」

「分かっているのなら、よろしい。もとの位置まで戻って」

「ちょっとくらいなら」

ハナナは正確に首を左右に振って制止する。ジャオは憎らし気な表情で哀れみを乞う。

「つれないね」

「決まっているでしょ」

ハナナに窘《たしな》められて、素直に退いたジャオは、椅子の背もたれにゆったりと上半身をあずけ、含み笑いの口を歪める。大きく胸を張り、腕を悠然と広げて、頭の後で両指を組み合わせると、顎を突き出してみせた。威張る上官のポーズ。部下の真意に探りを入れている目。その圧力を避けるようにハナナは頬杖をついて、少し首を傾けて随順な可愛らしさをみせる。遠い嬌声。享楽の戯れ。このあざとい状況にほくそ笑む女の唇。鼻先を上げる男の自惚れ。頬をついた手を右から左へと置きかえてハナナは言う。

「先週の連休日、受賞祝いを兼ねて、ソーファーブル海岸まで遊びに行ってきたよ」

「うん？」

「月長石諸島の、ソーファーブル海岸」

上官の目に一瞬のたじろぐ揺らぎがある。

「賞金しこたま脇に抱えて、友だちと一緒に飛行機に飛び乗った。南半球はこっち側とは季節が真逆だから冬なんだけど、緯度が赤道に近いので、気候と水温はちょうどいい感じ。うん」

「ソーファーブルって、一般市民は上陸できるのか？　昔は高級避暑地の印象があったけど。なにしろ、かつては王族のプライベートビーチだったから。敷居が高いというか、海域が深いというか。選ばれし者の土地。〈神々の渚〉。ぼくらでも、ちょっと引け目を感じる」

「全然問題ない。時代は変わったのよ。そんなの前時代的な先入観です。鉄条網で囲われているわけじゃないし、誰だって入れる。王侯貴族のプライベートビーチなんて過去の話。いまは、観光客が落としていく外貨獲得目当ての観光ビジネスで、小国の経済が回っている」

「世界中、どこもかしこもだ」

「世界中、似たり寄ったりね」

後頭部で組んだ両手をおもむろに下ろすジャオ。

「楽しかったよ。久しぶりに羽を伸ばして、満喫した」

「ソーファーブル海岸か。行ったことないな。やっぱり、世に聞こえた純白の砂浜は絶景？」

「最高ね」

「泳いだ？」

「もちろん。潜ったよ。スキューバダイビング。お魚さんと戯れた。イルカくんと友だちになった。珊瑚礁が本当に素晴らしい。海水の透明度は想像を超えていた。海面を見上げると、太陽の光が乱反射している。ピカピカでキラキラ。泳ぐというより、空を飛んでいるみたい」

愉快に話すハナナ。同調するジャオは頭を揺らして楽しさのリズムをとってみせる。

「食べた？」

「牡蠣《かき》をいっぱい。貝殻でお城を建てられるくらい。品切れにしてやったよ。在庫一斉整理ね。店員が泣いていた。もう思い残すことはない。いつ死んでもいい」

ジャオが仰け反って大笑いする。大袈裟な高笑いが弾け飛んで店内に反響した。ジャオの後の席の男性が振り向く。その横顔には不快感が表れている。訝しがる年配者の眼差し。整った白髭に長い白髪。派手な柄の襟シャツは芸術関係かマスメディアの雰囲気。何か言いたげだが、

呆れた顔を残して戻っていく。揺れる後頭部に嘲りがある。気づかないジャオは笑い続けて、

「ハナナいいね。おもしろい」

「子どもだなと思って、バカにしているのでしょ。単純だなって」

「そんなことないよ。ハナナの楽しそうな話しぶりを聞いていると、こっちまで幸せになる」

「楽しめるときに、楽しまなきゃ。時間は貯金できない。人生は待ってくれない」

「美人が言うと、説得力があるね」

「今度は一緒に行こうよ。二人並んで、アシカのように海に飛び込もうぜ」

「飛び込もうぜ」

言葉の一致に声を合わせて笑うハナナとジャオ。

「ワッハハハ」

「アッハハハ」

「残念。もう空っぽ」

「美味しかったね。ナスとカボチャのスープ。夏バテした体に元気をくれた。よし、そのうち自分で作ってみよう」

「ハナナ、料理するの?」

「あのね、わたしだって女です。料理くらいできますよ」

ジャオの何気ない問いかけにハナナは敏感に反応する。譲れない自尊心がきらりと光った。読み違えたジャオの言い訳は素早い。

「違う、違う。そういうことじゃなくて。毎日毎晩、夜遅くまで働きづめで、よく料理なんてする時間があるな、と思ったわけ」

「時間なんてつくるもの。時間がない、時間がない、って言ってたら、いつまでたってもなんにもできやしない。絞って絞って、歯磨き粉のチューブを捻り出すように、ギュッとね、やらないと」

「人生は、待ってくれない」

ジャオは人差し指を時計の秒針に見立てて動かしていく。真摯な話し声になるハナナ。

「人生は待ってくれない。わたしのお祖母《ばあ》ちゃんが言っていた――ハナナ、いいかい。時間は貯金できない。人生は待ってくれない。時の流れは想像している以上に速い。いまやりたいと思うことを、すぐに始めなさい。いつかやろう、いつかやろうと呑気にかまえていると、人生なんて瞬く間に過ぎてしまうよ――わたしが旅行したり、料理したり、スケジュール帳の隙間をぬって走り回っているのも、お祖母ちゃんの影響が大きいかもしれない」

ハナナの真面目な口振りは軽く冗談を挟む余地を与えない本音の重みがある。空気を察したジャオは、人差し指の秒針をこっそりと引っ込めてしまう。

「おばあちゃん、いいこと言うね」

「お祖母ちゃん、料理が得意ね。大抵の料理なら、自分で作ってしまう。レストランで食べるでしょ。その場で素材から調理法まで言い当ててしまう。家に帰って、キッチンへ直行すると、はい、できあがり。信じられない。神がかり。尊敬するな。あんなこと、わたしには絶対無理ですね」

「それは、ちょっとすごいな。おばあちゃん、味覚が人並み外れて鋭いんだ」

「わたしたちに色々なものを作ってくれた。海鮮料理、肉料理に、知らない山菜に野菜炒め。豆を煮込んだものから、無国籍風の麺料理まで。中途半端な料理研究家なんて、足元にも及ばない。はい、そこのあなた、顔を洗って、出直してきなさいって感じよ。あと、それからね、お菓子。そしてケーキ。楽しかったなあ。一緒に作ったんだ。みんなでわいわいと喋りながら焼いたよ。お祖母ちゃんと、お母さんと、わたしの女三世代。三人肩を並べて、小麦粉を混ぜ合わせて、パン生地を捏ねた。お父さんの悪口を言いながらね——あんの野郎って——ギュッギュッと力いっぱい、憎しみを込めてね。まな板に思いっ切り、ドンッと叩きつけてね」

　朗らかに笑い合うハナナとジャオ。ここでウエイターが空き皿を下げにやってくる。二人の視線は皿を片付けるウエイターの腕に阻まれるが、右に首を傾げ、左に目を移しながら会話を途切れさせないで繋いでいく。

「パンが本当に美味しかったなあ。オーブンじゃなくて、石窯で焼いたのよ。焼き色は素朴な黄金色でね、外はカリッと、内側はしっとりとしてね。香ばしい皮の切れ目は木の葉型。焼きたてを頬張ると、もう口のなかは幸せいっぱい。分かる？　この感じ」

ハナナはそのパンが空中にふわりと浮かんでいるかのように宙を見上げると、温かい溜め息をひとつ吐いた。ウエイターが一礼して去っていく。

「パン生地を酵母菌で発酵させるのって難しいのだろ。そこには職人の力量が出るって」

「天候と気温にあわせて水加減を調整するみたいだけど、全部、お祖母ちゃん任せ。わたしはよく分からない。ただ食べるだけの食いしん坊。ダメな孫です」

「気泡の数が、パンの善し悪しを決めるって」

「へえぇ、そうなの？　そのへんのことはよく分からないけど、とにかく美味しいパンだった。できれば毎朝、あんなパンを食べてから仕事へ行きたいな。いいものを体に吸収すると、少々の困難にでも立ち向かえる気がする。勇気凛々。雨の日も風の日も恐くない」

「ある作家が言っていた――食べ物のことを考えないヤツは、頭のことも考えない――」

「誰？　ザルスイ？」

「まさか」

二人の笑い声が微妙に擦れ違う。皮肉な男の笑い声は重く垂れてテーブルの上を転がって、陽気な女の笑い声は浮き上がって天井へ舞う。余韻は消えてなくなり会話は次の言葉を待つが、二人の口は間合いをとって互いに譲りあう。ジャオの遠慮に、ハナナが先にでる。

「いつか引退したら、お祖母ちゃんのような生活がしたい。都会を離れて、田舎に移り住む。古民家を改築して、自分の理想とする暮らしをひとつずつ作りあげていくの。庭に野菜を植え、花を育てる。犬と猫を飼って、鳥に餌《えさ》をやる。一人で絵を描いたり、仲間を集めて楽器を演奏したりして人生を楽しむ。悠々自適。晴耕雨読。時々パンを焼いたりしてね。お客さんを招く日には、小さな煙突から白い煙がモクモクと青空に上がっていくのが目印」

「あれ、意外だな。もっとギラァンギラァンに、出世欲旺盛な女なのかと思っていた。目標に向かって突き進む上昇志向の塊。そんな牧歌的な夢を持っているとは知らなかったね」

ハナナの目は、ジャオの顔を抜けて、遠く果てしない風景を見ている。

「いつかの話よ。いまはバリバリと働いて生きていく。絶好調の現役選手。実現させたい企画もあるし、独立の青写真がないわけではない。絶対に負けたくないライバルもいるし、できれば打ち負かしたい。建築インテリア業界でやらなければならないことは、まだまだ山とある。わたしなんて、駆け出しのひよっ子です。いつかの話。遠い未来の計画」

「できれば打ち負かしたい？　そんなに憎い相手がいるんだ」

「恨みは、地獄の底までよ」

ジャオが吹き出して笑う。可笑しさに体がねじれて震えている。止まらない笑い声を断ち切ろうとするが簡単には収まらない。目の前に置かれた空のワイングラスを摘んだり、回したりして指の遊びで逃げようとする。その仕草を静かに見つめるハナナ。

「おかしい?」

「ハナナ、おもしろいね。真剣かと思えば、ふざける。冗談を言っているかと思えば、本気が顔をだす。楽しい女だ。ぼくを飽きさせない」

「いろいろあるのよ」

「難しい年頃だね」

「学校を出て十年。三十歳ちょっと前の女の子には、人には言えない悩みがいっぱいあるのよ」

「年上の先生が、お悩み相談を承りましょうか」

「結構です。自分の力で解決します」

再び大笑いするジャオ。わざとらしく感心する素振りに高慢さが浮ついている。明るい笑い声のなかに侮りの雑音が混じっている。自信家の余裕が嫌みたらしい。傾けられたワイングラスに照明が反射して、ハナナの顔にキラリと一閃を散らした。眩しさに目は瞬いて、

「ジャオだって、いろいろあったでしょ。紆余曲折の人生じゃない。名門アロイア家の御曹司《おんぞうし》が、旧市街のアパートメントで小説なんて書いている。選択肢はもっとあるでしょうに」

「大丈夫。ぼくのことは心配しないでくれたまえ。ただの呑気な落伍者だ」

さらりと躱《かわ》す視線。敏感な反射神経。柔らかい笑顔の下には鉄仮面がある。恋人にも簡単に触れさせない素顔。テーブルの幅が、二人の距離。

「後悔していない？」

ハナナの単刀直入な問いかけ。相手の負い目を突こうとする企み。ジャオの沈着冷静を装う面構え。

「まったく問題ない」

「ちょっとくらいは後悔しているでしょう」

「全然」

「ほんと？」

「全然。まったく問題ない」

惚ける男の顔を、覗き込む女の目。

「お父様や、お母様とは連絡しているの？」

「親父やお袋とはもう関係ない。アロイア家とは縁がぷっつりと切れた。濡れ手に粟の高利貸し一族とは、おさらばだ。銀行の頭取の椅子なんて、退屈の極みさ。冗談じゃない」

「妹さんが、アロイアの家督を継ぐの？」

「どうやら、あいつは、海千山千がむさぼる金融業界が性に合っているらしい。なんて女だ」

虚ろに笑うジャオに、ハナナの悪戯な目が光る。

「だけど、ペンネームは本名を使っている。〈アロイア〉は外さないんだ？　ジャオ・アロイア」

ジャオの指は、手遊びしていたワイングラスから離れていく。

「ついつい習慣で最初の第一作に記入してしまった。後であれこれ考えたけれど、もうひとつしっくりとくるものがなかった。それに偽名を使っても、この情報社会なら、いずれ暴かれる。アロイア銀行。世界中の誰でも知っている社名だからね。名前なんて大した問題じゃないさ」

手慣れた口調に百戦錬磨の強引さがある。執拗な詮索を許さない当たり障りのない受け答え。それ以上誰にも踏み込ませない言い切り。鉄壁に跳ね返されるハナナはジャオの強情を楽しんでいる。

「ジャオって、やっぱり変わっている。自由人というより、変人。自由奔放の変人。小説家としての素質なら十分だけど」

「おい、おい。ぼくを変人呼ばわりかい。失敬だな」

「いやいや、あなたは立派な自由奔放の変人です。ふつう入社三年でコリュー社を辞めないよ。婆婆っ気の強い連中が、どれほどの競争倍率を勝ち抜いて、あの大企業に入ろうとするのか。泣く子も黙るコリュー社ですよ。うん？」

「どうなんだろう。分からない」

「世界市場を相手に働くなんてかっこいいじゃない。地球全土が丸ごと職場。宝石の一個から航空母艦一隻まで——手に触れるものはすべて黄金に変わる——なんて、ちょっと危険な香りがするのも魅力的。ある意味、世界を裏で操る黒幕だよ。それを、あっさりと捨ててしまうんだから、すごいっていうか、変わっているというか。アロイア家から離れて、コリュー社さえも蹴っ飛ばした男。額縁に入れて飾りたいほどの自由人。サリーイ賞もの。ちょっといないな」

「昔の話だ」

ハナナが放ったジャオをからかう言葉に悪気はなかったが、その軽々しい女のパンチの揶揄は、男が場数を踏んできたはずの鎧の脇腹を殴りつけた。偶発的な一撃。経年劣化した甲冑の脆さ。軋む古傷。記憶が痛みを呼び戻し、ジャオは上体を庇《かば》うように少し前屈みになる。痛手を悟られないように視線を逸らし、何気ない顔で窓の外を見た。ガラス窓の向こうでは、無数の電光が輝きはじめて、西の空の茜雲が夕暮れの和らぎに沈んでいく。

「昔の話だよ」

動揺を隠して声は然り気なく、素知らぬ顔でやり過ごそうとするジャオ。しかし、ハナナの勢いづいた女の饒舌がそれを許さない。ジャオの横目を覗き込み、振り向かせようと粘るのだ。声に圧力をかけ、気持ちを掴み取ろうと伸ばしてくる。

「わたしの友だちの妹が、コリュー社の新卒試験を受けたんだって。最終面接まで残ったのだけど、面接官の質問がすごかったって」

ジャオの顔に反応はない。窓の外に視線を流したまま動かない。ハナナは男性のように声色を低く落とし、その面接官を演じてみせる。

「うむっ――きみがホテルの経営者だとする。巨大ホテルチェーン産業の最高経営責任者だ。今回のプロジェクトで景観の素晴らしい高原にホテルを建てることになった。目を見張るばかりの絶景は、人の心を沸き立たせずにはいられない。きっと世界有数の観光地になるだろう。多くの人々がここで疲れた体と心を癒やして、再び厳しい実社会へと戻っていく。社会奉仕と企業利益との幸福な関係だ。国からの建築許可も下りた。なんの問題もない。さて、これからはじめようかとショベルカーを一台送り込んだ前に、地元の環境保護団体のデモ隊が立ち塞がった。数百人がプラカードを掲げて怒っている。強行しようにも一群が障害となって思うように捗《はかど》らない。高額の譲渡案も撥《は》ね除けられた。時間だけが無駄に過ぎていく。考え倦《あぐ》ねている最高責任者のきみに、ある知人が話を持ってくる。問題を解決できると。反対者たちを黙らせることができると。これはプロフェッショナルの仕事だから、きみときみの会社に損害を与えることは絶対にない。心配しないでくれ。ただし、環境保護団体のなかの数人が、近日中に謎の事故死することになるが、それでもいいかと。さあ、きみなら、どう答える――だって！」

ハナナの真に迫る演技と皮肉を込めた口振りに、ジャオは思わず吹き出しそうになる。笑いを堪えた顔がハナナの方へ向き直る。緩んだ無精髭の口元が柔らかい。

「ありえる話だ」

「入社面接での質問よ。なにを考えているんだか、コリュー社。ユーモアのセンスでも試しているのかしら。頭がおかしいんじゃないの。狂っているとしか言いようがないわ。非常識にもほどがある。しかし、すごいね。ヤツら、ぶっ飛んでるね！」

「それで、その子は、どう返答したの？」

「分かりません、って答えたら、落ちたって」

「いい子だ」

「いい子よ。だけどその女の子、コリュー社の面接質問が相当ショックだったみたいで、就職志望を国際貿易から、農業工場へ変えたらしい。経済学から植物科学へ。傷心の心変わり」

「それはまた大胆な方向転換だね。人間なんて、もう信じられないって感じか。計算高い商魂よりも、薬品まみれのきれいな野菜か」

ジャオの冷笑を振り払い、ハナナは言葉を慎重に選んでいく。

「彼女が言うには——本当の自分が、なにを欲しているのか、あのとき気づかせてもらった。世間から見栄えする人生を歩もうとしていた自分の誤りに目が覚めた——と。ある意味、軽蔑の気持ちと引き換えにして――コリュー社には感謝している――だって」

ジャオは目をつぶり、嘲《あざけ》りの笑みを残したまま大きく首を横に振る。開いた片目が物言う。

「本当の自分?・」

「彼女が言うには」

何かを言おうとするジャオだが、口を開けた途端、小さな吐息とともにその言葉を呑み込んでしまった。言うべきことが萎んでしまう。

再び窓の外を見るジャオ。夜が着々と準備を進めている。薄暗がりの上に煌びやかな数々の照明が浮かんでいく。圧倒的な電光の散らばりは満天の星々のようで、人工星座は一千万人が白昼に見た夢の数だけ輝かせるのだ。成就した新星は美しい光彩を放ち、困憊《こんぱい》した老星は最後の力で明滅している。消滅した星の名前は数知れず、漆黒の闇が静かに死屍累々を覆い隠す。勝利の閃光。虚栄の散光。燃え盛る紅炎。焼け燻る残り火。眩耀《げんよう》する大都会には無尽の逸話が見え隠れする。卑しい欲望は暗闇に沈み、猛る暴利は息を潜めている。

銀河宇宙に流れ星が走り、ジャオの視線がそれを追いかけた。天翔る発光体は遊園地の上空まで流線を引くと、仄かな星屑となって散り消えた。幻覚か。超常か。奇妙な一瞬の出来事に目を見張り戸惑うが、自らの知覚を訝しがり謎を一蹴する。視点の切り替えは素早い。

大観覧車の緩慢な回転が時計の歯車のように悠々と時を刻んでいる。屹立する電光の大車輪。

周辺の照明群を従えて夜景の中心部として威風堂々と君臨する立ち姿は、電飾の王者と呼ぶに相応しい。ジャオが考えに耽っていると、ハナナが何か喋りかけてくる。動く唇。

「ねっ、聞こえている？」

「なに？」

呆れるハナナが問い直す。

「もう一度生まれ変わっても、小説家の道を歩む？　この人生に後悔はない？」

「輪廻転生は信じない。死んだら終わりだ」

「そうじゃなくて。自分がやってきたことに悔いは残らない？　アロイア家と縁を切ったこと。コリュー社を辞めたこと」

「後悔はない。我が道をゆく。きれいさっぱりとしたもんだ。機会があるなら、何度でも辞表を叩きつけてやる」

ジャオの顔をしげしげと眺めるハナナ。強がる男の髭面に、どこにでもいる中年男の世慣れした厚かましさを感じ入る。報われない小説家のプライドが草臥《くたび》れてきている。

「ジャオって、やっぱり変わっている」

「どうも」

「わたしなら絶対に手放さない。死ぬまで、しがみついてでも生きていく。仕事は仕事。趣味は趣味。割り切って考えるしかない」

「勇ましい意見だけど、人間の心はそんなに単純じゃない。現実の世界はそんなに甘くない。コリュー社が牛耳る魑魅魍魎の世界と、建築業界が大風呂敷を広げる世界とは倫理観が違う。見ると聞くのでは大違い。ひょっとして、ぼくを非難している?」

「どうでしょうか」

ハナナの意味深長な含み笑い。鼻先に浮かぶふわふわとした侮り。膨らむ鼻孔に軽蔑がある。ジャオは憎らし気な鋭い眼光で睨みつけた。投げかけられる視線をさらりと躱すハナナ。窓の外を見る横顔の美しい目鼻立ちに恨めしさは跳ね返される。男の背中をぬるぬると降りていく一匹の虚無感が腹底の辺りで蜷局《とぐろ》を巻く。冷たい心に纏《まと》わりつく蛇が舌を震わせている。

ジャオの声は振り切って強く。

「ハナナはコリュー社の実態を知らないんだよ。ヤツらの頭のなかにあるのは金《かね》、金、金だけ。守銭奴。人面獣心の輩。経済至上主義のあくどい見本だ。儲けるためなら、宗教、民族の境界など平気で踏み越えていく。共存、博愛、人類理想もなにもない。戦争や抗争でさえ、大儲けの千載一遇のチャンスだと猛進していく。むしろ、火をつけて騒ぎを大きくさせているんだ。まだ銀行家の功利主義者の方が最低限の不文律を持っている。少なくとも善悪の判断はできる。銭勘定屋の誇り高い気概が許さない。魂を悪魔に売り渡すようなことはしない」

夜景を見つめたままのハナナが呟く。

「お金か……」

「そうさ、金だけさ！」

ジャオの声がささくれている。怒りを堪えた鼻息に過去の悲しみが混じり合う。裂ける古傷から忘れられない記憶が血液のように流れ出る。滴り落ちる苦汁を一匹の蛇がひょろ長い舌を動かして嘗めている。その蛇の頭を、器用な手つきで軽々と掴まえる少年の指。振り向き笑う少年の肩には自動小銃がある。小さな体に担がれた鉄の武器が厳めしい。背後の建物の壁には、乱れ撃ちされた銃撃の穴が飛び散っている。かつては原始大陸で随一美しかった首都は内戦と暴動の末に瓦礫《がれき》の廃墟と化した。異国情緒を醸し出す劇場の看板が、泥水道路の水溜まり橋になっている。植民地時代の職人製家具がバリケードを築く土嚢《どのう》と一緒に積み上げられている。仲間の少年兵士たちと戯れながら、細い腕に絡みつく蛇をおもちゃ代わりにして男の子が言う——あんたがくれたこの銃で、父さんを殺したヤツらを殺しにいくんだ——蛇は油断した指の間からするりと擦り抜けて逃げていく。

瞼を閉じるジャオ。漆黒の闇。ゆらりと揺れる闇は目眩《めまい》の感覚。静かに沈んでいく闇の外側からハナナの朗らかな声がする。

「ねえジャオ。今度、お祖母ちゃんちへ遊びに行こうよ」

半眼に光が差し込んでくる。

「石窯焼きパンの、わたしのお祖母ちゃん」

「うん？　ああ、おばあちゃんね」

ハナナの提案する顔は楽しそう。

「わたしの勘だと、ジャオとお祖母ちゃんは気が合うはずだよ。お祖母ちゃんは美味しいもの、いっぱい作って待っていてくれるよ」

「いいね。いつでも喜んで。だけどぼくは嫌われるかもしれないね」

「どうして？」

ジャオは妙に照れた調子で言う。

「ぼくの歯に衣着せぬもの言いの悪い口癖。なんか身勝手なことを話してしまいそうだ。彼女、とても聡明な人らしいから」

「そんなことないない。大丈夫。絶対、話が合うと思う。心配しないで。お祖母ちゃんも結構おしゃべりだし、文学や芸術にも造詣が深いから。性格も単刀直入で、はっきり言う人だから」

「だから心配なんだよ」

ジャオの気が抜けた口振りにハナナが笑う。二人は無言で大窓ガラスの向こうに広がる夜景を見やる。残照の最後の赤色の滲《にじ》みが、高い鉄塔の照明に溶けて消えていく。見渡すかぎりの煌々と輝く街灯りの平原に終わりはない。夜は準備を終えて、暗さに確かな安心を持っている。音楽が心地いい。店内に流れる優美な弦楽四重奏に耳を澄ますジャオとハナナ。

ソムリエがワインボトルを一つ両手に抱えながらやってくる。ふくよかな笑みを湛えた顔につるりと禿げた頭部は、経験の豊かさで心得てきた温厚な人柄を感じさせた。全身に纏《まと》う優しさと自信が、仕事への確かさと熟練を期待させる。ワインボトルは赤ん坊を包むように大切に抱かれて、歩調の揺れ心地に安眠しているかのようだ。禿げ頭のソムリエはジャオとハナナのテーブルまで来ると、軽く一礼をして、よく通る太い声でワインの銘柄を言った。

「お待たせしました。こちらが『一度も会ったことのない友人』です」

禿げ頭はラベルを二人に見せて、手慣れた手つきでキャップシールを剥がし、滑らかな動きを止めることなくソムリエナイフの螺旋《らせん》をコルクに突き刺そうとする。その時、ジャオの声が割り込んで入った。

「ちょっと待った」

ソムリエの手がぴたりと停止する。螺旋の先端はコルクに付く寸前で浮いている。

「ぼくらが頼んだのは『限りなく恋人に近い老夫婦』なんだけど」

ソムリエはジャオの目を直視したまま瞬《まばた》きをする。

「こちらのものではない？」

「違うね」

ワインボトルを持つ手に緊張が走り、動揺する顔よりも先に謝罪の言葉が口から飛びだした。

「申し訳ありません。すぐさま正しいものに取り替えてまいります」

「そうしてくれ」

恐縮するソムリエは頭を深々と下げて、小走りに引き返していった。急いでも上体を揺らさずにボトルを平静に保つ繊細な注意力がある。

「いってらっしゃい。今度は間違えるなよ」

「おもしろい。そういうこともある」

頬杖をついて微笑むハナナ。ジャオは遠ざかっていくソムリエの背中を見送りながら言う。

「べつに拘《こだわ》りはないけど、この前、ある編集者と会食したとき、『限りなく恋人に近い老夫婦』を用意してくれた。その編集者のお薦めだったからね。飲んでみると、それがすごく美味しかった。なかなかの新発見。ここ最近のなかではいちばんの当たりだったね。是非、ハナナにも味わってもらいたくてさ」

「嬉しい。ありがとう」

ジャオはテーブルに肘をついて、ハナナと顔を向き合わせる。寛いだ雰囲気を互いに演出する二人。意識的に醸し出す幸福感は、慣れ親しんだ恋人たちが語らうという場面。誰に見せるわけでもなく演じてみせる芝居の絵姿。大窓ガラスに、もう一組のカップルが映り込んでいる。

「その編集者に言わせれば、『限りなく恋人に近い老夫婦』は新興派の醸造所《ワイナリー》のなかでは突出した逸品らしい。味の完成度に比べて知名度はまだまだ世間には浸透していない。取り扱っている店も少なく、値段もそこそこだから、いまがチャンスなんだって。まあ、ワインには人それぞれの好みがあるけれど」

「わたしは大丈夫。ワインの銘柄や流派には拘らない。有名無名は関係なし。美味しければ、それでいい。わたしの舌の味覚くんは、極めて単純明快なの」

凡庸に謙《へりくだ》ってみせるハナナ。ジャオの目が何かを言いたそうに構える。抑えた即興の思惑を探り合う。

「ハナナらしいね。中途半端なワイン通よりいい。自分の感覚を信じる。それこそが本当の美食家《グルメ》というものだ。評判や権威に惑わされない素直な心が大切」

「わたしは美食家じゃない。ただの食いしん坊です。空腹の牝ライオン。目の前に美味しそうな子鹿がいれば、すぐに飛びかかって齧《かじ》りつく。そいつが気取ったワイン通なら、もっといい」

歯を剥き出して獣の真似をするハナナ。声を上げて大笑いするジャオ。その声に反応して後の席の男が首を横へ何度か揺らした。笑い続けているジャオはハナナの顔まで手を伸ばすと、人差し指の先端で牝ライオンの鼻先をトントンと突く。

「だけどね。新たに学習することで、違った世界が見えてくることだってある。辛抱強く知識を増やしていけば、最初は考えもしなかった快感に目覚めるときがくるのだ」

返すハナナはジャオの言葉の一片を摘まみ取って、

「快感」

「純粋な食欲だけでは人間は畜生と変わらない。理性を使って食文化を高みまで築き上げなければ。万物の霊長の王としての意識がそこにある。たかがワイン、されどワインだよ」

「霊長の王」

ジャオの言葉尻を捕らえて放さないハナナ。狙った口元に不敵な笑みが浮かんでいる。悪戯《いたずら》な少女が見え隠れする。

「なにをもって高級と低級の価値を分かつのかという議論はあるが、時間と労力を惜しまずに酒造したものと、大量生産された安価なものとではやはり、違うとしか言いようがない。要は熱量の問題だな」

「時間と労力」

指南役の教授の紋切り型講義と、頬杖をついた女学生の軽んじた態度。演じる二人は互いの即興に笑いを堪えている。

「先生。快感とは、どんな快感でしょうか」

「うん？　なんでしょう」

「先生がいま、おっしゃった快感についての質問です。快感と言ってもいろいろありますけど、高級ワインから得られる快感とは、どんなものでしょうか」

ジャオは掛けてもいない眼鏡を指先で持ち上げるふりをする。

「ベンガラくんは毎週末に、素敵なレストランで希少価値のある年代物のワインをがぶがぶと飲んでいるんじゃなかったかな」

「飲んでいません。たとえ飲んでいても、酔っぱらって全部忘れてしまいました」

愚鈍な女学生か、と教授は困り顔で溜め息を吐く。

「そうでしたか。それは困りましたね。では、はじめから復習するとしましょう。人間の快感には大きく分けて二つの快感があります。食欲的快感と、性的快感です。この二つは似ているようで、まったく違うものです。そうですね、どれくらい違うかというと、溺れる者が救出されて息を吹き返す安堵感と、そのまま溺れて死んでしまう恍惚感くらい違います。どちらとも快感を得ますが、保険金の支払いに有無が生じます。あるいは慰謝料ともいいますね」

「わたし、一度だけ海で溺れましたけど、死にませんでした。波に揉まれて、海水を飲んで、気づけば砂浜の上。それは運がよかったからでしょうか」

「そのときは、空腹ではありませんでしたか」

「お腹いっぱい食べて、眠かったです」

教授はありもしない資料を数枚めくって、

「それなら、波が静かで陸地が近かったからでしょう。あなたは運がよかったのです。あまり沖合に出てはいけません。泳いで帰ってこられる範囲で楽しんでください。われわれは魚から進化しましたが、いまさら鰓呼吸《えらこきゅう》には戻れないのです。古里は遠くにありて思うもの、です」

「先生。表現が抽象的すぎて理解できません。奇を衒《てら》いすぎ。もう少し平淡な言葉で説明してもらえませんか」

「分かりました。もう少し平淡な言葉で説明しましょう」

教授は目の前にある空のワイングラスを指差して言う。

「ここに二つのグラスがあります。中身が入っているとしましょう。一つは『うぬぼれ』、もう一つは『あきらめ』、両方ともブドウの品種、産地、製法、年数がほぼ同等だとする。まったく同じということはないから、ほぼ同じ水準のワインと仮定します。ただし、『うぬぼれ』は少数気鋭の醸造所で愛情をたっぷりと込めて瓶に詰められ、『あきらめ』は大量生産工場で利潤目的に作られる。価格は当然『うぬぼれ』が高級ワインとなり、『あきらめ』は安価なワインとなります。さて、二つを飲み比べてみて、どちらの方がより美味しく感じるでしょうか」

「『うぬぼれ』でしょうね」

「そのとおり。個人差はあるでしょうが『うぬぼれ』の方が美味しく感じる人の割合が多くなるはずです。それはなぜでしょう」

「『うぬぼれ』は愛情と手間暇を注ぎ込まれた労働の量だけ商品としての交換価値が上昇して、飲み手側の虚栄心が満たされます」

明答する女学生。反論する教授。

「違います。『あきらめ』は『うぬぼれ』に比べて不味《まず》くなっているからです。不純物が製造過程で混入してしまったのです。その不純物とは、お座なりの労働意欲、ありきたりの人生観。つまり、平均的なものは、やがて陳腐になり、現状維持もままならなくなります。競いあえば結果的に雲泥の差が生じます」

考えるハナナ。頬杖から顔を上げ、背筋を真っ直ぐに伸ばした。目は笑っていない。

「そういう考え方って危険じゃない？　過剰なエリート主義。選民思想。優生学の誤解。大衆を愚弄している。中間層の人々を敵にまわすことになるよ。少なくとも頭のいい発言とはいえない。革命以前ならともかく、現代は成熟した民主主義、友愛を遵守する時代。公共の場なら暴動が起こります。空瓶が飛んでくる。ワインの優劣では済まされない問題だと思う」

ハナナの口元には確かな戸惑いがある。教授の顔はジャオに戻り、斜に構えて大口をたたく。

「われわれは勝者だ。勝者は勝利の美酒を飲むのだ。なにが悪い」

「本気で言っているの？」

「冗談だよ。芸術家の戯言《ざれごと》さ」

「冗談でも、言っていいことと、悪いことがあるよ……」

空白の間合いを挟みながら向かい合うジャオとハナナ。言いたいことが相手に上手く伝わらないもどかしさ。会話の空回り。外された教授と学生の仮面が邪魔になる。

「ねえ」

「あのさ」

気まずい二人の仲を取り持つように禿げ頭のソムリエが戻ってくる。手にはワインはなく、皮表紙のメニュー帳だけ。

「お客様。大変申し訳ありません。手前どもの手違いで本日分の『限りなく恋人に近い老夫婦』はすべて売り切れてしまいました。残念ながら、こちらのテーブルにお出しすることができません」

恐縮するソムリエに、ジャオの返答は容赦することなく冷たい。

「えっ？『限りなく恋人に近い老夫婦』はないの？　売り切れって。在庫はない、ってこと？」

「いえ、品物はございますが、取り置きのものは、すべて予約済みになっています。先着順を優先しますので、ご了承くださいませ」

「困ったな。どうしよう」

大袈裟《おおげさ》に困惑する表情をつくるジャオに、ソムリエはメニューを差し出して、新たな提案を持ちかけてくる。

「お客様。当店では他にも良質のワインを揃えております。どうでしょうか、もう一度だけ、お考えを巡らせていただけないでしょうか。きっと、お客様の満足できる品物に出会えるはずだと確信しています。隠れた逸品などもございます」

ジャオは皮表紙のメニュー帳をもったいぶって受け取り、渋々と開いて目を通してみせる。気怠く肩で息をする仕草に、余計な仕事をさせられる者の嫌気がある。メニュー一覧を上から下へと視線を流すジャオ。

「どれにしようか」

「同じクラスのものであれば、先ほどの『一度も会ったことのない友人』ですとか、あるいは『長期休暇の約束』などが同等かと思われますが」

「『長期休暇の約束』ねえ……。この『夢見る夏の蝶』ってのは、どうなの?」

従順なソムリエは、より丁寧な口調となって説明をする。

「はい。そちらの『夢見る夏の蝶』は厳格な重い味わいで、年配の男性に好まれる品でございます。熟成期を経た香りはまた別格で深遠な世界を感じさせます。例えるなら、千年樹の根元でうたた寝をする老いた旅芸人の夢想、とでも申しましょうか。乾いた指先にとまる一匹の蝶も静かに羽を休めます。夏の日差しを避けて、木漏れ日の下を涼しい風が通り過ぎるのです」

「いいね」

「ただし、お値段のほうが少しばかり……」

言葉を濁《にご》すソムリエ。禿げ頭が傾いて照明を反射する。ワインリストの最後の欄を指差したジャオは、あっと小声を漏らした。並ぶゼロの数が他の品よりも一つ多い。その値段の箇所をハナナに向けて見せると、眉が上がって驚く。

「わたしの一ヶ月分相当の給料と同じだ」

「恐れいるね」

高額に驚嘆する二人の反応は、前もって練習していたかのようにぴったりと息が合う。唇を尖らせて、細く長い口笛をヒューと吹き鳴らすのだ。共鳴する嘲りに羽根が生えて飛んでいく。冷やかし混じりのハーモニーに店内の何人かの客が振り返った。後の席の初老も不快感をあらわに舌打ちすると、鋭い眼光の睨みを利かせて戻っていく。後頭部が何度も横に揺れている。ハナナは男の無言の警告に気づくと悪ふざけの口笛を閉じたが、知らぬジャオは調子に乗ったまま茶化し口調をやめない。

「誰が飲むの？　こんなの」

ソムリエは笑顔で返すが、言葉は口にしない。妙な沈黙を打ち消すようにジャオが言う。

「さっき、きみが言った、隠れた逸品ってのは、どれ？」

「はい。それは先ほどわたくしが間違えて持ってまいりました『一度も会ったことのない友人』でございます。巷《ちまた》では知名度はまだまだですが、味の芳醇さで比べるならば『限りなく恋人に近い老夫婦』に匹敵して負けず劣らずの味であると、当店が自信を持ってお薦めできる品です。価格のほうも、お手頃かと思われますが」

ジャオは『一度も会ったことのない友人』の値段を確認する。

「無農薬、有機栽培？」

「もちろんです。小さな醸造所は、満足のいく基準でなければ、出荷しない年もあります」

「そんな高潔な精神で、やっていけるの？」

「根性でしょう」

ジャオとハナナは笑い、ソムリエも二人に合わせて微笑む。

「気に入った。これがいい。きみを信用する」

「ありがとうございます」

「じゃあ、『一度も会ったことのない友人』を持ってきて」

ソムリエはメニューを受け取り軽く会釈するとテーブルから離れていった。ジャオは足早に遠ざかっていくソムリエの後ろ姿を見て、ハナナに言う。

「ゆで卵みたいだったね」

「なにが？」

「あのソムリエさん」

ハナナの口元が大きく上がったが、笑い声を出さずに姿勢を伸ばした。ジャオの後の席の後頭部にちらりと視線を走らせる。話題を逸らすためにハナナは鼻歌を鳴らして窓の外を見た。呑気な鼻歌につられてジャオも夜景の方へと顔を向けていく。

光り輝く大きな街で、踊りましょう
新しい恋をして、新しい夢をみて
きれいな服を買って
ステキな靴を履いて
軽やかなスキップ
滑らかなステップ
退屈な水溜まりを、ぴょんと飛び越えました巨大な一枚ガラスの向こう側に広がる大都会と真夏の街灯り。活動する電光が暑さに負けて竦《すく》んでいる。掲げられた旗が風もなく垂れている。流れるヘッドライトの流れも淀んで間鈍《まのろ》い。夜の重さは昼間に上昇した気温を抑えることができずに、無力なままに照明群の上空を漂うばかり。元気なのは遊園地の電飾だけで、子供の無邪気さで飛び跳ねている。赤、青、黄、緑。鮮やかに点滅する照明は遊ぶ時間にかまけて、最高気温記録の事実さえ気に留めない。

光り輝く大きな街で、歌いましょう
誰よりも力強く、誰よりも高らかに
あの人に聞こえるよう
あの人に届きますよう
ラジオにリクエスト
回れ回れレコード
失われた思い出を、くっきりと蘇らせました

ハナナの口遊《くちずさ》みは続く。ジャオの横顔は聞き流して遠くを見ている。弦楽四重奏がハナナの

鼻歌と重なって違和感なく混じり合う。

交通整理のお巡りさん、こんばんは
道路工事のおじさん、ごくろうさま
カフェのウエイトレス、がんばって
急ぎ足の株式仲買人、気をつけて
地下鉄のギター弾き、あきらめないで
疲れ果てた会社員、今夜は帰りなさい
下町劇場のダンサー、踊ってみせて
老舗キャバレーの歌姫、歌ってあげて
光り輝く大きな街で、踊りましょう
光り輝く大きな街で、歌いましょう

悠々と回る大観覧車の優雅さには、猛暑を愚痴る貧弱な精神はない。熱帯夜に打ちのめされた小さな星々の中心で燦然と輝く赤色恒星だ。星雲宇宙を統制する風格。王者から見守られる遊園地の天真爛漫に勝てるものはなく、銀河王国に辛うじて対抗する意欲を見せているのは、建築現場の電光だろうか。華やかな煌めきの代わりに、生真面目な力強さを放っている。建材を吊り上げるクレーンの働きと、剥き出しになっている鉄骨の堅牢構造。夜間作業を警護する照明の緊張感に、白光色に照らされる作業員たちの小さな人影の堅実な仕事ぶり。遠くからでは表情が捉えられなくてもその佇まいの一つひとつが、一本のボルトを締め付けたかのような確かさでそこに存在しているのだ。

ハナナの呑気な鼻歌はいつしか止んでいる。静かな眼差し。

「外は暑そうね」

「天気予報だと、今夜は熱帯夜になるそうだ」

「見て、あそこ。こんな夜でも働いている人たちがいる」

「日が沈んでからの作業は、危険だから禁止されていなかったか」

「きっと、日程が押しているからじゃない。みんな帰れないのよ」

「働け、働け。労働者諸君」

振り向いたハナナの眉に怪訝な皺がよる。

「ジャオは、ああいうのを見て、なにも感じないの?」

「なにを?」

「茹だる猛暑のなか、あんな高いところで一生懸命に働いている人たちがいる、ということ」

「大変だな、とは思うよ」

問うハナナ。答えるジャオ。目と目が互いを探り合う。ハナナの瞳の奥に揺らめく小さな影を発見するジャオ。何かが訴えかけている。

「えっ、なに？」

「なにも言っていない」

少し上半身を傾けて、ハナナの顔を射るように構えて見るジャオ。警戒心が反応して、挑むような、守るような体勢をつくった。

「もっとぼくに同情しろと言うのかい？　あそこで鉄棒を担いでいるオッサンの気持ちにでもなれ、と言うのか」

「違うよ」

「おい、おい、おい。勘弁してくれよ」

呆れ果てるジャオ。言い繕うハナナ。

「違うって、そうじゃない。勘違いしないで」

「そういう安っぽいヒューマニズムって、どうかな。あまり感心しない」

再びハナナの瞳の奥を覗きこむジャオ、何かを隠した明るさが白々しい。悟られないよう瞼を瞬かせるハナナ。

「こっちが同情しても、向こう側は、ぼくたちの苦労を理解してはくれないぜ」

「だから、違うって」

「額に汗して働くだけが労働じゃない。社会はもっと複雑で、多様性に富み、さまざまな人間と価値観で構成されている。ステレオタイプに甘んずるのは安易だよ」

「知っている。ようおおぉく、知っています」

「昔、大学時代に、社会主義や、共産党に傾倒している左翼学生が、そういう目でぼくを見た」

愛想笑いを浮かべるハナナ。擦れ違いに苛立ちを隠せないジャオ。

「そういう目って、こういう目かな？」

ハナナは目を半眼に開いて意識的に冷たい表情をつくる。わざとらしい戯けた顔だが、ジャオは笑わない。流されたハナナの顔がもとに戻って静まった。ジャオの咳払いと鼻息。先ほどの『うぬぼれ』『あきらめ』問題のとき、言葉足らずで生じた誤解をここで正したい。考えを整えるために視線を店内へと泳がした。寛ぐ客たちの姿が目に入ってくる。食事を堪能する顔に、会話を満喫する顔。女性の襟元を飾る宝石の輝き。男性の腕時計のさりげない誇り。遠目からでもそれと分かる服装の上質生地の着心地。弦楽四重奏曲の優美さが包み込む。富裕層たちの憩いに、苦悩の影や悲壮感の欠片など微塵もない。

「周りをよく見渡してみなよ」

ジャオの手が周囲への観察を促すが、ハナナの顔は静まったまま動かない。

「なにか問題があるか。素晴らしい時間と空間じゃないか」

語りかける言葉は率直に努め、受け取る顔は誠実であろうとする。

「世界屈指の料理人がつくる食事に、現代美術と古典装飾が融合した室内デザイン。窓の外には美しい街の夜景が広がっている。タロン、万華鏡都市の夜の絶景。繁栄の輝きを目の保養にしながら、とびっきり美味しい料理に舌鼓を打つ」

テーブルクロスの布地を、貴重な織物のように撫でるジャオの手つき。

「勝者は見下ろし、敗者は見上げる。あの長い戦いは終わったんだ。富める者と貧しい者は、同じテーブルにつくことはできない」

ジャオの言葉に、ハナナの顔が弾けて横を向く。

「分かっているって。そうじゃなくて……」

「ここに集まってきた人たちは、この贅沢を受け取る資格が十分にある。彼ら、彼女たちは、王侯貴族なんかじゃない。みんな必死に働いて、自分の力で稼いだ金でご馳走を口にしている」

口を挟むつもりのないハナナに、ジャオの指先が黙って話を聞けと注意喚起する。

「まあ、なかには会社の経費で落として、只飯《ただめし》を食らっているヤツもいるだろうけど、それもまた実力がもたらす特権だ。うむ、なんだろう。簡単に手に入る花の蜜は甘いか酸っぱいか」

諭《さと》そうとする人差し指がハナナの顔を指す。あなたもそうだろ、と言っている。否定できない事実が詰め寄ってくる。

「一日は、二十四時間。時間は誰にでも平等だ」

ジャオの指先は真っ直ぐに下を向けられる。ここが世界の中心だと言わんばかりに。

「それを、どう使うかで、人生の意味が変わってくる」

ハナナの戸惑う口から静かな声が零れる。

「人生は、待ってくれない」

「そう、人生は待ってくれない。時の流れは速い。たった一度の人生だから、どう頭を使うか、どう体を動かすのか。ぐずぐずしていられない。やらなければならないことは山積みになっている。選択肢は全員に……。つまらない同情なんて……」

言い切れなかったジャオの口が違う言葉を探して空回りする。窓の外を見て、考えてを巡らせて、ハナナを見て、もう一度窓の外を向き、探していた声を喉の奥から引っ張り出してきて、ばらばらになっている思考を繋ぎ合わせていく。

「人の世は不平等なものだよ。これはどうにもならない。生まれてくる場所も、生きていく能力も、教育を受ける環境もそれぞれ違う。最初から落差があるから、勝負すれば結果は条件が有利な者が勝つことになる。個人の遺伝子や容姿から、所属する集団と国家の政治体制まで。

陳腐な言い方だが、運と頭のいいヤツが得することになる。持つ者と持たざる者の差異は開くばかり。人類全員を一隻しかない方舟に乗せることはできない。誤解しないでほしい。ぼくは、あそこで働いている男のことをバカにしているわけじゃない」

ハナナの困った顔が落ち着かない。ジャオの人差し指が窓ガラスを突く。

「彼らがいなければ、高層ビルディングを建てることができない。優秀な建築家が素晴らしいアイデアを図面に描いても、その着想を実際に現実のものとして形にするのは彼ら、肉体労働者だ。誰かが現場で汗水を流さなければならない。強靭な体躯が要求されるだろうし、独特の技術も会得しなければいけないだろう。高所で働く勇気も猛々しい。職業に貴賎はない。労働者階級への偏見なんてまったくない。物書きの端くれとして興味は尽きない。だけど、ぼくには、彼らが遠い存在に思えるんだ。生きてきた世界観が違う。実感として分からない」

「そんなこと、言っていない」

「いま、ぼくを批判する目で見ただろ」

「見ていない。わたしはただ、こんな蒸し暑い夜にでも働いている人は大変だね、と言っているだけなの」

「見ず知らずの赤の他人じゃないか。心を寄せるには遠すぎる」

「そういう話じゃなくて、もっと単純なこと」

「最低賃金を引き上げましょうか」

「話を聞いて。なんか変よ、ジャオ」

「彼らは、彼ら。ぼくたちは、ぼくたち。違うんだ」

「どうしたのよ。突然向きになって、まるで別人みたい」

鎮めようとするハナナ。しかしジャオは堰《せき》を切ったように語りだす。

「経済学者はいろいろ言うけどさ、金融緩和で自由競争が拡大した市場を完全に把握している大頭脳の持ち主は、この連邦共和国にはいない。暴利を貪り喰らう怪物を手なずける賢者もいない。誰も本当のところを分かっていないんだ。政府も中央銀行も当座凌ぎの付け焼き刃の弥縫策《びほうさく》だ。サイコロを振って幸運に賭けている。鉄火場の下手なギャンブラーと変わらない。欲望の渦を血眼になって追いかけている」

ジャオは両手を開いてみせて、もう手に負えないんだと表して苦笑する。

「歴史は、世界は、退屈な停滞よりも、刺激的な前進を選んだ。猛スピードで膨張する巨人の肩の上から晴れ渡る景色の眺めを楽しめる人もいれば、背中から振り落とされて踏みつけられる者もいる。バンカンジョの言うところの――神の見えざる手――なんて存在するのかどうかは疑わしい。神さまは、どうやら経済学にはあまり興味がないらしい」

ハナナの揺れ動く顔は重々承知していますから、と相槌を打って言う。

「わたしだって『世界市民圏の誕生』くらいは読んでいますよ」

ジャオは会釈し、さらに勢いづく。

「ヤミイ・バンカンジョは理想主義者だった。彼は頭のなかで夢の国家を妄想していただけさ。人の世の深淵の暗さを知らなかった。荒野に吹きすさぶ冷たい風を肌で感じたことがなかった。豪奢な屋敷の奥で、暖かい暖炉の横の安楽椅子に腰掛けて、紅茶なんか飲みながら、人工国家の設計図を思い描いて夢見心地でいた。人間の業の深さを計算に入れていない」

ハナナは右手を大きくぱっと開いてジャオの顔の前まで突き出した。弁舌が止まらない口を塞ぐように、(はい、そこまで。本日の経済学の講義はこれで終わり)と示した。

「十三月革命は、失敗だった」

「ジャオ、やめて。食欲がなくなってしまう。世界が終わってしまう」

「連邦共和国と、世界市民圏。どっちもどっち」

「やめましょう。覆水盆に返らず。過去は、過去。現代《いま》は、現代」

「世界二極化の大潮流は止まらない。産業革命のころなら、労働者の投げたレンガは社長宅の寝室まで届いた。今日では代表取締役がどこにいるのかも分からない。超高層ビルの最上階か、どこかの離れ島か。そうだな、まったく別の惑星に住んでいると考えてもいい」

執拗に迫るジャオの声の激しさ。ハナナは刺激しないように慎重に言葉を選んで話していく。

「建築現場はもうピンキリ。きちんとしているところは大手の直属だけで、大多数の下請けの日雇い労働者には、労働基準法なんて関係なし。越境移民や少数派層たちへの陰湿なイジメ、賃金のピンはね、暴力は日常茶飯事だし、怪我や病気は労災保険が下りない。社会保障なんて夢のまた夢。働く場を与えてやるだけ感謝しろ、って感じ。最低なのは、不法移民だけ集めて、こき使うだけ使ったら、給料日前になると、移民局へ通報して——ここに無許可の出稼ぎ労働者たちがいますが——って、賃金を支払わないという無茶苦茶なやり方。もう犬や猫と同じ。人間扱いはされていない。労働管理局は、非現実的な建前ばっかりで、見て見ないふり」

インテリアデザイナーとして場数を踏んだ経験が持つ言葉には説得力がある。しかし、年下の恋人から俗習を教えられる男は面白くない。自負する男のプライドが口元をひん曲げると、皮肉の一つでも言いたくなるのだ。

「やけに詳しいね。ひょっとして、隠れてこっそりと、建築現場でアルバイトでもしているのかい？　インテリアデザイナーさん」

ハナナは喉の奥に詰まったものを吐き出すように、強く咳払いをして言い返した。

「父が、建築作業員だったの」

鉄球が一つ、ドスンとテーブルの上に落ちたような衝撃がある。ハナナの真っ直ぐな眼差し。感情を込めない言い方には警戒心が隠されている。貧民区の生い立ちと、素性を告白する決意。

試したのは男の包容力と、自分自身の強さ。ハナナが吐いた一言にジャオは意表を突かれて目を丸くした。

「本当に？」

「本当よ」

女の真摯な瞳には、息を呑んだ男の顔が映っている。

「わたしはね、労働者階級の出身なの。いまは、お洒落な建物にあるデザイン事務所に勤めて、きれいな高級アパートメントに住んで、日当たりのいい顔をしているけど、生まれ育ったのは、酔っぱらいと麻薬中毒患者が夜な夜な通りで喧嘩して暴れる貧困街の娘よ。外周街は三十五区。強盗、殺人、犯罪の巣窟。貧すれば鈍する、って言葉がぴったりと当てはまる街。子供たちは高校への進学よりも、裏組織入りか、刑務所行きかで悩むわけ。その年齢まで生きていればね。わたしの体に入れ墨がないのは、そんなお金もなかったから。知っていた？」

黙ったままのジャオ。声が詰まっている。

「その顔は知らなかった、って感じね」

気持ちを取り繕ったジャオが言う。

「現代は自由競争の時代だし、個人の能力によって人生は選択できる。努力した者が、いい暮らしをしてなにが悪い。与えられるべき当然の報酬だと思う。負い目を感じることなどない」

ジャオの言葉はどこか焦点が甘い。気の抜けた炭酸水のように軽い泡が弾けている。

「そういう簡単な話でもないけどね。社会全体の不均衡を考えると。この十年、自分が恵まれすぎているんじゃないかと、すべてが上手くいきすぎたんじゃないのかと、客観的に思うことがある。運もよかったかもね。だけど手放しで喜べない。ときどきね、万華鏡都市の交差点の雑踏のなかで射すような鋭い視線を感じるの。振り返っても誰もいないんだけどね」

ハナナは肩を窄《すぼ》めて、小さく身震いをしてみせる。

「やっぱり、あの高校の同窓会には顔を出しにくい」

「それでいいんだよ。過去は過去。ハナナ・ベンガラは、人間のクズにはならなかった」

にっこりと微笑むハナナ。つくった笑顔がぎこちなく演じる。

「もちろん、当然よ。わたしは、わたしの力でここまで這い上がってきたの。自傷する気持ちも歪曲する心もない。バンカンジョがどうした。世界二極化？　難しい話はちょっと横に置いといて、外周街育ちの劣等感など、わたしの十数年におよぶ孤軍奮闘の前で、すべて粉砕して消え去った。わたしは、わたしの人生を生きてきた。この手で自分の生活をつくりあげてきた。古い友だちを多く失ったし、新しい仲間にも出会った。人生はいろいろ。ハナナ・ベンガラの青春猛進物語。誰にも文句は言わせないから。ただ、ジャオにはそろそろ本当のことを知ってもらってもいいかな、と思ったわけ。言いだすには、ちょっと勇気が必要だったけど」

照れ隠しに俯いたジャオ。柔らかくなった頬から無精髭が抜け落ちそう。顔を上げ、優しく目を細めた。受け止めるハナナに安堵感が表れ、ゆっくりと息を吐いた。ジャオ・アロイアとハナナ・ベンガラ。半年間の恋人たちの心がまた一つ近くなる。

木枯らし吹く記念建碑式での出会い。退屈な式辞に浮いた視線が交差する。街角のカフェで距離を縮めるコーヒーカップ二つ。雪の階段で滑りそうになる女のコートを掴み取る男の手袋。ビールと鮭の燻製。夜想曲とロックンロール。暖房で曇った窓ガラスを火照った指先が拭う。浴槽から溢れる石鹸水の泡の輝き。冬晴れの公園で現代彫刻に笑い転げる。突然の雨に駆けていく少年と少女。誕生日のワインが予想以上の良品。開け放った窓から若葉に香る風にそよぐ髪。旧市街の寺院で鐘が鳴っている。古書店の本棚の前の教授と女学生。真夜中のドライブに、スピード違反。些細な噂に口喧嘩。愛犬の埋葬に寄り添う肩と手。青空に舞うテニスボールと快哉。夏服の首筋に二日酔いの無精髭が顔を埋める。季節は移り変わり、解り合えた体でも、すべてを曝け出すわけではない。重ねた唇の数も、覚えた指の動きも、相手の心の奥底まではまだまだ遠い。時間を掛けながら、長い夜を引き延ばしながら、服を一つずつ脱ぎ捨てるように素肌を見せていくのだ。

「いい意味でハナナは強欲なんだよ。強欲というか、自分に正直なんだな。いや、正直というより、純真だな。強い者が持つ純度の高い血が流れているんだよ」

「お褒めいただき、ありがとうございます。だけどね、純真ってのはどうかな。わたしのこの薄汚れた心が純真なの？　嫉妬や悪意の塊で出来たこの女が、純真とはね。口に出して言わないけど、殺してやりたいヤツは、この街だけでも片手の指に余るのよ」

「地獄の底までの恨みか。復讐もある意味、純真でなければ遂行できない。それで、その暗殺リストに、ぼくの名前はある？」

「はい。いちばん上に書いてあります」

「おおぉ、怖い。射撃の腕前も、超一流ですか。下町の殺し屋さん」

「十年前の標的でも、遠距離から撃ち落とします。狙った獲物は逃がさない」

「うむ、周到な計画と実行力。怨恨と実益は軌《き》を一《いっ》にしますな。効率的。まったく無駄がない」

「ジャオ。わたしをもっと褒めて」

ジャオは大きく息を吸って、生温かい言葉を吐き出していく。

「ぼくの彼女の才能あふれる新進気鋭のインテリアデザイナーは、日々努力精進を惜しまず、生き馬の目を抜く弱肉強食の建築業界を、その華奢な体一つと頭一個で突き進んで、幾度かの挫折と罠にも耐えると、不屈の精神で這い上がり、血も涙もない無情の世界の空風に曝されながらも、決して卑屈にもならず、冷淡に拗ねることもなく、常に子供のような純真な心を保ちつつ、なおかつ理性的で世知に長けた大人であり、そして美しい」

拍手で称えるハナナ。空のグラスを上げてお辞儀するジャオ。

「今日は楽しい」

「それは良かった」


茹で卵頭のソムリエが幸福な笑顔を湛えて戻ってくる。手には新しいワインボトルがしっかりと握られている。

「大変お待たせいたしました。『一度も会ったことのない友人』です」

ソムリエは先ほどと同じ手順を繰り返す。ラベルをジャオたちに見せ、ボトルネックにナイフの刃を当てると、キャップシールをくるりと取り剥がし、優雅な手さばきで螺旋の先端をコルクに突き刺した。慎重に手首を回転させて引き抜くと、瓶の口から小さな溜め息が一つ弾け飛ぶ。長い眠りからの目覚めは良好か不機嫌か。注ぎ込まれるグラスに深い赤色が満たされていく。揺らめく液体は日没の海面のようで、沈んだ太陽の残像を赤々と染めている。ジャオはグラスを掴むと鼻先に近づけて香りを嗅ぎ、続いて口に少量だけ含んで味を確かめた。ハナナも同様に試してみる。白布巾《トーション》を硬く握りしめたソムリエが二人の返答を神妙な面持ちで待っている。用心深く伺《うかが》う声。

「いかがでしょうか」

顔を見合わせるジャオとハナナ。

「悪くない」

「美味しい」

安心したソムリエは再び笑顔をつくり、ボトルを静かに置くと、一礼して立ち去っていった。ジャオはもう一度ワインを口に含んで第一印象を言い表す言葉を探っていく。ハナナはグラスを目の高さで回しながら揺れる色合いを眺めている。

「奇妙な味だ。新しいような、古いような」

「不思議な赤。燃えるようで、鎮まっている」

ジャオの分析は続く。五感を舌先と鼻孔に集中させ、味覚と香りからその正体を見極めようとする。上流階級育ちの鍛えられた目と鼻と舌が考える。外観は濃い紫がかった赤色。向こう側が見えないほど色調が厚い。強い粘性があり、グラスを揺らすと滴がゆっくりと流れ落ちる。若くて健康的な好印象。空気に触れるとより魅力的になる。学校に必ずいるクラスの人気者。男子なら仲間になりたいし、女子なら付き合いたい。非の打ち所がない優等生の雰囲気がなんだか取って付けたみたいだ。

視野が外れ、遠い記憶を呼び覚ます。ジャオの黙想。懐かしい母親の声が聞こえる。

——見た目に騙されてはダメ。内側に隠されている本質を見るのです。ワインは人間と同じ。

複雑な性格で構成されているのです。じっくりと感覚を働かせなさい――

アロイア家。大邸宅のワイン地下貯蔵庫。埃を被った無数の瓶が棚に並び、閉じ込められた湿った空気が古い石床に沈殿している。ひんやりとした薄暗い空間に佇む七歳の少年ジャオと母親。二人の手あるのはワイングラス。少年は慎重にグラスに口をつけ、少量のワインを味見する。その仕草を見つめる母親の眼差しは鋭い。指南する者の厳しさが目を据えている。

はじめに鼻を通り抜ける香りは凝縮された果実の華やかさ。柑橘系に混じってブルーベリー、カシスの艶がある。芍薬《しゃくやく》の香りにスパイシーな曇りが被さる。黒胡椒のような感じ。柔らかくて素直な性格。そつがない。よく出来すぎている。

――嗅覚と味覚は本能です。よく嗅ぎ、味わいなさい。厳しい自然環境を生き延びる野生動物の生存競争と、生き馬の目を抜く金融業界は似ています。信じられるものは自分の頭脳と才能だけ。誰もあなたを助けてくれない。ジャオ、感覚を針のように研ぎ澄ませなさい――

母親の声が地下貯蔵庫に冷たく反響する。ランプに照らされた声はよく見える。その残響に応えようとする少年。ワインを試す子供の口元が懸命に大人になろうとしている。

口に含むと辛口の酸味が感じられる。アルコール度数と酸味のバランスが丁度いい。風味は豊かで、余韻は長く上品だ。外見と違い、落ち着いて大人びている。タンニンが強く残るのは樽で熟成したせいか、あるいは葡萄の品種のためか。それとも知らない無名の畑だろうか。

――本物と偽物を見分けるのです。本物はこれ見よがしに主張しないもの。偽物は欠点を隠そうとして派手に目立とうとする。用心しなさい。惑わされてはいけません――

埃まみれのボトルを手で払う母親。薄汚れたラベルに印刷された文字を愛おしそうに指先で撫でている。グラスに口を付けたままの少年。幼い首を傾けて見上げてみても、そのボトルの名前は下側からは見えない。

ジャオはハナナに伝えるわけでもない分析の独り言を呟く。自分に言い聞かせるように、

「この若さで成熟度がよく、強い酸味があるということは、産地の自然が影響している。寒暖の激しい場所。標高が高く日当たりがいい斜面で、夜間には気温が急激に下がるとなると……」

母親の手が少年の肩にそっと降りる。

――騙されてはダメ。よく頭で考えなさい――

全部、勘違いだとしたら。見栄えの良さに隠された過去があるとしたら。真逆に推測すれば印象はがらりと変わる。訳ありの不良品。曲者の中年男。真しやかな好青年像。状況証拠から犯人を追いつめる探偵のように、観察は深く深く、推測を練って練って。

見過ごしそうな小さな影。落ち着いた物腰は成熟期間を学んだ紳士であるが、渋味の強さに人生経験よりも生まれ持った性格がバランスを崩している。しかし気になるのは重すぎる匂いで、芳醇の華やかさを邪魔している。積み重ねたはずの威厳がない。なんだろう、この不気味

な雰囲気。纏《まと》わりつく不穏な空気のなかに腐った死臭のような忌まわしいものを感じる。無言で威嚇する強さが安易に近づけさせない。触れられたくない封印された過去がありそうだ。

――感覚を研ぎ澄ませなさい――

殺人者が洗面所で手にこびりついた見えない血糊を一心不乱に洗い流そうとしている。滾《たぎ》る水道水。怯える必死の凝視。横顔の痣《あざ》は、なにかの火傷痕か後遺症だろうか。発見。こいつだ。体格から人種と国籍を割り出し、行動と訛《なま》りから出身地を推定する。世間体の顔と、隠された正体。前科者の負い目により日常の行動範囲は最小限に閉じている。長すぎた逃亡生活。善人を装う印象は希薄に努める。もはや気概と狂気は男から失われて、毒にもならなければ薬にもならない。あまりにも強烈な試練は個性的な人間を無力にする。擦り切れてしまったのだ。

「おそらく、こいつは失敗作だね。名作になり損ねた珍品だ」

満足そうに飲んでいたハナナが言い返す。

「どういうこと？　とても美味しいわよ。意気盛ん、頑固一徹の若き家具職人みたい。伝統を継承しつつも新しい時代を見すえている。わたしは好きだな」

「過ぎたるは及ばざるがごとし、さ」

「言っている意味がよく分からない」

ジャオはグラスを一旦置いて、ワインとの距離を持つ。

「才能はあったんだ。環境も悪くなかった。本人も努力した。だけど、運がなかった」

「本当なら、もっと美味しくなれたってこと？」

「ちょっと違う。美味しいワインなら世の中に数多ある。しかしこれは凄いヤツになる可能性があったものだ。もっと官能的で、魔力を秘めて、味わった人を狂わせる、そんな名酒だ」

「ややこしいことを言いますね。面倒くさい」

「それがワイン飲みの楽しみさ。面倒くさがっていては話がはじまらない。無駄なことにこそ意義ある」

ジャオの目は笑っているが、奥には鋭く光るものがきらりとある。それを見たハナナの指が動く。持っていないスプーンをくるりと回してみるのだ。

「凄いワインって、なに？」

ジャオはワインボトルを掴んで回し、自分の方に向けたラベルを見ながら言う。

「美味しいって、なんだろう」

ジャオの反問。研ぎ澄まされた意識は目に表れて、集中する視線は見えないものまで見ようとする。目覚め冴えた意識の耳は欹《そばだ》てて、敏感になった全身で聞こえないものさえも聞こうとする。大脳神経細胞のなかを縦横無尽に駆け巡って白熱する思考回路。闘争本能が刺激された小説家は理論武装する。孤軍奮闘の信念があり、百戦錬磨の懐疑心がある。言葉は火矢のように燃えているのだ。ハナナはこの半年間で思い知った。ジャオがこういう顔つきのとき、すべての和解案は鼻先で笑ってあしらわれる。休戦調停の申し入れは逆に油に火を注いで好戦的にするだけ。ある種の男たちは千思万考に耽る。論考の力試しは業突張《ごうつくば》りだ。酒乱を手懐けるように、荒馬を乗り熟すように上手くやるしかない。敵を欺くには、まず自分自身から。

ハナナは真っ直ぐに向いて、にっこりと笑った。

「そりゃあ、ワインに限って言えば、口当たりが良くて、香りも華やかで、後味にいつまでも浸れる余韻が、美味しい、ってことじゃないの?」

「違うね」

「なにが違うの」

「人間にとって味覚とは、そんな単純なものではない。もっと奥深くて予測不可能なものだ。ありふれた美食論なんて、笑止千万の話だ」

「ほほう!」と大袈裟に一驚するハナナ。どうせ論戦を繰り広げるならば楽しんだ方がいい。熱くなった少年はもう止まらないのだ。受けて立つには、それなりの心構えが必要。ハナナは前屈みになってテーブルに肘をつき、地上最強の屁理屈屋《へりくつや》を迎え撃つ用意ができた。

「聴こうじゃないの」

「冒険の海に出航する準備はできたか」

「船長。あっしらは荒海の藻屑《もくず》となる覚悟で最後までついていきやしょう」

「よし」

碇を上げた帆船がゆっくりと埠頭を離れていく。別れを惜しむ人々が手を振ると、甲板から身を乗り出した船乗りたちが威勢のいい約束を連呼するのだ。鳴り響く鐘と銅鑼《どら》。湾港の水面を静かに切っていく船首。船が港を出ると、外海を吹く風に三角帆が大きく膨らんだ。男たちの歓声。海鳥は舞い、空は青く高く、海は果てしなく広い。

「美味しさってなんだろう。食欲を満たす要因の一つではあるけど、体内に栄養を取り入れるための判定装置でもある。空腹になればなにか食べたい。なにかを食べるなら毒素のない新鮮な栄養価の高いものがいい。腐っているもの、危険なものは、口に入れたときに即断できければならない。健康と生死を分ける問題だからね。不味さを感じる基準はここにある。だけど、どうせならば工夫をこらした料理人がつくるものがいい。熟練した技があればなおさらよい。風味に鼻を喜ばせ、盛り付けの美しさを愛《め》でる。ゆったりと寛げる食卓の雰囲気も大切だな。きれいな食器に、心地よい音楽なんかあれば文句なし。文明人ならば誰もが持つ普通の欲求さ。個人の経済状況に差異が生じるのも、美食評論家たちが内輪話を得々と話すのもこの領域」

「そうね。そのとおり」

ここは静かに合わせていくハナナ。

「どんな人間でも、食べ物を前にすると切実な立場になる。高級食材に舌鼓を打っても、家庭料理を味わっても、ジャンクフードを貪っても、美味しさを求める気持ちは変わらない」

「うむ?」

「ぼくはそういう一般的な考え方を十分に理解したうえで、もう一つの思いに囚われてしまう。さらなる高い次元へ思いを馳せる」

ここで重要な発表があるかのように勿体ぶって意味深長な間がつくられる。小説家が未発表の自信作の題名を告げるときの得意気な焦らせ方。

「究極の世界さ」

ジャオの衒《てら》った顔に、ハナナのワインを飲む口が止まる。戦闘開始の最初の銃声。長い戦いがここから始まるのだ。高速回転するハナナの歯車。引っ掛かった大と小の歯車にすっぽ抜けた糸がひらつく。すぐに調子が乗らないハナナ。とりあえず当てずっぽうで言ってみた。

「『最後の楽園』とか?」

図星だった。ジャオの顔が輝いて満足している。論客は好敵手を得た喜びから、饒舌の具合を舌舐めずりすると、襟を正して甲板の壇上へと上がっていく。拍手喝采で迎える船乗りたち。潮風に舞う旗を背に論客が立つと、真っ青な海空が彼の背景によく似合う。英雄の登場に沸き立つ群衆。男は観衆に手を突き出して興奮を抑えようとする。静粛に。静粛に。

「とてもいい質問だ。そう、『最後の楽園』は世界最高のワインといわれているね。名酒のなかの名酒。王者のなかの王者。小さな畑の単一品種から造られるワインは、年間生産数が極めて少ないことから希少性が高く、目が飛び出るほどの高額で取引される。巷《ちまた》のワイン通あたりなら実物を見たこともないかもね。ハナナは『最後の楽園』を飲んだことある？」

ハナナはしおらしく首を横に振る。あえて大きく否定するまでもなく至極当然の事実。

「ぼくもない。一生に一度くらい幻の酒を味わってみたいものだけどね。口にできるチャンスは今まで何度かはあったんだ。どうしてだろう、なぜか素通りしてきてしまった。その代わり、飲んだことのある人に会ったことはある。その男は社会的地位もあり、常識人として信用できる人物だ。叩き上げの苦労人で、世の中の酸いも甘いも噛み分けてきた人間だよ。決して奇抜なことを言ったり、目立つことで注目を浴びて虚栄心を満足させるような俗物じゃない。これ見よがしの美食評論家とは正反対。損得勘定で二枚舌を使う八方美人のお調子者たちとは違う。真実を言葉にするリスクを恐れない持ち主さ。その彼が、ぼくに真顔で言ったんだ」

ジャオは残り少なくなったワインを一気に飲み干して、空になったグラスをトンッと音をたててテーブルに下ろした。

「不味《まず》かった、って」

ハナナは黙って聞いている。軽く口を挟むことができないほどジャオの声が強い。

「不味かったって。世界最高のワインが不味かったって。彼は本気でそう言っていた。ワインの取り扱いには、細心の注意が払われた。貯蔵期間も、運搬方法も、室内温度も、栓抜き後の処理も、万全を尽くした。考えられるかぎりの最上最良の方法が取られたにも関わらず、至高の名酒は男の舌を満足させることがなかった」

ジャオの視線はどこか離れた場所を見つめ、心がふわりと浮いているよう。ハナナはグラスにそっと口をつけて、静かに量を減らしていく。

「ぼくは、彼が『最後の楽園』を不味いと言ったときの顔をいまでも忘れられない。ときおり思い返しては考え込んでしまう」

ハナナの空になったグラスが音を立てずにそっと置かれる。ジャオが一呼吸を入れて、口調を落ち着かせながら言う。

「すごく幸せそうな顔をしていた。もう一度味わえるものなら、金に糸目は付けないって感じだったね。万感の思いで遠くを懐かしむような目をしていた」

互いの目の奥を探り合う二人。空のグラス二つが向かい合っている。ハナナはグラスに指を添えるが動かさない。

「だけど、不味かったんでしょ」

「そう、不味かった」

考え込むハナナにジャオはほくそ笑み、ボトルを悠々と掴み取ると、二つのグラスに均等の量を計ったかのように注いでいく。ガラスのなかで渦巻く赤色。液体は流れるとき、生き物のような躍動感を見せる。強く、柔らかく、自由で、賢い。

「分からない。その話のポイントが、わたしにはよく見えない。なにが言いたいの」

テーブルに立つワインボトル。その凛々しい佇まい。

「つまり、その不味いってのが、真理なんだ」

「真理?」

「そう。森羅万象を司るあの真理」

同じワインの量を並べ比べているグラス二つ。

「ますますややこしい。逆もまた真なり?」

「違うね。そんな簡単な話じゃない」

「ちょっと待って。わたしに考える時間をくださいな」

「どうぞ。時間はたっぷりとありますよ」

そのとき、ウエイターが料理を運んでくる。痩せ細った指に挟まれた二枚の皿が、ぞんざいな扱いでテーブルに投げられた。放り出された二枚の皿は、半回転して置かれるべき場所から少しずれて中途半端に停止した。ソースが横に流れて盛り付けの美観を崩してしまったのは、ウエイターの無作法な行為によるものだ。給仕に対する注意力はまったくなく、客人への心遣いは微塵も感じられない。ジャオとハナナは自分たちの前に投げ捨てられた皿に息を呑んだ。そのいい加減で疎かな仕事ぶりに驚いて会話も断ち切れてしまう。言葉を失った視線が見上げると、痩せて背の高いウエイターは、軽く舌打ちをして面倒臭そうに料理の説明をはじめた。それは感情のこもらない字面だけを読み上げた喋り方だった。嗄《しゃが》れた陰気な声が言う。

「本日の魚料理……、『甘鯛の鱗《うろこ》こんがり塩焼き、キュウリソースに、ラタトゥイユ添え』でございます……。今朝ほど、近海で捕れたばかりの、新鮮な魚を念入りに調理しました。鱗の香ばしい食感を、お楽しみください……」

気持ちのない口調に、料理の素晴らしさを伝える誠意はない。教えられたマニュアル通りの対応を最低限の声量で呟いただけ。機械的でくぐもった声は聞く者を不愉快な気持ちにさせ、悪意ある接客態度からは嫌悪感さえも抱かせた。ウエイターは一瞬でもこの場に留まりたくないかのように、やるべきことを終えると足早に去っていった。

邪険な空気がテーブルに残った。無様な位置に置かれたままの二つの皿。傾いていく甘鯛の焼き尾鰭に、飛び垂れて汚いソース。顔を見合わせるジャオとハナナのぽっかりと開いた口。

「えええええっ？」

「なっ、なに！」

ジャオはテーブル列から頭を出してウエイターの行方を追ってみたが、後ろ姿は店内のどこにも見当たらなかった。事態をすぐに呑み込めないジャオは、もう一度テーブルの皿を確認してみる。良質の食材が卓越した技を持つ料理人によって調理されて丁寧に飾られていたはず。それを等閑《なおざり》なウエイターが無残に崩してしまった。職人の仕事は侮辱され、美しかった芸術品は損なわれた。ジャオのなかで沸々と怒りが込み上げてくる。

「なんだ、あの野郎！」

「なに、なに？　いったい、なにが起こったの！」

ジャオの怒声。ハナナの当惑。

「せっかくの料理が台無しじゃあないか」

「びっくりした。信じられない」

「あいつを呼びつけて、注意してやる！」

慌ただしいジャオの憤慨に、後の席の男性が振り返った。白髪と白髭の顔をジャオの肩越しから押し込むように言う。怒りを抑えた声は重く鋭い。

「申し訳ないが、もう少し静かにしてもらえませんか。ここは、あなたたちだけの貸し切りではないのだから。他にも客がいることを忘れないでいただきたい」

初老の男には人に命令を下すことに慣れた威圧感があった。社会的地位の高い人間が持っている堂々とした自信がある。自分の力を誇示するわけではなく、一般常識から反則を認めない厳格さなのだ。睨みつける眼光に気圧され、ジャオの腹立ちはいとも容易く抑えつけられてしまう。派手なシャツ襟が勝ち誇り、初老は虫が好かない表情をどろりと残して戻っていく。

ジャオは肩を竦《すく》めて恐縮してみせる。

「叱られた」

舌を出して戯けるハナナ。

「ごめんなさいね」

会話を再開しようとする二人だが、一旦途切れてしまった話の糸口が掴めない。ぎくしゃくする気まずい雰囲気。静かなナイフが甘鯛を小さく切り、おとなしいフォークが肉厚の白身を運んでいく。咀嚼《そしゃく》する口元の歯切れの悪さ。視線は窓の外へと自然に流れ、夜景のなかに話題のきっかけを見つけようとするが、建築現場には人影は見当たらず、夜間照明も小さく落とされて、剥き出しの鉄骨は闇に潜めて捕らえどころがない。

遊園地の真上の夜空に一発の花火が上がった。大観覧車の電光にも見劣らない鮮やかな光の大輪が暗闇に花咲いたのだ。さらに続いて、二発、三発と花火が次々と打ち上げられていく。

散り落ちる火の粉を突き抜ける火の玉の連続発射。

「花火だ」

沈黙を振り払ってハナナの声は明るい。

「お祭りかな。夏って感じだね」

次々と弾ける火薬の色彩に惹きつけられる二人。吹っ切れて話しだすジャオ。

「しかし、信じられないな。なんだ、あのウエイター。こんなの初めてだよ。下町の居酒屋ならともかく、ここは『銀河横断鉄道』だよ。どうなっているんだ」

声量を微妙に抑えているジャオ。後部席への気遣いで声の大きさを調整している。ハナナも気分を害した給仕を訴えたいところをぐっと堪えて言う。

「びっくりね。こんな日もあるんだね。おそらく、きっと彼は移民労働者じゃない？ 最近は大量の人々が仕事を求めて越境してくるらしい。飲食業界はあいかわらず人手不足だと聞く。外国人にとっては、この国の習慣や文化に、すぐには慣れないのよ」

「そうだとしても、『銀河横断鉄道』のウエイターであることに誇りはないのか。アルバイトだからといって、いい加減に働くことはやめてもらいたい。せっかくの料理が台無しになるだろ。接客教育はどうなっている。名店の金看板が泣くぜ」

「いろんな人がいるのよ。真面目な人がいれば、ちゃらんぽらんな子もいる。いちいち怒ってもしょうがないよ。大人になろう。嫌なことは、忘れるのがいちばん」

穏やかに言って聞かせるハナナに、ジャオの頬張る口元が緩んでいく。甘鯛の香しい風味が、刺々しい怒りの感情を柔らかく包んでしまうのだ。

「この甘鯛、なかなかのもの。鱗の焼き加減が絶妙にいい。サクサクとした食感に、引き締まった白身に染みこんだ香りと塩味がよく効いている」

「うん、確かに。魚好きには申し分のない仕上がり。口いっぱいに海の匂いが広がっていく。さすがです。この店は違いますね。ソースがまた爽やか」

微笑み合う二人。ジャオはボトルの残りをグラスに振り分けると、通りすがりのウエイトレスに同じ銘柄を注文する。彼女の対応は丁寧で気持ちのいいものだった。

「これと同じものを、もう一本」

清々しい笑顔を見せて去っていくウエイトレス。ジャオの一息ついた安堵感。ハナナはグラスを口に運びながら言う。

「あれ？　このワインは気に入らなかったんじゃなかった？」

「失敗作と言ったんだ。飲めないわけじゃない。むしろ、この出来損ない具合が興味深い」

ハナナは空になったボトルを回し、ラベルの名称を声にだしてみる。

「『一度も会ったことのない友人』か。聞いたこともないな。無名の異才か、あるいは傑物か」

「裏通りの不良だよ。無知蒙昧の世捨て人さ」

苦笑いするハナナのフォークが、ラタトゥイユの赤ピーマンを突いている。

「不味いってのが真理、と同じ意味?」。

「うん?」

「ジャオがさっき言ったじゃない。不味いのが真理だと」

ジャオはグラスを指先で小突いて言う。

「まったく違う。『最後の楽園』と、このどこの馬の骨とも知れない代物とを比べないでくれ。ぼくが言いたかったのは究極の話さ。分かる?」

素直に分からない、と返せないハナナの意地。

「究極。それは人間の感覚には限界があるという話だ」

緩やかな曲線を描いて会話は本題へと帰ってくる。面舵《おもかじ》が大きく切られる。途切れた時間を繋ぎ合わせ、解れた糸を結び直して戻ってくる。何事もなかったかのように。

ジャオは大きく手を広げてみせた。そこに存在しない巨大な物体を抱え込んでいる仕草。

「人間が見ているもの、人間が耳で聞いている音、人間が考えていることは、すべて限定された世界の出来事なんだ。備わった知覚でしか周りの環境に対応できない。つまり、人間の目で認識できない赤外線や紫外線があるように、人間の耳では捉えられない高周波があるように、人間の舌では感知できない味覚があるということだ」

ハナナの目はテーブルの幅ほどに広げたジャオの両腕を計りながら、繊細なナイフの動きで甘鯛を切り分けている。

「つづけて」

「例えるならこうだ。人間には個人の能力の差異がある。人それぞれ、千差万別。運動能力に圧倒的に秀でた世界記録選手と、自転車にも乗れないオバチャンとでは身体感覚が違いすぎるので、同じ道路を走っていても体感する世界が別のものになる。あるいは、そのオバチャンが音感に優れた音楽家であり、世界的な運動選手が絶望的なまでに音痴で芸術への知的好奇心がなかったとしたら、同じ楽聖の名曲を聴いても感じ入るものは違ってくる」

「オバチャンがピアニストの名手で、俊足のランナーが歌えない」

無理やりな例え話に、ハナナの眉がねじ上がる。笑えない比喩に口角が歪んでいる。

「芸術作品の奥深さにまったく感心を持たない人がいたり、肉体を鍛え上げて成長する感動を知らない者がいるということ」

赤ピーマンがソースに円を描く。ぐるりと回ったいびつな楕円。

「ほとんどの普通の人ならば、そこそこスポーツもするし、音楽を楽しむ習慣はあるよ。もちろん、ワインだって、簡単な優劣ぐらいはつけられる。まあ、的を射ているかは別として」

相手の出方を慎重に牽制するハナナ。

定石どおりの展開に満足するジャオ。

「普通の人ならばね。だけど、ぼくはいま、その他大勢の人々について言っているんじゃない。極められた少数が認識できる世界の話をしている。それは密林の奥深く誰も踏み込んだことのない小さな泉かもしれないし、最高峰の頂から眺める夜明けの美しい光かもしれない」

「森の奥の湧き水に、山の頂上からの朝日とは、なんとまあ、詩的なことでしょう」

ハナナの茶化した揶揄に、ジャオの顔は毅然と向かい合う。その表情にハナナの嘲笑は消えてしまう。相手の意図はもっと遠くにある。そう感じた。

「感覚の鋭い人が体感している世界と、鈍感な者が住む世界は同じ場所だったとしても、そこは別次元だとぼくは思っている。優れた芸術家、鍛えられたスポーツ選手、考えることを止めない知識人。そして一流の料理人。突出した能力を持つ者と、凡庸な人々とでは、見えるもの、聞くもの、匂うもの、知覚する領域がまったく異なってくる。そうだろう?」

ジャオはハナナに同意を求めるが、彼女の無表情がそれを拒絶する。

「そう思わないか?」

「わたしは、そうは思わない」

ハナナの右の目が細くなり、左の眉が大きく上がる。彼女のなかの懐疑心、嫌悪感が隠しきれないで顔に表れてくる。ジャオはハナナの拒絶反応を承知のうえで揺さぶりをかけていく。

グラスを一口啜り、ワインを味わう仕草を演じてみせる。これの真贋はどうなのかと、あえて示すように。

「まあ、いろいろな人間がこの世界でひしめき合っている。経済格差ならぬ、感覚格差とでも言おうか。誰も声高らかに弁じないけどね。能力の違いは優劣の問題じゃなく、個人の魅力だという——キミは石ころなんかじゃない。磨けば、きっと宝石になる——広告代理店の常套句。嘘つけって思う。民主主義の浮ついた白昼夢さ。同じ高さの水域なら、水は留まって流れない。動き、ぶつかり合うということは、どちらかが高いか、低いからだ。平等じゃない」

ジャオのグラスがハナナのグラスの前に置かれる。並べられた二つのワイン残量はジャオの方が少しだけ多い。ハナナは口元をテーブルナプキンでゆっくりと拭うと、言葉を噛みしめるように吐きだした。

「世界最高峰のワインが不味いと感じることと、人間の個人の能力差の問題と、どういう関係があるの。論点がぼやけている。大丈夫ですか。しかもあなたは非常に危険なところを綱渡りしている。サーカスの道化師みたい。高い場所で調子に乗ってひょいひょいとふざけていると、足を滑らすか、下で見上げている民衆から石ころが飛んでくるよ。あるいは撃たれますね」

ハナナはナプキンを巻いて尖らせ、発砲したときの銃口が跳ね上がる動きを真似てみせると、ジャオは何か素早いものが顔の横を通過したかのように首をすっと傾けた。

「おっと、危ない、危ない。気をつけないと」

その飄々《ひょうひょう》とした顔を見つめるハナナ。ゆっくりと置かれるナプキン。

「自分を特別な人間だと?」

「ぼくは自由奔放な変人だろ?」

ハナナはジャオの返答を、首を勢いよく振って落とした。

「言わなくても、語りたいことは、あなたの顔に書いてある」

「ぼくは『最後の楽園』を不味いと感じた男の話をしている」

「だから、それと自転車オバチャンと、どういう関係があるのよ」

「大いに関係がある。そのオバチャンがどんなに自転車を漕いでも、『最後の楽園』には絶対に辿り着けないということ。まして原始大陸の密林の奥地にまでは、死んだって行けない」

ハナナの頭のなかで車輪がくるくると回転する光景が横切る。片田舎の長い一本道を転がる二輪のゆくえ。そのまま砂浜を抜けて海面の上を走っていく自転車。

「がんばれば、必死に走っていけば、なんとかなるかもしれないじゃない……」

単純で幼稚な精神論。ハナナは自分が言った言葉に口を噤んでしまう。失言に恥ずかしくなり、取り消そうとして口元をきりりと結んだが、もう遅い。自転車は海中へとぶくぶくと泡を立てて沈んでいく。オバチャンも溺れていく。苦笑いするジャオ。

「ならない。残念ながら無理。凡庸な人の到着地点は精々『あきらめ』まで。しかし、ピアニストが音楽を高みへと導くことができたなら『うぬぼれ』くらいは指先で触れることができる。これは奮起した者が言う——不可能はない。努力すれば夢は叶う——って領域だ」

ハナナのはっと開いた口。喉まで出かかっていた言葉が消えてしまった。心の柔らかい部分を突かれてしまった。隠していたはずの弱点を狙い撃ちされてしまった。封印した痛恨の過去の失敗が甦ってくる。閉ざされた扉の前に立ちつくす自分自身の影。不意に窓の外を見る仕草は、そこに特別なことが起こったかのように演じてみせる。平静を装う女の横顔。

大窓の遠く、遊園地の上空に花火が次々と打ち上げられていく。色取り取りの花火は咲いては散り、生まれては消えるという光の飛散を連続している。暗闇に彩られる鮮やかさを、心の奥の鏡が映し込む。手が届かない夢や希望が粉砕けるとき、それが輝かしいものであるなら、壊れていく残骸も火花を散らすのだろうか。それが本当に大切なものであるなら、失われたものはもう一度甦ってくるのだろうか。散り落ちる火の粉を浴びる大観覧車。その回転は悟ったかのように優雅である。

深く感じ入るハナナの顔が落ち着きを取り戻してくる。細めた右目が緩め、上がった左眉が沈む。その表情の後退りを、何かの現象のように観察しているジャオ。

「どうした?」

「花火が素敵だな、と思って」

ジャオはハナナが正面を向くまで待っている。物思いに耽る横顔がそのまま憂いを湛えてグラスを掴んでいく。それに合わせてジャオもグラスに手を伸ばす。同時に飲んで、同じタイミングでテーブルに置く。そして一緒にフォークとナイフを手に取り、甘鯛を口に含む。ハナナの顎の動き、その咀嚼《そしゃく》をそっくり真似するジャオ。ハナナの噛む動きは止まり、ジャオも少し遅れて口を停止させる。視線が交錯する二人。テーブルを挟んで対称な女と男。映し鏡のように体勢がぴったりと一致している。持ち上げた手の位置、ナイフとフォークの角度。ハナナが小刻みに速く噛み砕けば、ジャオも負けまいと顎を振動させる。大きく目を開けば、驚いて目を丸くする。顰《しか》めっ面をすれば、眉間にきりりっと皺を寄せる。遊ぶジャオ。呆れるハナナ。戯けた物真似。苛立ちの咳払い。

「最上級のワインの味が不味いなんて理にかなわない。極められた品質を持つものが不良品なんて筋が通らないじゃない。それじゃあ、世界最高の称号が意味を持たない」

「ご意見、ごもっともです」

するりと躱《かわ》されると、ハナナの顔から力が抜ける。ジャオの切り替えは速い。表情をつくり直し、一人二役の寸劇をはじめた。首を右に向け誰かの声色。左の顔で別の裏声。

「どうやら、こちらの御婦人は、このワインがお気に召さないご様子ですね——それは困ったねえ。これ以上の品は、この界隈じゃあ、なかなか飲めねえんだがな——本当に、この旨さが分かっていらっしゃるのでしょうか——ひょっとしたら、とびっきりの極上ものを飲んだことないんじゃねえの——素人だ——もぐりだ——ワッハハハッ——ギャハハハッ」

ジャオの二面相が表裏する小芝居。それを見ているハナナはあまりの突拍子もない即興劇に唖然としている。半開きの口がぽっかり。止まったフォークからソースが滴り落ちている。

ジャオの戯けた演技は続く。ちょっと猫背ぎみに前屈みになり、声色を濁った胡散臭い感じに変え、片目を瞑って渋く喋りだす。

「さあさあ、お立合い。御用とお急ぎでない方は、ゆっくりと聞いておいで。生きとし生けるもの、森羅万象の謎に頭を悩ませて夜も眠れないのなら、千載一遇のチャンスだ」

嗄れた声は見世物小屋の呼び込みか、サーカスの口上か。無精髭の男の饒舌が冴える。

「このテーブルを、この世界のすべて、宇宙全体だと考えてみてください。いくらなんでも、小さすぎると思っても、ここはちょっとじっと我慢してちょうだい。手前の尻の穴の小ささと人間の薄っぺらさに免じて許してくださいお客さんたちだって、人のこと言えた義理じゃあないでしょう。おっと、これは失礼」

笑い口を押さえた両手はテーブルの端と端にまで広げて置かれた。右の掌と、左の掌に挟まれた空間に、ナイフとフォークを乗せた皿があり、その上には食べかけの甘鯛とラタトゥイユが残っている。ワイングラスとボトルを合わせて、これが大宇宙だと見立ててみせる。

「霊長の王と威張りくさる人間さまですが、悲しいかな、残念ながら完璧ってわけじゃない。数式を使って世界をくまなく計ってみても、天高く聳え立つ塔を建ててみても、遠い惑星まで宇宙船を飛ばしてみても、それはそれだけのこと。絶対に手が届かない場所があるってものよ。見たり、聞いたり、触ったり、味わったり、考えたりしても、感知できる領域はピッシと限られているんですな。べらぼうにどでかい宇宙が、このテーブルくらいだとすると、人間どもが理解できる境界線は、まあ、ちょうど、この皿くらいの分量しかない。つまり、ここに乗りきらないものは、食べられないんですな。お分かりか？　お客さん」

軽妙に捲し立てる口巧者。芝居掛かったフォークの先はラタトゥイユからズッキーニの小さな欠片を引っかけて持ち上げた。そして、皿の外、少し離れたテーブルクロスの上にぽたりと落としたのだ。ハナナの目は芸人の一挙一動を見守りながら追っていく。真っ白な布地の上に転がっている野菜の輪切り。

「これは、もう食べられないだろう？」

興に乗った手がテーブルクロスに落ちたズッキーニを指差す。

「われわれ人類が持っている味覚の領域は、この皿の上だけ。ここから飛び出したものは味わえないね。よい子はママから落ちたものを拾い食いするのは行儀が悪いと教わったでしょ」

フォークは甘鯛の切れ端を皿のいちばん外側までじわじわと移動させていく。小さな白身を

零れ落ちそうな皿の隅まで持ってくると、

「さて、ここが限界点だ。味覚の鋭い人たちが感知できる最も先端な場所。ここまで。だけど、味覚世界の全体はさらに外に向かって広がっている。あそこに落ちているズッキーニに憧れる気持ちは、探求をやめない料理人や美食家なら誰しもある。この先には一体なにがあるのか。食べられないものほど、食べたくなる」

言うが早いか、瞬発力で伸びた手がテーブルクロスの上に転がっているズッキーニを摘まみ取り、口のなかへ放り込んだ。汚れた指先をぺろりと舐めると、味わい噛みしめる表情が受け入れがたく不快に震わせて、声には出さないまま（マズイ）と動く。

動作は流れる。ハナナの反応を目配せで確かめるとフォークに持ち替えて、ラタトゥイユからトマトの一欠片を選び取り、口に含んで、にっこりと口角を上げる。フォークの先で空中にすらすらと（ウマイ）と書いてみせる。見えない文字の筆跡と残像を示して正面を見すえる顔は、自作自演に満足した役者の面構え。閉じられた口が応答を待っている。ハナナは言う。

「なるほど」

ハナナは肩と首をゆっくりと回して強張った気分を解そうとする。深く息をして、テーブルクロスに付いた野菜の汚れ跡にちらりと視線をやった。

「なんとなく、分かりました」

難題を吹っかけてくるクライアントの仕事を許容する、あの受け答え。

「つまりそれが『最後の楽園』の味だと。突出した能力を持つ者だけが体感できる世界だと。『最後の楽園』を飲んだ彼が不味いと感じたのは、彼が人並み以上の味覚を持っていたのだけども、究極の境界を超えることができなかったから。しかし、彼は目の前の視界を覆う濃霧の向こう側に、まだ見ぬ〈楽園〉を予感して、幸福感をぼんやりと垣間見た。そういうこと？」

「そうだ。そのとおり」

「もっともっと人間は、その能力を研ぎ澄ましていき、凡俗から穎脱《えいだつ》すれば、本人にも思いもしなかった超感覚の世界を体現することができるはずだ、と。真理は人間を超えた場所にあり、その他大勢の烏合の衆はまだ覚醒していないから知る由もないのだ、と！」

「そうだ。そのとおり。よく理解している」

ジャオを直視するハナナ。

「その人は、自分の能力を冷静に分析できる、すごごぉうおおおく謙虚な男だったわけだ」

「まあ、そうだね」

ハナナは何かを否定するように首を横に振る。そしてフォークとナイフを強く握りしめると、挑みかかるように甘鯛を切り刻んでいく。

「そうかしら？　わたしはそうは思わない。それだと、一流のレストランの料理人が作る料理が最も美味しいってことになるし、特定の優れた技や能力を持つ人だけが至福を味わえることになる。そんなの変よ。あまりにも考えが偏りすぎていると思う。倒錯した優生学」

「超越する形而上学と言っていくれ」

「とち狂った厭世主義《ペシミズム》。人間の多様性を侮っている」

「一流の料理人が焼いた甘鯛の味は最高だろ?」

「一流の料理人が焼いた甘鯛は最高よ。だけど、それだけじゃない」

「毎年毎年、手厳しい評論家たちの審判を乗り越えて、その生涯を通じて料理技術を修練させ、理想と現実の狭間で折り合いをつけて生きている職人が作ったものと、冷蔵庫のなかの余り物で、給料日前の夕食の献立をどうにか形にして誤魔化した怠慢な主婦が皿に盛ったものが二つあると、さあ、どっちを食べたいか?」

「そういう二元論じゃなくて。なんていうか、もっと普遍的なこと。すべての人が持っている基準値こそが大切だと思う。誰でも共感できる心の部分」

ラタトゥイユのなかのピーマンとトマトがフォークの先で掻き回されている。

「誰でも共感できる心の部分? 文化とか、芸術のことか? 音楽はどうだ。国立交響楽団の魂の入った熱演は、街角ギター弾きの垂れ流し哀歌《エレジー》より感動しただろう?」

「この前の交響曲《クラシック》にはとても感動したけれど、軽音楽《ポップス》に心を揺さぶられることだってある」

「近ごろの流行歌に、耳を傾けるほどの良質なものがあるか。みんな使い古されたメロディに、どこかで聞いたことのあるような語彙の言い回しばかりじゃないか。複製《コピー》の複製。贋作《フェイク》の贋作。モデルチェンジを繰り返して消費者を騙しつづける家電企業の大量生産と同罪だよ。芸術家を気取っているのが、冷蔵庫主婦よりもたちが悪い」

「あなたは、いま、世界中の専業主婦たちを敵にまわしましたね」

「おおっ、望むところよ。どこからでも掛かってきなさい」

「おそらく、三十秒と保たない」

「四十五秒くらいは、耐えられるさ」

甘鯛を軽々と噛みしめるジャオ。

「どうして、いつもそんなに卑屈なの?」

「純粋なんだろうね。歯に衣着せぬ物言いさ」

ワインで口を潤すハナナ。

「三百年前の宮廷音楽家と、現代のライブハウスバンドを比べてもしょうがない。時代が違いすぎる。比較検査の条件を満たしていない。公平じゃない」

「環境の差異は大きい。本物は、これ見よがしに主張しないもの。偽物は欠点を隠そうとして派手に目立とうとする」

「創作に向かう気持ちは同じはず。なにかを作ろうとするときの情熱は本物でしょ」

「偽物が多すぎる。自分がなにをやっているのか、ヤツらは分かっていないんだ」

「ヒットチャートは玉石混淆だけど、ゴミくずだらけですか」

ジャオの口が声に出さないまま（そうだ）と動く。ハナナは反発して（違うでしょ）と唇を伸び縮みさせる。その口角が閃きに引っ掛かって、

「小説は？　文学はどうなのよ。近代文学の黄金期の文豪たちの作品と、ジャオが現在書いている小説を天秤に乗せて計ってみると、古典の方が重いってわけ？　メインヴィヨンド・ザルスイに負けていることになるよ。意識の流れなんて、骨董品って言ってなかった？」

ジャオの顔に染み込むような微笑が広がった。俯いて、足元の何かをじっと確かめてから、ゆっくりと視線を上げてくる。静かな声は誰かを弁護しているかのよう。

「すべての物語は、すでに語り尽くされている。われわれ小説家たちは、ある原典を現代風に再構成して、作家主義の金粉を散らして、苦労して仕上げました、という体で書く。意識してやっているか、無知なだけの輩かの違いはあるけど。どちらにせよ伝統工芸の口承者だ。とてもじゃないが超感覚の人種とは言いがたい」

「文学は時代遅れ、博物館行き、ってことですか。そんなカビ臭いものに一生涯を賭けているわけですか。ねえ、言っている意味と、やっている行動がちぐはぐ。矛盾しまくりよ、先生」

「小説家は複雑で繊細なんだよ。泥沼から星空を見上げる一匹のカエルさ」

「カエル」

「ヘビに睨まれたカエル。ヘビの名前は〈現実〉。飛ぼうとするカエルの足の筋肉が〈想像力〉ね。逃げるが勝ち。星に向かって飛べ」

掴み取れず空回りするハナナの歯車。頭の上に乗った蛙を見上げると、蛙は慌てて跳んでいく。髪の毛を濡らした意味不明の比喩。前髪からぽたりと一滴。頭をぶるぶると震わせると、回転する髪先から滴は四方へ飛び散った。女の手が取舵《とりかじ》を強く切れば、船首が波飛沫を上げて大きく針路を逸らした。

「まったくもう、この人は、なにを言っているんだか。ねえ、真理って、手が届かない高いところにあるの？　違うでしょ。本当に大切なものは誰もが感じる深い場所あるんじゃない？　すべての中心にあるのよ」

ハナナのフォークとナイフが十文字に交差して接触する。響く金属音。

「さもなくば、長い時間をかけて必然的に淘汰されて、最後に残ったものこそが価値がある。その時代の流行や風俗を超越したものこそが、人間に幸福をもたらすと言えるんじゃない？　例えば、このワインボトルの形とかすごいと思わない？　数百年間、人々の間で普段使いされて、もうこれ以上変えることのできないデザインになっている。造形美として、究極の真理に達していると思う。絶対価値がここにある。かつて無名の天才がいたのよ」

これならどうよ、と鼻息が荒いハナナ。自信に満ちた顔。しかし、ジャオはフォークの背でワインボトルをコンコンと叩いてみせる。

「だけど、手垢のついたものには感動しない。ぼくたちが熱望してやまないのは、目が覚めるほどの感動なんだ。ぼんやりとした日常じゃない。普遍的なものに神聖さを感じることはあるけど、真理とはちょっと違う。子供のころに母親が作ってくれたラタトゥイユに郷愁を感じるのは勝手だけど、記憶の甘酸っぱさと、真理の崇高さを混同してはいけない。人間誰しも自分の過去には執着があるからね。自分を突き放すくらいの自由と勇気が必要だ」

ジャオの手は皿の両脇に添えられて、

「しかし、ここの料理長の選択肢には毎回驚かされるね。高級食材の甘鯛に、ラタトゥイユを添えるとは。アッハハ。お涙ちょうだいのブラックユーモアが隠し味なんだろうか。なかなか塩味が効いているじゃないか。ハナナもまさか、おばあちゃんの焼いたパンが世界でいちばん美味しいって言うんじゃないだろうねえ」

ハナナのフォークとナイフが皿の上でぴたりと止まった。甘鯛を越えて転がっていくズッキーニの欠片。彼女の大きな瞳がさらに見開かれる。

「ジャオ。わたしと喧嘩したいの？」

怒気を含んだハナナの声。越えてはいけない一線というものがある。危うく触れそうになった自爆ボタン。鬼門の非常線。慌てて咳き込むジャオが弁解の言葉を走らせる。

「ごめん、ごめん。例えが悪かったね。ぼくが言いたかったのは、一般的な家庭料理はすべての人々の心に郷愁を与えるけど、それで人間は満足していいのかな、ってことさ」

妥協するハナナの舌打ち。

「問題ない。満足していいでしょう」

「違う。そうじゃない。満足しちゃあダメだろ」

「どうして。本当に良いもの、心を満たしてくれるものは、すべて自分のなかに存在しているのに、わざわざ、どこへ、なにを、探しに行こうとするわけ？」

「いわゆる——答えは、自分自身のなかにある——って幸福論だけど、そうかな？　そんなに、自分を信じていいものだろうか。自分って、絶対的に盲目的に、信用できる相手だろうか」

ピリッと強烈な苦味を感じるハナナ。香辛料の塊か、癪《しゃく》な苛立ちか。声が大きくなる。

「じっ、自分が自分を信じなければ、誰が自分を信じてくれるのよ！」

予測した反発が的中したジャオのほくそ笑み。話題が核心に近づいてきたことに喜びを隠せない面持ち。論客は帆船の甲板の手摺に寄りかかり、心地いい潮風に髪の毛を吹かせて涼んでいる。

「自分はこの広い世界に一人しかいなくて、その個性は唯一無二だからこそ尊いのだ、と?」

「そりゃあ、そうでしょうに。わたしがいて。世界がある。この順序は絶対よ。変わらない」

「絶対か?」

「絶対です。わたしのこの目が見て、この耳が聞く。この頭が考えて、この心が感じる。この肉体が経験したものが、わたしです。それが全部、錯覚だとして、霧のように消え失せても、最後に自意識だけは残る」

ハナナの勇む声は、どこかの大物を演じて威厳に満ちている。

「我思う、ゆえに我あり」

言い切ったハナナの顔は強い。そして、顔の向きが少しだけ傾く。さあ、掛かってきてみろと挑発しているのだ。その眼力の焦点の中心に、自分の顔を持っていくジャオ。

「疑って、疑って、世界のすべてを疑っても、それを疑っている自分がどうしようもなくいる?」

無言の自信が重々しく頷く。

「では、その定説を逆さまにしよう。この世のありとあらゆる物事を徹底的に肯定してみる。嫌なことも、最悪な出来事も、丸ごとすべてを、心を大きく広げて受け入れてみよう。信じられるところまで、信じるんだ。あの博愛主義者の言葉を思い出してくれ――この世界に無駄なこと、余分で不必要なものなど一切ない。すべての生命は祝福されているのだから――」

ジャオのにっこり笑う顔は空々しい。誰からも好かれようとする笑顔は誰からも嫌われる。

「目を背けたい、忌まわしい事物の数々。戦争。病気。災害。思い浮かぶ限り。癒着。陰謀。悪徳。もっと挙げてみよう。嫉妬。怠惰。偽善。まだまだある。切りがない。もう底なしさ」

人差し指と親指で丸い輪をつくり、そこから覗き見るジャオ。

「この立ち腐れた世界を肯定しようとしても、それを受け入れられない自分がいる。この世界に違和感を持ってしまう自分自身。その自分の思考さえも世界から乖離《かいり》しているかのようだ。節穴は板壁から欠け落ちた部分じゃない。そこには、元々なにもないんだよ」

指の輪の両側で二つの視線が探り合う。指は弾け、ジャオはハナナの眼光から避けるように俯いた。持ち上がるフォークとナイフの緩慢な動き。静かな表情は料理に集中しているよりも、用意していた台詞を思い出そうとする講談師《ストーリーテラー》の考える顔だ。

「おとぎ話を一つ」

ジャオが話しだしたのは、ある童話のあらすじ。

「『誰にも似ていない女王』の話。むかしむかし、ある国に誰にも似ていない女王がいました。その美貌は世に聞こえた唯一無二のものだったのです。誰よりも美しく、誰と比べても女王の方が輝いていたのです。そのせいでしょうか、女王は、わがままで欲張りになっていました。もっと美味しい料理を、もっときれいな服を、もっとかっこいい男たちを。しかし、どんなに御馳走を食べても、どんなに着飾っても、たくさんの素晴らしい男性を手に入れても、女王の心は満たされませんでした――ああ、ワタシはなんて不幸な女王なのかしら、もう死んでしまいたい――そしてあるとき、不平不満を口にする女王の前に一人の魔法使いがあらわれます。嘆き悲しんでいる女王に魔法使いは尋ねました――女王様、どうして泣いているのですか――女王は答えました――なにを食べても、どれほど宝石を身につけても、恋を数え切れないほどしても、心は満たされないのです。どうかアナタの魔法の力で、ワタシの空っぽの心を満足させてください――それを聞いた魔法使いは答えました――そんなことは、お安いご用なことですが、女王様、アナタはその望みが叶っても、アナタは、もっともっと欲しい欲しいと新たな欠乏感にとらわれるでしょう――その言葉をただ呆然と聞いている泣き顔の女王に、魔法使いは態度を一変させ冷たく言い放ちました――オマエはワタシの顔を忘れるほど贅沢三昧をして腑抜けたのか。思いだせ。かつてオマエは貧しい漁村の漁師の女房だったことを。オマエの願い事を聞くのはこれで三度目だ。前回は、すべての欲望を意のままになる女王にして欲しいとすがりついた。そして、さらにその前のオマエは――」

ジャオは寓話の結末を言わずに口を閉じた。意味ありげに顎をひくジャオを、ハナナは真意を見抜こうと目を細める。二人の間の空気は固く角張ってしまう。頭上の手の届かない場所に見えない箱が浮かんでいて、そのなかには答えが書かれた紙切れが入っている。

「その前はなんだったのよ」

「なんだったのだろう」

ジャオの勿体ぶりに、ハナナは歯痒い。

「なにを言いたいのよ」

「その欲望は、本当に自分の欲望なのか。その夢は、ひょっとしたら他人の夢じゃないのか」

ハナナのフォークとナイフの動きが注意深くなる。甘鯛の白身のなかに小骨があり、それを取り除こうとしているみたいに。銀色の先端が、あるはずのない魚の骨を探している。

「どういうこと」

ジャオの声は秘密を打ち明けるように、一つひとつの言葉をはっきりと発音していく。

「飛んで火に入る夏の虫のたとえ話。炎に向かって自ら焼け死ぬ蛾の本能は、自分のための欲望じゃない。そう思わされているだけだ。人間もこの虫けらとどこか似ている」

強い追い風を受けて横帆が大きく膨らむ。船体は軽くなったように海面を走りだしていく。大海原を独り占めして突き進む一隻の一直線航行。

「なにか大きな力や流れに翻弄されているだけだとしたら。考え方や心まで、あらかじめ全部、決められているとしたら。さあ、どうする？　自由意志が鎖に繋がれているということ」

「そんなことありえない。わたしは自分の頭で考えることができるし、そして、自分の意志で生きてきた。誰かにやらされて動いていない。操り人形ってわけじゃない。わたしは……」

宙を横切るナイフ。話を遮ろうとするジャオ。それを振り払おうとするハナナ。

「そのたった一三〇〇グラムの脳味噌で、世界のありとあらゆるすべてを正確に認識できるか」

「業界大手の企業じゃなくて、あえて少数気鋭の無名事務所を選び就職したのも、このわたし」

「もしも、一トン級の巨大な大脳皮質があったとしたら、世界中の仕事を一人で担えないか」

「四季色通りのアパートメントに引っ越したのも、このわたし。家具も内装も自分が選んだ」

「スーパーマーケットの商品棚に欲望が目覚めるんだ。一人のために商品があるんじゃない」

「この服だって、素材からデザインまで、全部わたしが自分で考えた。誰かの趣味じゃない」

「趣味は闘争。承認欲求の優劣が競い合う。アイデンティティーは観客を前に踊る道化師さ」

「女の子なら誰でも突き当たる建築業界のガラスの天井。汗と涙のハンマーで突き破ってきた」

「同じ条件が揃えば、似たような女の子が、貧民街から十番地区までの成功物語を演じないか」

「わたしがやった仕事を、他の誰が真似できるというのよ。可能だと言うヤツを連れてこい」

声に声が重なる。言葉が追い越されて、追い抜かれては飛んでいく。

「人の数だけ物語があるのではない。物語の数だけ人がいるんだ。砂漠の砂を数えてどうする」

「生きていることの実感。失敗と成功の七転び八起き。この醍醐味。運命など変えてみせる」

「個性ってのは唯一無二のことじゃない。分類された科目のことさ。あらかじめ決まっている」

「こうして食事をして味わい、呼吸をして、偏屈な小説家と会話をしているのも、このわたし」

「わたしは存在する。しかし、わたしは自分のものじゃない。その肉体も生かされた生涯も」

「頭にくることはたまにあるけど、そこをぐっと我慢して付き合っているのも、このわたし」

「肉体は借り物だけど、精神も借り受けたもの。いつかどこかの誰かと同じ生き方をしている」

「ハナナ・ベンガラ。これがわたしの名前。どこへだって行けるし、なんにだってなれるのだ」

「かつて大きな自我があった。それがバラァンバラァンに砕け散って、わたしが生まれたんだ」

「この身体は自分の意志で動く。精神だって思うままに使える。なんだったら張り倒そうか」

ジャオが頭上の手の届かない場所にぽっかりと浮かんでいる箱をちらりと見上げると、箱はくるりと半回転して、開いた箱の口から一枚の紙切れを落としてくる。空中をひらりひらりと舞い落ちる一枚を、静かな手つきで掴み取るジャオ。紙を開き、掌に乗せてハナナに見せる。

「なんて書いてある?」

「なにを言っているの」

「この紙に答えが書いてある。読んでみろ」

「紙なんてない。透明の解答用紙? わたしをバカにしているの」

開いた手は閉じられた。握りしめる拳が小さくなる。

「この世が幻影なんかじゃない、と断言できるか。自分の脳がつくり出した精巧な舞台装置ではないことを、操り人形のように操作されていないと、論理的に説明できるか？」

「そんなこと簡単よ。このフォークで、自分の腕をぐさりと突き刺せば激痛が走る。この痛みは本物でしょうに。夢じゃない。これが現実。流れる血の色は、誰が見ても赤い」

「ぐさりと刺した痛みも、流れる赤い色も、みんな錯覚だとしたら、どうだろう。たとえば、いかれた科学者が登場する荒唐無稽な三文小説にあるように、どこかの研究所の実験室で水槽に浮かんだ脳が夢見ている仮想現実。この意識が絶対に本物だと言い切れるかい」

ハナナの頭が右へ左へと揺れ動く。ゆるりとした表情に軽い笑みが浮き上がってくる。

「考えすぎよ」

「その——考えすぎよ——が違う次元から送られてきた信号なんだ。はい、反論して」

「それは……」

考えるハナナ。視線の先はジャオの顔を突き抜け、もっと遠くへ向かっていく。インテリアデザイナーの目は審美眼の是非を自問する。難題の着地点を模索する。柔軟な指がゆっくりとナイフを回しはじめる。器用な指と指の間を慎重に、そして正確に回転するナイフ。

仕掛けるジャオ。張り合うハナナ。均衡する言葉の鬩ぎ合いに、手応えを感じる二人の口元に笑みが浮かんでは消えた。ナイフは指に弄ばれて三周回ったところで、ハナナの手のなかの定位置に静かに戻った。

「数学というものがあるじゃないか、アロイアくん」

「へえええ」

感心する素振りのジャオ。楽しそうにズッキーニを突き刺して口に向かって軽々と放り込むと、もう一度感じ入る表情をつくってみせた。ハナナは甘鯛を注意深く切り分けていく。

「数学、物理。まあ、数学ということにしようか。数学を使えば、この世界のほとんどを説明できる。遺伝子から生物の成り立ち。天体観測から宇宙全体の仕組み。遺跡発掘で過ぎ去った時間を顧みて、人工知能で来るべき未来を予言する。為替レートは世界共通言語。暗号解読が世界極戦の勝敗を決めた。危うい民主主義と多数決の問題はちょっと置いといて、数学はこの世界が緻密につくられたことを表してくれる。窓の外を見て。あの超高層建築群は構造計算があってのもの。きれいな街明かりの源泉は、すべて一つ残らず計算されたものよ」

ジャオは窓の外を見ない。ハナナは続けていく。

「もしもこれが錯覚、あるいは幻影だとするのなら、あまりにも完璧な模造品だということになる。たとえ贋作でも、これほどの感動を与えてくれる世界ならば、それは本物と同じ価値を持つことになると思う。偽物だと知っていても、わたしは騙されて買っちゃうな」

ジャオの笑顔が困っている。ハナナは相手の動向を探っている。

「いいですか」

明るい声は句読点を打つ。そしてナイフの先端がジャオに向けられる。

「本物と偽物を分け隔てるものってなに？　それを構成する要素でしょ。その中身が違うから真贋が成立する。純金と金張りはそもそも原子構成からしてまったく異なる、でしょ？」

ナイフが指の間で余裕をみせて揺れている。

「でしょ」

「そうだね」

揺れるナイフが止まる。一瞬の微笑み。

「では、ここにある二つのグラス。そのなかのワイン。例えばですね、そっちにあるのは本物の『一度も会ったことのない友人』で、こっちのは偽物の『一度ぐらいは会ったことがあるかもしれない知人』ということにしましょう。正規流通と、偽造のバッタもん。そっちが現実で、こっちが嘘偽りの夢」

ナイフの矛先が二つのグラスを行き来する。

「この不正問題を解決するために調査委員会が発足されました。調査委員会は厳密にして断固たる姿勢でこの真贋を見極めようとします。二つのワインの構成物質を詳細に分析し、それを誰にでも客観的に理解できるように数値化していきます。水分。アルコール度数。糖分。色素。香り物質に、その他もろもろ。全部、全部を数字で表していきます」

ハナナの首が右へ左へと揺れて、混乱しているふり。興ずる演技が乗っている。

「ところが結果は、この二つとも数値はまったく同じなのです。一緒、瓜二つ。このワイン、数式上では同一のものということに結論づけられました」

上目遣いでハナナを見るジャオ。ハナナの声は確信に満ちて、

「そうなってくると、数字上でまったく同じなら、この二つを本物と偽物に区別する理由はどこにある？　どこにもないよね」

ハナナのナイフは指の上で気持ち良さそうにくるりと回った。

「数学は、この世のありとあらゆる物質、現象をほぼ正確に説明できる。もしもね、わたしたちが住むこの場所が幻想であるとしても、素粒子の極小世界から、大宇宙の法則まで、人体構造から人工知能による思考再現まで、一切の矛盾も誇張もなしに、すべての知性が共通認識するところの、絶対的な解答に行き着くのなら……」

ハナナはここで甘鯛を咀嚼して頬を膨らます。ちょっと待って、と指が立つ。

「この世界がたとえ幻想でも、どこかにあるだろう現実と同じ意味があることになる。どう？　なにか異議申し立てがある？　訴訟しますか？　それなら、物理学という名前の敏腕弁護人が自信を持って請け合いますよ。幻覚異常者の与太者が相手なら、勝訴は間違いなし。はい」

ナイフは残り少なくなってきた甘鯛にソースをたっぷりと付けていく。味わい尽くそうとす

る美食家の優雅な手さばき。

「そもそも、その幻想ってなに？　なんだかぼんやりとした曖昧なもののことでしょ」

「水槽に浮かぶ脳が、どこかにある水瓶のなかの脳を夢見る。その脳がまたどこかの瓶にある脳を思い描く。果てしない仮想の入れ子の連続だ」

「創造的な自由と、子供っぽい幼稚さとを勘違いしている。なんだか知性という紐から離れて、フワフワと大空に飛んでいく風船みたい」

「人間の想像力は、予測不能だからね」

「それも数学で証明できるよ」

「うん？」

「数学で証明できる。証明できないという証明。不完全性定理。あるいは無理数とか、円周率は無限に小数点以下の数字が切れないでつづいていく。そういうこと」

ワインを啜り、グラスを下ろす女の手は自信に満ちて悠然としている。ボトルを掴み、自分とジャオのグラスに継ぎ足していく。

「譲らないね」

「譲りません。わたしが、わたしであるための存在理由ですから。世界は仮想。自分も幻想。考えていることも全部、夢。そんな戯れ言、一ミリたりとも絶対に受け入れませんからね」

「そんなに理系の女子だとは知らなかった」

「小学生のころ、算数が大好きだと公言しまくっていたら、なぜか男の子たちから電卓を投げつけられた。痛かった」

「いじめ。やり返したのか」

「あのころはまだ泣き虫の女の子だったから」

「負けたんだ」

「泣き寝入り。いまだったら、こてんぱんに、ぶっ潰してやるんだけど」

「四季色通りの女戦士だね」

「お褒めの言葉、ありがとうございます」

「男子は理系で、女子は文系って、前時代のステレオタイプの先入観だろう」

「文学好きの男の子もいる」

ジャオの苦笑は、その消し方を忘れてしまったかのよう。下唇を突き出して吐いた溜め息は、頭上に浮かぶ箱を吹き飛ばしてみせた。訝しげに何もない宙を見上げたハナナ。気に留めることもなく持論を繰り返していく。

「不思議なのは、数学がこの世界を説明できるということ。ちょっと逆説になってしまうけど、複雑奇怪で、謎だらけの森羅万象の仕組みの辻褄をすっきりと合致できるということ。さらに、人間がそれを理解して、利用することが可能だってこと。だって人間がこの世界を作ったわけじゃないのに、この世界の隅々まで解明する方法を知っているのだから。まるで壮大な謎解きゲームをしながら、少しずつ答えを紐解いていくワクワク感、ドキドキ感をもらっているかのよう。神さまはきっと天地創造のとき、数学を使って、この大宇宙を作り上げたのよ。そして、その痕跡をわざと宇宙全体のあちらこちらに手掛かりのヒントとして散りばめた。数学は暗号というわけ。すごいアフターサービス」

「数学は創造主の言葉だと?」

「限りなく真理に近い」

魚料理を完食したハナナは膝の上のナプキンを手に取って口元を拭う。唇を整えると両手で白布を丸めてテーブルに肘をつく。

「万物の理論なんてないのかもしれないけど、この世界に設計図があることは数学が証明している。人間の社会でも、建築。芸術。スポーツ。医学。金融。哲学に、エンターテインメント。もうなんでもいいよ、すべてが数式に変換できる。たとえば……」

肘をついた手が指を一本立てると注目を促す。

「見て」

ハナナは両手を左右に開いて放すとナプキンがひらりと広がって下がった。真っ白い綿生地の正方形がジャオの目の前にある。

「この縦と横の辺の長さは同じ。まあ、同じということにして。横のx軸をアパートメントで寛ぐ私生活のわたし。縦のy軸を事務所で働くもう一人のわたし。一つの人格に二律背反する二つの性質。直角は実社会の融通の利かなさ。うん?」

ハナナはジャオが理解しているかと、テーブルナプキンの上側から覗いてくる。遊びを仕掛けてくる二つの目が呼び込もうとしている。溌剌とした悪戯好きの少女のような瞳が可愛くて、ジャオは込み上げてくる笑いを堪えて頷いた。

「いいよ。了解しました」

ジャオの素直な反応に、きゃっと声を発して喜んでみせるハナナ。

「この正方形を対角線で折り曲げます。すると」

テーブルナプキンを摘まむ指先が器用に動いて、四角形を斜めに折りたたんだ。両方の手が持つのは直角を下にして半分になった逆三角形。

「x軸を1とする。y軸を同じく1とする。一辺の長さが1の正方形の対角線は、三平方の定理から二乗して2になる数、$\sqrt{2}$になります。$\sqrt{2}$は少数点以下が無限につづいて割り切れないでしょ。円周率と同じ無理数。1.14……、と永久にどっちつかずの中途半端な優柔不断な気持ちがずずずいいっと宇宙の果てまで終わらないわけだ」

ハナナは眉間に割り切れない辛さの皺を寄せた。

「仕事と私生活の両立を完璧にこなすなんて、絶対に無理。理想と現実の対角線はきっちりと収まらないのだ。同じだけ両方に一生懸命にエネルギーを注いでも、真ん中のわたしは宙ぶらりんになってしまう。落としどころがないのよ。ほんと底なし沼」

首を傾げたハナナに、ジャオは吹きだして笑う。

「ハハハッ。そうきたか。本音がでたな」

「かっこいい女になる道は、果てしなくて険しいって」

「働く女の心情を数式で表すと……」

ジャオを遮ってハナナが言う。

「そう、$\sqrt{2}$になる」

ハナナの指先がジャオの顔の前に大きく$\sqrt{}$《ルート》の形で動いてみせる。下がって上がって水平へ。指の動きがどこまでも伸びていく。水平の直線は大窓ガラスを突き抜けて、煌びやかな夜景の向こう側、闇の彼方へと消えていった。終点は見えない。

「おもしろいね」

「二律背反ですよ」

ボトルを掴もうとする手と手がぶつかり合う。間合いの一致に笑ってごまかす二人。しかし、気を許していない目と目が相手の出方を窺っている。

船首の見張り番が仲間の甲板掃除係へ目配せしたのは帆船と並んで泳ぐイルカの群だった。緩やかな波間をいくつもの背鰭が滑るように現れては沈み、浮き上がっては消えるという繰返しをしている。光り輝く波飛沫に、遊び競い合う流線形の速さ。長い航海に飽きて暇を持て余し気味の船乗りたちにとっては数十匹の珍客の登場は愉快であった。集まってくる男たちで甲板は大いに賑わう。束の間の休息。横帆と三角帆は風を受けてたっぷりと膨らみ、大海原は鎮まって優しく、水平線は丸く伸びている。

「そっちが√《ルート》でくるなら、ぼくはπ《パイ》でいこう。割り切れないもの無理数シリーズ」

「お手並み拝見」

ジャオの人差し指は、食べかけの甘鯛とラタトゥイユがある磁器皿の周りをくるりと一周するが、何かが気に入らないらしく、窓の外へと対象を求めてゆらゆらと移動していく。指先は遊園地で回転する大観覧車に止まったが、もっと惹かれるものを発見してそこへ流れた。

「あそこに月がある。今夜は満月だ。まん丸で、とってもきれいだね」

夜空にぽっかりと浮かぶ満月は白く照り輝いている。そのはっきりとした鮮明な円形物体は、地球の軌道を回っている一個の衛星というよりは、平面的な作り物の趣を感じさせる。装飾的で演出効果を狙った安っぽさがいかがわしいのだ。大都会を彩る人工夜景の上空に吊されていると、夜の帳の暗幕に映し出された白色照明か、どこかの天文学者が完全な天体を再現するために切り抜いた紙切れの円盤のようにも見える。

「月って、よく見ると不思議だ。なぜ、あそこにあるのだろう？　永遠の謎かもしれないし、偶然の一致かもしれない」

ワインの一口で一呼吸をあけるジャオ。ゆったりとした動作は小説家の小細工だ。焦らせて間延びさせる。待たされた空白は期待を高める力がある。

「あのお月様を真円だと仮定しよう。完全な円形だということ。そうしたら、円周率のことを考えてくれ。円周率は直径の3.1415……と、$\sqrt{2}$と同じように云々と以降は割り切れない無限の少数展開がつづくわけだが、では、この小学生でも知っているこの幾何学の根本的大定理に、もう一度あらためて疑問を感じてほしい。さあ、なぜ割り切れない？」

ハナナの訝しげだった表情がぱっと弾けたように緩んだ。

「なんですって？」

「円周率。なぜ、円周は直径の丁度三倍に値しないのか。円周の完全な三分の一が直径じゃないのか。どうして、ぴったりと割り切れないのか」

「真面目に聞いているの？」

「大真面目に問いかけている」

ハナナのぎこちない笑みは、使い古されたジョークへの愛想笑いに似ている。

「そんなこと、当然じゃない。割り切れないものは、割り切れない。常識。そういう図形です。√2も同じだったように、そうなってしまうのだから仕方がない」

「常識か？　仕方がないのか？」

「πは、円周率は3.141……、ずずずっと宇宙の果てまでつづく。疑問を持つのは時間の無駄。やめたほうがいい。三角形の三平方の定理から、微積分、素数の並び方まで。黄金比の美しさ、音階の心地よさ。ブロッコリーや雪結晶の奇妙な形状に悩んでも意味がない。そういう世界に設計されているんだから。決められたデザイン。もう誰も文句は言えない」

月を差していた指が、宙に円を描く。

「異を唱える者が、一名いる」

「誰よ、その数学嫌いの分からず屋は」

「創造主。神だ」

ハナナの笑っていた顔が固まった。

「創造主は高貴な身分の方であり、とても多忙な職務のうえ、下々の民と直接お話しする機会がありません。よって、ぼくが代理人として言付けを伝えさせていただきます。いいかな？」

ジャオの固まった笑顔から明るさが消えていく。予想していたジャオは筋書き通りの運びに自ら頷いて良しとする。

「創造主がこの世界をつくろうとしたとき……」

「神さまの代理人?」

「例えば、の話さ。ちょっと大げさな比喩として」

「あなた、預言者を名乗るの?」

「まあ、いいから、いいから」

ハナナは信じられないといった表情で視線を泳がす。信仰心の戸惑いが定まらない。ジャオはそれも見越していたものとして構わずに進んでいく。

「この世界がつくられたものなら、つくった方法があるはずだ。そのいちばんの基本となった形はなんだろう。もっとも単純で、すべてに応用ができるもの。万物の礎をなす標準の規格値」

ジャオの指先はもう一度、満月に向けられる。

「それは円だ」

月は白く光り輝いている。切り抜かれた紙切れではないことを弁明しているかのよう。

「円という図形は、上下、左右、どこをどう動かしてみても変わることはない。完璧な対称性を持つ最も単純な姿をしている。三次元では球体がそれとなる。究極の基調図案だ。どうだ、インテリアデザイナーさん?」

動かないハナナの顔。無反応な態度を残念がるジャオ。諦めて唇を噛んだあと、残っている魚料理を食べ尽くそうとする手つきは何かを企んでいて念入りだ。最後の甘鯛の欠片をソースに満遍なくつけて、ラタトゥイユをひとつ残らず平らげていく。

「天地創造をして、この世界をデザインしたもの。神でも創造主でも、大いなる絶対の力でも、まあ、呼び方はいろいろあるけど、その基本アイデアは円だと想定しよう。円が基準だ。球体が原型だ。これほど簡約された図形は他にない。効率性と汎用性を兼ね備えた万能の単純さだ」

皿は空になり、フォークとナイフが丁寧に並べられる。

「そして、第一定理は驚くほど美しいものになった。中心からすべてが均等にある完全図形。全体の円周は、半分に切った長さの丁度三倍——いい感じ——にした構造になった。天地創造をした者は、その着想に大いに満足したことだろう——よし、今回はこれを駆使して大宇宙をつくろう——」

口元をテーブルナプキンが拭う。

「ビックバンがあり、宇宙が誕生する」

ジャオの両手は皿の横に添えられ、指と指が皿を回しはじめる。協力しあう指が順々に動いて皿はゆっくりと回転していく。テーブルクロスの絹地のきめ細かさの上で滑らかに自転する磁器皿。一定の速度に保ったまま流れるフォークとナイフは時計の針のように。一秒。五秒。

十秒。九十度回転。百八十度半回転。

「もうなんでも形づくっていくよ。銀河の渦巻きに、惑星の楕円軌道。太陽と月。雨風に削られる岩石や砂の丸み。植物の茎の断面に咲き誇る花びら。生物が産み落とす卵。飛び散る水滴。水面に広がる波紋。雨上がりの大空に架かる虹。熟した果実の円やかさ。豊満な女性の乳房。それを眺める眼球ふたつ」

大きく目を見開くジャオ。

「四十五億年ほどたって地上に現れた人類は、自分たちの周りに円形や球体の自然物が数多くあることに気づいてしまう。見渡せば、いたるところに丸だらけ」

しなやかなジャオの指に動きは、触れることなく皿それ自体が勝手に回っているかのように錯覚させる。まるで器用な手品師の指使い。

「人間は自分たちが考えた方法で、この単純な基本図形を理解しようとした。しかし彼らのやり方では、直径と円周の比率がぴったりと割り切れない。彼らがどんなに厳密に分析しても、繰り返せば繰り返すほど、微妙にずれてくる——いい感じ——にならない。なぜならば、人間たちの方法が、大宇宙基本法則から少し劣ったやり方、つまり、一、二、三、四……、数学という手段だったから」

皿はちょうど一周回った位置で止まった。回転装置が正確に停止するなら、離れていく手も機械的な仕草をみせる。その一連の動作を冷ややかに見届けたハナナは言う。

「それはさ……、詭弁だな」

「ぼくは真理を言っている」

「違う。もう、がちがちの詭弁ですよ」

「頭を、よおおくっ、絞って考えてみな」

「アタマを、よおおおおくっ、絞って考えてみましたよ」

打ち消すハナナを、言い込めようとするジャオ。

「人間は自然界のなかに数学を発見した。例えるなら、それは視力の弱かった猿が眼鏡をかけたようなもの。今までぼんやりとしか見えなかった世界がくっきりと手に取るように見えた。眼鏡。望遠鏡。顕微鏡。そういった人間能力の拡張機能が大宇宙から微小世界までを見させてくれる。猿は大喜び。しかし、数学という名前のレンズを通して見た視覚は観察者の内部にしかなく、すべては抽象的な概念でしかない。その眼鏡で世界を眺めると、全部、数字だらけ」

「聞こえない」

「いたるところに数字だらけ。一、二、三……鳥が一羽飛んでいる、魚を三匹釣り上げた、と数えるけど、五分の三羽を取り逃がしたとか、〇・二五匹が泳いでいる、とは言わない。分数。小数。無理数。あらゆる公式に幾何学の方程式。これらは全部、人間の思考のなかにしか存在しない。人間が作り出した抽象的概念さ。こうあって欲しいと考えたファンタジーと言ってもいい。現実にあるだろう、まだ見ぬもう一つの世界には、どこにも数字なんて刻まれていない」

「聞こえないね」

「数字なんて存在しない。右手と左手で合わせて指が十本。十進法ね。だけど、植物は十進法を使わない。一年は十二ヶ月、三六五日だから、そろそろ花を咲かそうとか、花粉を飛ばした量は、千、万、億とは数えない。おそらく、想像もできない超感覚的な世界で彼ら植物たちは知覚しているんだろうね。もっと直接的な、もっと感情的な、摩訶不思議な概念だろうと思う。思考することが最高の認識ではない。感情が世界と呼応すると想像してみよう」

「全然、聞こえないね」

「宇宙は大いなる感情で出来ているという説がある。真理の原型が丸い円だとしたら、それは光の輪のように整った美しいものだったろう。しかし、人間がコンパスでくるりと切り取った瞬間に、それは不自然な形に変わってしまった。真円を掴み損ねたわけだ。知性は道具だから、誤差も生じる。しかし、感情が全宇宙の規範ならば、すべての生命がそれを同等に認識できる。知ることよりも前に、分かるんだ。分かるよりも先に感じ入られる。つまり、人間が知ろう、見よう、分かろうとした瞬間に、自然界と少しだけ離れてしまう。人間が描く円は割り切れない分だけ歪《いびつ》なのさ。本当は計算できないということだ。お分かりか?」

「分からない。なにを言っているのかまったく理解できない、精神世界の教団《スピリチュアル・カルト》さん」

「ついに、ぼくを異端《カルト》呼ばわりかい。ひどいな。まあ、それならそれでいい」

笑う大道芸人。気取った大学教授。黙る講談師《ストーリーテラー》。変幻自在の面相が遊ぶ。

「笑わして、ごまかそうとしても、そうはいかないから」

「つれないいな」

いくつもの面相が重なり合って、手練手管を使いこなす小説家の顔になる。

「それでは、融通が利かない四角四面の数学者たちをあざ笑うかのような偶然の一致のこと。あの、お月さま、太陽と比べておよそ四百分の一なんだ。いいかい、四百分の一ね。そして、地球からの距離が、太陽との距離よりも四百倍ほど近くに存在しているわけだ。四百倍ね。この400というきれいにそろった数字。これで、地球から見える太陽と月の大きさは、だいたい同じ円になる。ぼくらは毎日毎晩、みんな当たり前のように眺めているから、誰も不自然に思わないけれど、大宇宙の多様性と自然界の支離滅裂な構造から考えると、これはとてつもなく異常で平凡な確率であって、その創造性はなんだろう、もうやっつけ仕事の安直さみたいだね――ええいっ、全部一緒に400でいいや、ちょうど数字の切りもいいことだしな。太陽と月、同じ大きさに見えればスッキリして美しいだろう――締め切りに追われる流行小説家だって、もう少しくらいディテールに拘って物語を複雑にしようと努力する。幼児向けの絵本ならば、反復する数字に意味を持たせる。ただ同じ数字を並べるような退屈なことはしない。なんかさ、まるで足し算引き算をようやく覚えた小学生にでも理解できるようにと、ものすごく単純明快に設計されているみたいだ。解読するだろうターゲットの知性をずいぶんと低く想定している。あるいは、あるいはだよ、まるでこの世界が、手作りの不完全なものだと、暗に伝えているかのようだね——みんな作り物。全部嘘っぱち。なあ早く気づいてよ——地球という惑星の上に立ち、天空を見上げると、そこを移動する二つの天体が同じ大きさに見えるという摩訶不思議な光景。さらにもっと驚異的なことがある。皆既日食と月食だ。太陽と月と地球が一直線上に並ぶわけ。地球は太陽の周りを回り、月は地球の周りを回る。まったく別の軌道を進む二つが、ぴたりと合致する瞬間が周期的に繰り返される。もうね、ここまでくると、たちの悪い冗談にしか思えない。気宇壮大すぎて誰も笑わないけどさ。天文学者たちは、この問題をありえない偶然の一致として見て見ないふりだ。人間はからかわれているのか、もてあそばれているのか、——さあ考えて。その万能技の素晴らしい数学とやらで計算してごらんなさい。400と400。このナゾナゾが解けたら、教えてね。賢いキミたちなら、こんな問題は簡単でしょ——無理だ。不可能にきまっている。人間の知能では歯がたたない。絶対に勝てない力というものが宇宙にはある。ちなみに、ハナナのアパートメントの住所番地と、ぼくのアパートメントの住所番地の数を足すと、400になる。これも偶然の一致」

ジャオは椅子の背もたれに上半身を静かに倒していき、自己満足の余裕で勝ち誇る。それを見て、口角を両側から引っ張られたように微笑むハナナ。

「そんなことばっかり考えているんだ。世界が幻想で錯覚じゃないかとか。月と太陽の距離の偶然の一致とか。植物の気持ちとか。わたしのアパートメントの番地とか」

「まあね、職業柄しょうがないね。小説家だから」

「そんなに空想的で、物事を斜に構えて、懐疑心の塊で辛くないの？」

「探究心の塊といってくれ」

ハナナは鼻で軽く笑い飛ばす。

「自分の感覚や頭脳を疑って、この世界を信用しないんだ」

「小説家だからね」

爆笑するハナナは体を揺すって椅子の上で小躍りしそう。その過剰な反応を見ているジャオ。

「おもしろいか」

「アッハッハッハッ、おもしろいよ。ジャオ・アロイア。あなた、やっぱり、おもしろいわ。わけが分かんない。傑作。ちんぷんかんぷん。変な男」

笑いが止まらないハナナを見ているジャオ。嘲笑う声は空中を旋回する虫の羽音のようで、小説家の敏感な耳殻の周りをブーンと不快感を鳴らして飛んでいく。その嫌悪感を感じ取ったハナナの改めは早い。大きく息を吸って、背筋を伸ばして、喉の奥に残っている笑い声を数回の咳払いで封じ込める。喉を整えて、真面目な顔を装って、

「なんていうか、ジャオが、なんでそんなに数学を毛嫌いするのかはよく分からないけれど、おそらく、数学のことを勘違いしている。数学はただの辻褄合わせじゃなくて、その在り方が、ほどよくちょうどいいの。人間の肌に合うというか、目に馴染むというか、耳障りが心地よいわけ。そう、文学でいうところの慣用句——言い得て妙——ってこと。腑に落ちるというか、すとんと決まる感じ。上手いこと言うなあって比喩があるでしょ。あれと同じ。あれを数式に置き換えてやっているのです。はい」

ハナナは自分で自分を説得するように言う。

「数学は美しい。その均整の取れた正確さは、肉体美の理想を追求した彫刻像のよう。極端に簡略化された構図は、直観をカンバスに描いた現代絵画のよう。誇張を繰り返す反復は、奏でる音で天空まで築こうとする交響曲のよう。謎を解こうとする思考力は、言葉にならない言葉を探し当てようとする自由詩のよう。そう、紛れもなく、数学は他の芸術と同じように美しい。優美で、繊細で、大胆で、崇高なもの。ミツバチの巣の六角形を思い浮かべて。あの幾何学的な模様を考えてみて。ミツバチは算数も知らないのに、一級建築士並みの複雑な構造計算ができるでしょ。自然は芸術を模倣する。そして芸術は数学を規範とする」

ハナナもジャオと同じように椅子の背もたれに上体をゆっくりと預けていく。距離をとったテーブルの幅だと相手の顔がよく見える。

「数学嫌いは、銀行金融業界の勘定づくの功利主義によるアレルギー反応ですか。この世には、お金では買えないものがある。そんな純真な少年の心を打ち砕いたトラウマでしょうか」

嫌みな言葉が針の一突きで刺した。ちくりとした痛みにジャオの口元が固まった。ハナナは会話の機転を軽く窘《たしな》める。

「ここ、笑うところよ」

ジャオの首筋後ろを虫の羽音が再び飛ぶ。耳障りの悪い感触を響かせる微かな雑音。小刻みの振動は空中をぐるぐるとさまよい、やがてどこからともなく流れてきたサーカスの曲芸楽団の音色に誘われて、巨大な仮設テントのなかへと飛んでいく。

五歳の少年ジャオ。サーカス小屋の楽屋口から忍び込み、開演前の舞台で稽古をする道化師を見ている。道化師は誰もいない無観客の客席に向かって一人で芸を披露している。不慣れの剣を手に余る仕草で振り回して笑わそうとするのだが、無人の会場はひっそりと静まり返って物音ひとつしない。道化師は鏡張りの床の上で滑って転んで尻餅をつく。鏡に映る自分に驚き、剣の白刃に指が触れて二度びっくり。それを見て笑う少年ジャオ。笑い声に気づいた道化師と視線が合う。一匹の羽音が剣の柄に舞い降りてくる。

「甘鯛、美味しかったね。ラタトゥイユも普通と違った。さて、次の肉料理が楽しみ」

ハナナの声の明るさは一戦を終えた者の安堵感だ。舌戦は頃合いを見計らって引き分けか。ジャオの考えている視線。食事の終わった皿。フォークとナイフ。空のグラス二つ。耳に残るサーカスの音楽。一発逆転を鼓舞するドラムと管楽器。ボトルに伸ばしたハナナの手はワインが飲み干された軽さを知ると、手持ち無沙汰の指がひらひらと蝶のように逃げていく。

「世界に謎があるように、数学にも謎がある。それがまた楽しいのよ」

ジャオは皿の上のナイフをおもむろに摘まみ上げると、銀の反射に見入ってゆく。ひっくり返す裏表の角度によって一閃が変化する。ハナナは見て見ないふりをして、

「142857って知っている？　この数字はすごく不思議な構造をしている。巡回数といってね、奇妙な規則性を持っている。142857に1から6までを掛け算すると、その答えの数字が同じ順番に並ぶ。142857×2＝285714、そして142857×3＝428571という具合にね。そのまま6まで試しても、数字が142857の順序を変えずに入れ替わるだけなのよ。まるでキャバレーのラインダンサーたちが、音楽に合わせてタッタ、タッタと配列の先頭と後尾を入れ替えているみたい。おもしろいでしょ」

ジャオの摘まんだ指から真っ直ぐにぶら下がっているナイフ。刃先が皿の表面に触れるあと少しのところで止まっている。あるアイデアが働く。

「142857を142と587に二等分して足してみると、999になる。そして……」

ナイフの刃先が皿に着点する。摘まんだ指が微妙な神経を尖らせている。引力に従う銀食器の垂直。ジャオは息を潜めて、まるでナイフがすぐにでも壊れてしましそうなガラス細工のように、取り扱い注意書きの危険物のように。静かに、静かに。

「142857に２から６まで掛け算した数でも、同じ現象が起こります。いいですか？　ちょっと暗算してみて。２を掛けると285711、そして３を掛けると428571になる。そうね、４と５と６までやったとして、その数字を真っ二つにして足し算してみる。すると、あらあら、どうしたことでしょう、なんと不思議。全部、999になってしまうのです」

聞いていないジャオ。垂直に立とうとするナイフを敏感な指と指が包み込んで補助している。ほんの少しでも重心がずれると倒れてしまう不安定なバランスを、安定する位置まで探しだして、そこに真っ直ぐに置こうとしているのだ。慎重に。慎重に。

「まず285＋714＝999ね。次は428＋571＝999です。そして、571＋428＝999……」

サーカスの道化師が狡猾な笑みを浮かべて手招きする。人懐っこい人差し指がこっちにおいで、こっちにおいでと少年を誘う。

「ねえ、聞いている？」

ハナナ、自分の声が届いていないことに気づく。

「なにやっているの？」

「シィッ、静かに」

「なに？」

「計算した」

「なにを？」

「完璧な数式を」

ハナナの口のなかで999が行き場を失って溶けていく。

「実証してみせる。数学のすごさ。よく眼《まなこ》を開いて見ていろ」

ジャオの指はナイフを刃先にしたまま静かにそっと皿に当てている。

「テーブルから手を放して。絶対に揺らさないで。動かないでじっとしていて」

ハナナに注意を促しながらジャオの手はナイフの刃先を真っ直ぐに皿の表面に着点させた。

ほんの少しでも重心がずれると倒れてしまう。手慣れた指使いは腕に覚えがあるのだろうか。

固定できないものを直立させようと試行錯誤する。

その緊張感はハナナに伝わった。しかし、その目的の意図を察すると、意味のない無謀さに苦笑を禁じえない。冗談にしては退屈で幼稚すぎるし、本気でやろうとするなら馬鹿馬鹿しい。

そもそも物理学的に不可能。ナイフは先端を逆さまにして垂直に立つことなどできない。

「なにやっているの」

「静かに」

「そんなこと、できるわけがないじゃない」

「シーッ」

揺れることなく垂直を保っている一本から指が順々に離れていく。最後の人差し指がそろりそろりと恐る恐る外れるが、何かを察知して戻った。転倒を免れたナイフ。

「だから、無理だって」

嘲笑しているハナナに抗うかのように、もう一度試みるジャオ。人差し指の先端に全神経を集中させていく。指先が重力と闘ぎ合う。

「無理ですから」

ナイフから離れる指。垂直に立っている銀の一本。用心しつつ少しずつ少しずつ遠ざかっていく手。距離をとって見守りながらも注意力は途切れることはない。むしろ、より強くなっているかのようだ。刃先だけで突っ立っているナイフ。皿の上で倒れないでそこにある。

「えっ?」

目を見張ったハナナは驚きを隠せない。

「え、えええええっ、どうして?」

「声が大きい。もっと小さく。空気の振動で倒れてしまう」

「なんなの、これ」

「完璧な数式とバランスだ」

ハナナは視線を低く落とし、銀食器と磁器皿の接点に目を凝らしていく。そこに干渉するだろうもの、そこに作為するはずのもの、疑わしい小細工はないかと刮目する。しかし、ナイフと皿の接触部分は刃先の一点だけ。

「いや、いや。おかしい。ありえない……」

「どんなに不安定な物体でも、重力に抵抗して垂直に立つことができることを数式で計算した。理論上で証明できるのだから、それを現実に実践することも可能だ。そうだろう？」

「ええっ、どうなっているの」

「数学に不可能はないのだよ。ハナナ・ベンガラくん」

サーカスの稽古舞台。道化師が鏡張りの床に剣を真っ直ぐに立てている。白刃の剣の自立を手助けするものはなく、絶妙なバランスが少年を驚かせる。道化師の手が剣の周りを行き来して誤魔化しがないことを示している。忍び足で剣に近づいていく興味津々な瞳。

屹立するナイフ越しにジャオを見上げるハナナ。疑問は思ったまま口からでる。

「手品？」

数学者の顔に奇術師の戸惑いが走るが、小説家の面の皮の厚さで言い切ってしまう。

「違う。物体には中心軸があり、それを見極めれば、こうして立てることができるのだ」

「ねえ、これ、仕掛けはどうなっているの？　タネ明かしをして」

詮索するハナナは早い。前後左右へと首を動かして謎を探ろうとする。立ち尽くすナイフに気をつけながら、テーブルの下側を覗き込む。

「むかし、テレビのマジックショーかなんかで、似たような手品を見た記憶がある。あれは、たしか鉛筆の尖った芯を逆さまにして……」

「ハナナが言ったように、この世界は数学で解き明かされるというのなら、逆に言えば、数式さえ成立できれば、なんだって可能になるだろう」

テーブルの下から戻ってきたハナナの顔は答えを見つけられないまま、

「どうなっているのよ。なんにもインチキがないよ」

「完璧な数式。完全なるバランスだ」

ジャオの指は皿の上に毅然として立つナイフを称えている。天井から見えない糸で吊るしているのではなく、皿に小細工があるわけでもなく、テーブルの下に隠し操作もない。ナイフは、ただ鋭利な先端を皿に突き立ててそこにある。

「絶対に変だよ。なにかが間違っている。こんなこと、ありえない。ありえない！」

「テーブルを動かすな。またとない実証が壊れるじゃないか」

瞠目するハナナ。思考の歯車は高速回転で該当するだろう事例を探し出していくが、解答の欄の空白に当てはめるものはなく、やみくもに放り込んだ数字と言葉がぽろぽろと零れ落ちていく。理屈付けの糸は切れ、歯車は空回りする。真っ白になる頭のなか。

「この世界には、自発的対称性の破れ、という法則があって……」

呆然と呟くハナナ。その焦燥感を軽くあしらうジャオ。

「自分の目で見ているものが、自分で信じられないだろ?」

ハナナの視線は改めて皿の上に立つナイフに向けられる。ナイフは自然に直立しているかのように見える。完全な平衡を保つ位置を発見し、物理学の法則も重力の束縛からも無縁であるかのように超然としている。それは見る者を常識から解き放たれた異次元の感覚に誘う。

整理できない観察と混乱した思考。さまざまな動揺が入り混じってハナナを途方に暮れさせる。大きく見開いた瞳に薄ら涙を滲ませたのは、抑えきれない感情が知性を凌駕したからだ。

そこに追い打ちを掛けるジャオ。

「さあ、ここは現実の世界か、それとも夢のなかの世界か?」

返す言葉がないハナナ。いまにも崩れそうな表情に向かってジャオはもう一度言い放つ。

「ここは、現実か、それとも夢か!」

ジャオの芝居がかった喚声は、ハナナの困惑した表情を吹き飛ばした。

「さあ、どうなんだ」

張り上げた声の勢いでナイフは少しだけ前後に揺れるが、刃先を支点にして皿の上でゆらりと回りながら均衡を保ちつづける。

「なんて素晴らしい世界なんだ。なんでも数式で証明できる。数学万歳の世界だ」

ジャオの嫌みたらしい猫撫で声が責める。顔を背けるハナナ。悔しくて唇を噛み、涙を堪えて瞼を閉じる。しかし声は聞こえてくる。

「違うのか、杓子定規さん」

薄目を開くハナナ。皿の上には間違いなくナイフが立っている。不都合な真実。否定したい実証。いかがわしい現象。逃げるように首を大きく振ると髪が乱れて、裏返った声が叫んだ。

「こ、こんなの手品だ。手品に決まっている。インチキだ。インチキだあっ！」

自棄《やけ》になった女の手が飛び出してナイフに触れようとするが、予測していた男の腕が間一髪で食い止めた。がっちりと掴まれた手首。強く握りしめた男の握力に抵抗できない女の激情。

上から目線の声が咎《とが》める。

「おっと、危ない、危ない。悪い手だ。すぐにかっかとする。いけない子だ」

男性と女性の筋力の差は歴然としてある。細腕は抑えつけられて沈んでいく。圧倒しようとする男の手。それに反発しようとする女の手。力尽くで追い詰められる悔しさに、じわじわと迫る声の勝ち誇り。

「数を数えられるということは、そこから零れ落ちた数があるということだ」

ハナナの首を傾げた辛さが逃げる。

「見えるということは、そこから見えなかったものを見落としたということだ」

ジャオの拳が捻じ伏せていく。

「聞こえるということは、そこから聞こえなかったものを聞き逃したということだ」

女の意地が簡単に降参しない。歪んで噛みしめる唇。堪える歯ぎしり。それを見る男の余裕。諦めを待つ無精髭がにやりと笑う。

（お分かりか？）

声のない声が耳打ちする。聞こえもしない見下し。無言の降伏勧告。悔しさは堪えきれずに弾けて笑い声になる。女の力の抜けた空笑いが散らばっていく。

「アッハハハ……。なんだかなあ、もう……」

ひょろ長い溜め息を吐き出していくハナナ。大きく深呼吸をすると手首がテーブルに静かに押しつけられた。強引な爪先が肌に食い込む感触に、握力のなかの悪意が記憶を蘇らせていく。指の足掻きが弱まる。手と手。力と力。

寒空に屹立する真新しい記念碑。木枯らしが舞い上げた枯葉が関係者の頭上を飛ぶ。退屈で長ったらしい祝辞から逃げた二つの視線が交錯する。旧市街の老舗カフェ。自己紹介と握手。温かいコーヒーカップに、指の間で遊ぶスプーン。雪積もる階段で滑った女の腕を素早く掴む男の反射神経。その力強さ。真夜中の居酒屋。乾杯するビール瓶。酔っぱらった鍵と、定まらない鍵穴。笑い転げる唇を塞ぐ両手。古いレコードを慎重に扱う手つき。色事師気取りの指が、上着のボタンを順々に外していく。湯煙に霞む浴槽のガラス、拭った掌がシャボン玉を浮かせてみせる。回って踊る鼻歌。爪弾くギター弦の調子っぱずれ。調弦が合っていない。

（ちくしょう……）

噛み合わない会話。こじれた口喧嘩。原稿用紙に飛び散る氷水。勢いよく立ち去る女の肩を、強引な男の腕力が掴み取る。撥ね除けようとする肘、閉じられたドアに押さえ込まれる手首。捻じ伏せられる意地っ張り。襲いかかっていく腎張り。獰猛な体重の下敷きになる痺れ。抗えない指が苦痛の快感に撓垂れていく。柔らかく溶ける理性が見ず知らずの他人の欲望を喘ぐ。嬌声の裏表。暖まる氷水。滲む原稿用紙の文字。

「あああっ……」

ハナナの零れた声は観念の嘆きだった。決着を見届けた男の手は女の指を優しく開放すると、貶められた腕は気恥ずかしさに素早く逃げていく。渇いた喉を潤すために手に取ったグラスは空っぽで、慌ただしく持ち上げたボトルはその軽さに飲み干されたことを知る。行き来する手の置き場がなくて無様な格好が情けなくて隠れてしまう。気落ちした首は項垂れて、萎んでいく気骨に肩は震えて、顔は意気消沈して小さくなる。ジャオの勝利宣言。

「ハナナは理性的だよ。とても頭がいい。感性も鋭い。だけど大局観が足りない」

女の顔は気丈夫を保とうとするが、必死につくりだす笑顔を取り繕う目と鼻と口がばらばらになって上手く整えられない。

「どうした」

答えられない横顔。

「大丈夫か」

俯いた頭。

「聞こえている？」

振り逃げる首。

「水でも飲むかい？」

拒絶する肩。

「ぼくを嫌いになった？」

悔し涙を堪える瞳。

「もしもし?」

ジャオは応答のない相手からの返信を待つ。勝利の余韻を楽しみながら、目の前のいまにも泣きだしそうな女が、決壊しまいとして背筋を伸ばして堪えている姿を愛おしそうに見つめた。

「負けず嫌いの顔がいいね」

そう言うと、大きく腕を広げてテーブルの端と端を鷲掴みにして、わざとバランスを崩すようにガタガタと小刻みに揺らしはじめた。振動は一本立ちのナイフを直撃する。銀食器の垂直は法則が無効になったように、魔法が解けたように、あっけなく一瞬でころりと倒れ落ちた。

ナイフが転がってもジャオもテーブル揺すりは終わらない。揺れ動くワインボトル。震えるグラス。ナイフとフォークが皿を鳴らせば、周囲の客たちの怪訝な視線を集めてくる。何事かと後部座席の白髪頭も振り返った。あまりにも非常識な行為にただ唖然とするばかりで、信じられないといった驚き顔には言葉もない。背後からの非難と周囲の冷笑などをものともせず、狡猾な笑みを浮かべた講談師が名調子で叫ぶ。

「船は今、疾風怒濤《しっぷうどとう》のなかへと突き進んでいきます!」

怒涛の海原の真っ只中。荒れ狂う雨風は逆巻く群青を急き立てて、剥き出しになった凶暴な本性をどす黒い波飛沫に変えて襲ってくる。傾く海面と迫り上がってくる波間に弄ばれる帆船は為す術もなく、ただ荒海の上を空樽か木箱のごとく無力に振り回されるばかりだ。殴りつける雨は船首楼を攻撃し、喚き散らす風は帆布を引き裂こうとする。獰猛な破壊力は怪物の牙の鋭さで食い破り、猛り立つ大波に持ち上げられた船底を顕わにされた船は絶体絶命であった。しかし一人、帆柱に体を縄で縛り付けられ、黒雲が覆う天空を睨みつけ、腹の底から声を引き絞り、何かを叫んでいる女がいる。振り乱した髪から覗く若い眼光は顔面を叩きつける暴雨に屈することもなく、自らの正当性を半狂乱の絶叫に込めて歌っている。女は密航による見せしめの磔刑の罰に抗うために泣き叫び、そして絶唱しているのだ。

「これしきの嵐で、弱音を吐くヤツがこの船にいるのか！」

ワイングラスの振動。フォークとナイフの小躍り。見すえたジャオの顔に強く結んだ口元がひん曲がる。悪漢の不敵な笑みか、愛嬌のある虚仮威《こけおど》しか。高級レストランで無頼派を気取る小説家。店内からの冷たい視線が全身に突き刺さるハナナだが、目の前の滅茶苦茶なお調子者を切り捨てるような無情にはなれない——自由放縦の変人——ふて腐れた女心と意地っ張りの下町気性を洒脱な指先でくすぐられているかのようで、その人懐っこい悪戯《いたずら》小僧ぶりを演じてみせる中年男の世慣れた図々しさに思わず吹きだしてしまう。

女の感情の切り替えは速い。良識ある一般客の訳知り顔より、常識破りの不届き者との共犯を選んだ。安全で無難な退屈を捨てて、稚拙でも刺激的な反則を取った。指の二本がぱちりと弾けて鳴らすと、女の人差し指が鼻の下に長い一本髭をにゅっと描いてみせた。

「提督。まったく問題ありません。ちょっと揺れていますが、気のせいでしょう」

「よし」

後部座席から煮えくり返った形相が向いてくる。ついに恫喝の大声を放とうとするとき、その憤激寸前、ジャオの両腕がぴたりと止まる。鎮まるグラス。静止する皿にフォークとナイフ。

白髪男は怒りの間合いを外されて、勢いの持っていく場がない。つんのめる表情が一体全体こいつはどうなっているのだ、と混乱してぐっと抑えるとしわくちゃに捻れて歪んだ。軽蔑の溜息を吹きかけて、呆れ果てた首が戻っていく。

ハナナ、捨て身の船乗りの悪態。

ジャオ、命知らずの海賊の欺瞞。

「ナイフ立て。タネ明かしをしてくれたら、一杯おごるぜ」

「うるせえ、完璧な数式だ。だがな、教えるのは簡単だが」

「簡単だが」

「単純なものほど、難しい」

笑い合う船乗りと海賊。女と男の顔に阿吽の呼吸が浮かんでは消える。

痩せて背の高い陰気なウエイターがやってくる。あの不作法な手にワインボトルをゆらゆらとぶら下げて歩いてくる。気怠そうな靴がテーブルの横に立ち止まり、

「お待たせ」

と、投げやりに言う。すでに栓抜きされたボトルをぶっきらぼうに掴み、手加減なしに勢いよくグラスに注いでいく。唐突に割り込んできた乱暴な給仕によって二人の会話は断ち切れた。

ワインはグラスの容量を超えて渦巻き、飛び散らした滴がテーブルクロスを無残に汚していく。ぞんざいで心遣いがない仕事はサービス精神など微塵も感じられない。無能でなければ悪意に満ちている。どくどくと落ちていく赤い流れはどこか他人事のようで無責任だ。小便小僧像の放尿でさえもう少し的を狙ったやり方をするだろう。純白のテーブルクロスに撒き散らされた深紅の汚点の染みは、さながら血飛沫の惨状になった。

あまりにも突然の出来事で呆気にとられて動くこともできないジャオとハナナ。息を呑んだ顔と顔が止まっている。そこへウエイターの無愛想な声が吐きだされた。

「これが、『一度も会ったことのない友人』だ」

放り投げられたように置かれるボトル。その衝撃でフォークとナイフが跳ね上がった。踵を返して足早に去っていくウエイターに向かってジャオの大声が飛ぶ。

「ちょっと待て!」

ウエイターは立ち止まったが振り返らなかった。背中が客からの呼び止めを軽んじている。その人を侮った態度にジャオの怒りが倍増する。

「おい、ウエイター。お前。どういうつもりだ。これはなんだ！　戻ってきて、よく見てみろ。滅茶苦茶じゃないか！」

ジャオの憤慨が放たれると同時に後部座席の白髪頭が振り向いた。忍耐の限界に達した目は怒りで大きく見開き、わなわなと震える口から堪忍袋の緒が切れた激情が爆発した。

「あなたは、何度言えば分かるのか！　静かにしたまえ！」

噴き出していく怒気を抑えるものはもうない。

「いいか、静かに食事をしろと言っているのだ。まったく迷惑千万な人だ。ここは良識のある紳士淑女が集う店です。そんなに騒ぎたければ街の居酒屋にでも行けばいいだろう。あなたはこの場に相応しくない。非常識にもほどがある。その頭のなかはいったいどうなっているのか。ネジが二、三本飛んでいるのかね。歯車が錆びているのかね。これ以上、迷惑をかけるなら、支配人を呼びますよ！」

睨みつけた鋭い眼光に、派手なシャツ襟が折れ曲がっている。ジャオに向けられた憤りは、ウエイターの非を責めようとした腹立ちを一瞬でねじ伏せてしまった。攻撃しようとした者が敵襲に遭うかの構図。虫へ飛びかかろうとした蛙が、後方から大蛇にかぶりつかれた様。

「こんなことは初めてだ。まったく信じられない！」

突然の騒ぎに周囲の客たちの視線が集まってくる。静まる店内の緊張感がジャオに向けて寄せてくる。冷たい非難の空気と、ひそひそと囁かれる声。この騒動の張本人であるかのような扱いに、無実だと訴える顔は取り合ってくれない。さらに追い打ちをかけて白髪男が一喝する。

「大馬鹿者！」

怒鳴り声を利かせて年配者の貫禄をみせつけた。問答無用の迫力に返す言葉もなく、理不尽な窮地に陥った状況に身動きができないジャオ。大混乱の頭を抱えた手は髪の毛を掻きむしり、助けを求める目は行き場をなくして弱々しく縮んでいく。ハナナも事態が呑み込めずに唖然とするばかり。無表情で突っ立っているウエイター。食事の手を止めて遠巻きに見守る客たち。逃げ場のない顔が強張ったままの白髪男。重なっていく圧力に押し潰されそうになる自尊心。ジャオは客人としてできる最後の権利を行使する。消え入りそうな薄い声で、

「ウエイター。支配人を、すぐに呼んでこい……」

聞こえたのか聞こえなかったのか、無愛想な背中は返事することもなく去っていった。白髪男はジャオの肩越しに渋っ面を突きつけていたが、事の成り行きに手応えを感じると優越感の小言をぶつぶつと呟きながら首を返していく。すぐには治まらない怒りの矛先は相席の老婦人に向かって愚痴をこぼし続けて簡単には終わらない。騒ぎに収束に周囲の関心も緩まると遠くの席で冷ややかな笑い声がして無惨なテーブルを取り残してしまう。顔を見合わせるジャオとハナナ。撒き散らされたワインの飛沫の荒々しさ。汚損する赤い染みの数々。純白に滲む侮辱。

虚無感が漂う空の皿に、小さな切り込み傷。

支配人がやってくる。背筋を伸ばし、若作りの髪を揺らし、颯爽と歩く姿には責任者としての演出が表れている。才覚ある仕事ぶりは機敏な身体の動作からさり気なく誇示して、快活な性格は鍛え上げられた万人受けする満面の微笑に張りついている。かつて世界笑顔競技大会で優勝した経歴があると言われれば誰だって信じてしまう。黒光りするよく手入れされた革靴が絨毯の上で直角に回転して止まった。

「お客さま。いかがなされましたでしょうか」

ジャオとハナナの問い質す視線が、その目でよく見てみろと訴えかける。飛び散ったワインの滴の散乱は流血事件の現場を彷彿させて、謹厳実直にサービス業を勤める者にとっては正視に耐えられない光景だ。惨状を目の当たりにすると支配人のにこやかな顔から血の気がさっと引いた。驚愕した口がおろおろと震えて、謝罪の言葉が息急き切って出る。

「お、お客さま。申しわけございません。いますぐ、いますぐに、お取り替えいたしましょう。なんということでしょう。これは酷い。これは酷すぎます」

慌てふためく支配人。しかし機転の速さに対処も遅れない。

「お客さま。お客さま。いますぐテーブルセッティングをきれいなものに換えさせましょう。しばしお待ちくださ い。しばしお待ちくださいませ」

高く上げた手が店内のウエイトレスとウエイターたち数人を迅速に呼び寄せてくる。人使いに慣れた陣頭指揮が鮮やかさに立ち回る。状況説明と、最善の解決策。理解するウエイトレスとウエイターたちは速い。一斉にテーブルの清掃と再装備へと取りかかっていく。ジャオは椅子から立ち上がり通路側へ移動し、ハナナも鞄を抱えて続く。ウエイトレスとウエイターたちの原状回復への動きに無駄はない。手際よく片付けられるフォークとナイフ。連携して運ばれる皿とグラス。空中で広がるテーブルクロスの大きな膨らみを手なずける場数を踏んだ早業。可及的速やかな手直しは、まるで映画の高速回転のコマ落とし早送りのようだ。正確で、統制され、完璧で、美しい。テーブルクロス。グラス。フォーク。ナイフ。すべてが新しく換えられたテーブルの上。真っ白な清潔感が明るく反射して、磨かれた光沢が眩しく誇らしげに輝き、幸福に満たされている。これで元通り。着席するジャオ。鞄を隣の席に置いて一息吐くハナナ。会心の笑みを浮かべて支配人が言う。

「お客さま。これで、いかがでしょう」

ジャオとハナナは互いに満足感を目配せする。

「いいね」

「大丈夫よ」

深々と頭を下げる支配人。任務を終えると早々と各々の持ち場へ戻っていくウエイトレスとウエイターたち。落ち着きを取り戻したジャオが忠告する。

「しかし、あのウエイターはなんなの？　ちゃんと接客教育しないとダメだよ」

「あのウエイターと、仰いますと？」

「痩せた、陰気な感じの男。不作法にもほどがある」

支配人は該当するウエイターを思い返してみるが、ジャオの言う人物と一致する従業員が頭に浮かばない。言葉を濁し、その場凌ぎの対応で乗りきろうとしていると、後部座席の白髪男が退席の準備をはじめた。気づいた支配人はすぐに切り替わり、絶妙な笑顔で見送りの表情になる。「またのご来店をお待ち申し上げます」、と親しみを込めた声色が媚びへつらって従順な態度をみせた。白髪男の後に続く老婦人も優しく笑い返して食事への感想と感謝を伝えてくる。白髪男は支配人と軽く談笑すると、その立ち去り際にジャオに向かって人差し指を突き出した。お前を許したわけではないぞ、という無言の警告。決まりが悪いジャオは顔を背けるしかない。支配人は白髪男と老婦人が悠然とした足取りで去っていく後ろ姿をまるで今生の別れのように見届けようとしている。視界から二人の姿が消えるまで身動ぎせずに待ちながら、名残惜しむ眼差しで十分な気持ちを表したところで体を切り返し、ジャオの方へ素早く向き直った。

「そのウエイターには厳重に注意をしておきます。今回の粗相はなにとぞお許しくださいませ。今後二度と、このような失敗がないように教育指導を徹底してまいります」

「まあ、こんなことはじめてだから、びっくりしたんだよ。ほんと気をつけてね」

「ご理解ありがとうございます」

事をこれ以上荒げたくないジャオは渋々容認し、ハナナも作り笑いで無難に済まそうとする。

遠くの席で乾いた笑い話が弾けた。

「それじゃあ、次の料理を持ってきてくれるかな。腹が立ったら、おなかが減っちゃったよ」

「承知いたしました」

問題を落着させた支配人は自信満々に身を翻して、登場したときと同じように颯爽と去っていった。帰っていく後ろ姿にも気品と俊敏さが漂う。かつて世界後ろ姿選手権大会で連覇したことがあると言われれば誰でも信じるだろう。

「散々だったね」

「びっくり仰天」

ジャオはこんなことは理解できないといった表情で頭を振りながらボトルを掴むと、新しく用意された二つのグラスにワインを注ぎ込んでいく。

「ちょっと忘れられないな。異常な出来事だよ。信じられない」

「明日になれば、笑い話だよ」

傾くボトルに、たゆたうワイン。

「あのウエイターより百倍上手いだろ」

「二百倍ね」

笑いが込み上げてくるジャオの腕が震えている。曲がり落ちるワインの流れ。ハナナも吹きだしそうになる。

「こぼさないでね」

「大丈夫、大丈夫」

テーブルに立つワインボトル。グラスを持ち上げる二人の手が会話再開への言葉を探してみるが、適当な文句を見つけられない。

「なにを話していたんだっけ」

「えっと、なんでしたか。忘れましたね」

壊れてしまった緊張感から逃げるように笑ってごまかすジャオとハナナ。いい加減な二つのグラスがふざけながらお辞儀した。

「乾杯」

「乾杯」

戯けたあとに言葉が続かない。途切れた会話に気まずい時間が長引いていく。ジャオの視線は窓の外へ流れていくが、街の明かりの煌びやかさのなかに焦点を定められない。人影の消えた建築工事ビルを横切り、花火が終わった遊園地を素通りして、満月をひと撫でると、星々の見えない夜空へと上がっていく。ぼんやりと伸びた空白を埋めるためには何か意味があるものが必要。ハナナの小さな鼻歌は自分に聞かせるかのように歌う。


光り輝く大きな街で、踊りましょう。

光り輝く大きな街で、歌いましょう。

電飾に目が眩んで。

情熱に身を焦がして。


ささやくような口遊《くちずさ》みはすぐに止まってしまう。ガラス窓の向こう側、この建物の庇《ひさし》に綺麗な羽をした昆虫が一匹佇んでいる。途切れた歌は発見の喜びに変わって声を弾ませた。

「あっ、見て、見て。蝶々だよ」

昆虫は外壁に吹きつける風に羽と触覚を揺らされている。細い足を広げて踏ん張り、抵抗を受ける大きな羽はその色彩で存在の強さを主張している。複雑な色合いは極彩色に見えるし、怪しげな擬態色とも感じられる。

「ほらほら、蝶々。どうしてこんな高い場所にいるのでしょか」

窓ガラスにそっと触れようとするハナナの指先。

「なんとも言えない色調ですね。見たことのない素敵なグラデーション。きれいな蝶々さん。ようこそ。いらっしゃいませ」

グラスから口を離したジャオが言う。

「地上から風に舞い上げられてきたんじゃないか。思わぬ珍客だ」

「記念公園からの遠出でしょうか」

「植物園、水晶宮《すいしょうぐう》からの脱走だよ」

観察するジャオの目は何かを感じ入ると拒絶反応をする。見たくもない不快なものを目撃したときのように眉を顰《ひそ》め、顔を傾けた。

「こいつ、なんだか気色の悪い色合いだな」

「すっごく、きれいじゃない」

「いや、薄気味悪いよ」

窓ガラスを小突く爪の優しい動き、窓辺で羽を休めている昆虫が共振する。

「これがきれいでなきゃ、なにがきれいなのよ」

「おい、おい。冗談だろ。よく見ろよ。この蛾《が》のどこが、きれいなのか」

「蛾じゃない、蝶々」

苦笑と失笑。

「蛾だよ」

「蝶々です」

「蛾」

「蝶」

「う、うん？」

「は、はい？」

引っ掛かる間合い。後ろに退くジャオ。敏感に構えるハナナ。窓ガラスを小突いていた指がテーブルに戻り、ほどよい時間潰しの話の種を見つけた顔をぽんと掌に乗せて頬杖をついた。

「ねえ。蝶と蛾の違いってなに？　同じように見えるけど。どこが区別する線引きなのかな。羽の形の違い、外見の美しさ、醜さ。昼間に飛ぶのと、夜になると活動するのと。どうなの？かつて昆虫採集少年だった人に、詳しく訊きたいね」

ジャオのボトルを掴もうとする手が一瞬戸惑う。

「ぼくはね、蝶なんて集めていないよ。虫はどうしても好きになれなかった。細い足がもぞもぞ動くし、突然飛んでいくし、なんていうか。人間の理性がまったく通じないのが不気味だよ。他の動物のように感情が読みとれない。まるで地球外生命体のようだ」

ハナナの顔が頬杖をついた掌のなかでずり落ちて笑う。

「地球外生命体」

ワインをグラスに注いでいる手が反応する。

「なんだよ」

「昆虫、苦手だったんだ。知らなかったぞ」

「嫌いなだけ。興味が向かない」

ハナナの柔らかな視線のなかに相手の弱点を嗅ぎつけた者がみせる鋭い瞬きがある。曖昧で意味深な相槌を打つ。

「ふううん」

ボトルは考えながらゆっくりと置かれる。頬杖をついたまま微笑んでいるハナナ。満たされたグラスを手のなかで回し弄ぶジャオ。言い直しは言葉数が多くなる。

「ぼくは生物学者じゃないから、正確なことは言えないけど、おそらく、蝶と蛾は同じ昆虫の品種じゃないかと思う。学術的に比べれば別種なのかもしれないけど、どうなんだろ。まあ、この二つを分け隔てない民族や言語もあるからね。同じものだと共通認識すれば、集団は一つの名詞で言いあらわすし、差異を見つければ、別々の単語で表現される。環境や習慣、文化や歴史がその意味を細分化する。その逆もある。つまり、それぞれの集団に興味の対象があり、それぞれの知覚する網目から零れ落ちれば言語化しない。認識が世界を分類するわけなんだ。蝶という言葉には、軽やかさ、可愛らしさ、があるけど、蛾という言葉には不気味さ、醜さ、という印象が感じ取れる。これは厳密な法則が働いているわけじゃなくて、偶然によるかなり恣意的な結果だよ。言葉は表層でしかないんだ」

頬杖のなかで片目瞑り笑いを堪えた表情は、学識をひけらかす小説家への恨めしさか、それとも強がる男を観察する楽しさか。ハナナは少女のように可憐な声色で拗ねてみせる。

「言っていることが、半分くらいしか分からない。わたし」

「トーントワ・オッズの『永遠に未完成の円環』を読んだことある？」

ハナナ、一瞬の思い巡らし。

「ないと思う。それ、すごいの？」

「歴史的名著だ」

「ふううん」

軽くあしらわれた話題の前振り。大学教授は本棚から取り出した革張りの原書を戻そうとしたり、掴もうとしたり、思案しながら頁をぱらぱらと流しては考えあぐねている。開かれては閉じていく紙から紙への煽りゆく回転。その扇状の膨らみは白い蝶の羽ばたきのよう。文字と文字が流れる宙のなかで言葉が踊っている。教授の顔は伝授する威厳をもって言う。

「言葉とは想像力だ」

「はい」

「その意味を理解しているのか」

「全然分かりません」

「なんということだ」

教授のわざとらしい呆れ顔。

「トーントワ・オッズが言うには、かつて言葉が誕生する前の世界は、すべてが大きな一つの意識に包まれて、みんな〈大きな心〉のなかで生きていたと、彼は力説するんだ。世界は濃密に調和していて、存在していることを問う意味もなく、一つの生命体のように完全無欠だった。動物も植物も、鉱物や空気も、この世の生きとし生けるものすべて、森羅万象の万物の全部が〈大きな心〉のなかで繋がっていたんだ。それがあるとき、突然、理由はいろいろあるけど、世界はバラァンバラァンに、木っ端微塵に砕け散ってしまった。〈大きな心〉は粉々となって、無数の破片は意味をなくし、世界は原型を失ったまま、消え去ってしまった」

「消え去ってしまった」

「そう、世界は消え去ってしまった」

「じゃあ、ここはどこなのよ?」

「壊れてしまった世界を再生しようとしている仮の場所だ」

「仮の場所」

「しかし、復元しようとするが、絶対に元の形には戻らない」

「なにが、誰が」

「人間の知性が読み解こうとする。細かく砕かれた世界の隅々まで。認識するものが言葉となってあらわれてくる。知覚は言葉であって、言葉は想像力だ」

「言葉が、想像力」

説き聞かせようとする声に力が入る。

「ぼくが知っている原始大陸の先住民族は、砂漠の砂や石を三十種類以上の単語で言いあらわすことができた。ぼくらから見ればただの砂や石にすぎないのに、彼らはその差異を感じ取り、彼らの言語で表現豊かにひとつひとつに名前をつけていた。換言《かんげん》するとちょっとニュアンスが違ってくるけど。『逃げる足跡』とか、『酔っぱらい影』とか、『サソリの歌』とか。そうそう、『舞い戻ってくる時間』という文学っぽいのもあった。ぼくにはさっぱり違いが分からなかったけど、彼らは普段の暮らしのなかで、それぞれを区別して喋っていたんだ。逆の立場だと、ぼくらがワインの味を何百種類の単語から言い表そうとするのもそういうことだね。この場合は、先住民族たちには意味不明の呪文のように聞こえるかもしれない」

ハナナは何かを思いだしたように顔を上げて、

「そういえば、ソーファーブル海岸の地元の漁師たちは、移り変わる波の形を女性の体で言いあらわしていた。この感じ上手く伝わるかな――あれは、処女の柔らかい乳房だな。見ろよ、熟女の肉付きのいい腰つき。気をつけろ、向こうの飛沫は美人局《つつもたせ》の指使いだ。ほら、見飽きた古女房の寝顔がぽっかりと口を開けている――って。わたしがどんなに観察眼を最大にしても、どんなに想像力を発揮しても、波は波。大きいか、小さいか。全部いっしょ。全然分からない。おじさんたちの目には何が見えていたのでしょうか」

「美人局の指使いって、ちょっと見てみたい気がする」

「ただの波飛沫ですよ」

指先で回るグラスがキラキラと光る。乱反射は夜景が放った閃光か。湾曲する透明の向こう側に羽根と触覚の昆虫が一匹。ジャオの思案する眼差し。

「トーントワ・オッズはこう書いている――人間が言葉を選ぶのではない。言葉が人間を選んだのだ。我々は喋っているのではない。喋らされているのだ――言葉は人類が地上に登場する以前からこの世界に存在していた。太古の人間がそれを発見し、自分たちが使いやすいように手を加えたり、切り刻んだりして、それぞれの文化ごとに展開させていったんだ。火や空気、鉱物なんかの資源と同じだね」

「発見？　発明じゃないの？　言葉は人間が創造したものでしょう」

「発見だ。言葉という物質は人類がいなくてもこの宇宙に実存する」

頬杖をついた手のなかで怪訝そうな顔がぎこちない動きをする。

「意味不明。あなたが、どんどん、わたしから遠ざかっていく」

「どう言えば上手く伝わるかな。つまり、なんだろう、なんだな……」

窓ガラスの向こう側で昆虫の羽ばたきがある。羽は小刻みに浮遊して、少し離れた位置へと移動した。色彩の裏表がふわりと鮮やかな残像をちらつかせた。

「蝶と蛾の違いなんて……」

言葉につまるジャオ。視界の隅の微かな動き。昆虫の機敏さ。

「チョウト、ガノ、チガイナンテ……」

ハナナの声が受信の悪いラジオのように歪む。音声が雑音に混ざって聞き取りにくい。

「ワカリマセン」

羽の複雑な色彩。溶けて崩れた赤色。蒸らし弛んだ緑色。染み込み滲む青色。薫り立つ黄色。そして、どれとも混ざらない中間色。どこかで見たことがあると思う、ジャオの揺れる知覚。

――ナナイロカゼ――

耳の奥、鼓膜の感触、誰かの声。

「なに?」

「分かりません、って言ったの」

「いや違う。そうじゃなくて」

空耳に迷うジャオ。思考を集中して、言葉を探し続ける。

「それは……」

ジャオの鼻先を掠れる香ばしい薫り。燻したような、あるいは焦げたような臭い。塩辛くて、苦み漂う煙たい感覚。揺らぐ意識を誘う。綻びた記憶を遠くへと浚っていく。

ある風景。原始大陸、空港ロビーの乾いた空気。観光客を出迎えるモザイク壁画、野生動物たちと戯れる原住民の子供たちの構図。笛や太鼓、弦楽器が奏でる音楽で賑わう町の大通り。砂埃を舞い上げて走り去る泥だらけのトラック。壊れかけのエンジン音。大きな麻袋を屈強な肩に担いで運ぶ労働者たち。色鮮やかな民族衣装で行き交う女たち。市場に並ぶ食物の豊富さ。蛇使いの大道芸人、占い師の謎めいた祈祷。雑踏の頭上には澄み切った空と絹地のような浮雲。

「つまり……」

視線はガラス窓の向こう側で羽と触覚を遊ばせている生命体に捕らわれている。その極彩色。その濃淡。その形状。その微動。

植民地時代に建てられた中央郵便局を改築したキャバレー。かつての営造物らしい正統派の天井装飾に、自由活発で騒々しい音楽が吹き上がっている。吹奏楽の響きに電気楽器の斬新さを取り混ぜた楽曲にあわせて数人の踊り子が舞台上で妖艶な動きで体をくねらせて舞う。歓声をあげる酔っぱらった客人たち。煌びやかな照明が点滅すれば、軍服の襟がはだけた兵士たちの顔が見え隠れする。卑猥《ひわい》な野次が飛び、嘲笑が散らし、場数を踏んだ踊る腰つきが掻き回す。連邦共和国から赴任地へ到着したばかりの企業社員たち。新人研修期間の若者にとって歓楽の場は息抜きとなり、退廃的な雰囲気は仕事を一時忘れさせてくれる。ネクタイを緩めて低俗と不謹慎さに馴染もうとしている二十二歳のジャオ・アロイア。髪が綺麗に整えられ、髭の剃り残しもなく、若さと驚きが溌剌と弾ける表情。また一つ新しい世界を発見したという歓びは、世慣れていく青年にとって新鮮な酔い心地に等しい。首を伸ばす視線の先には、回る首飾りの黄金色。翻るスカーフの深紅。捻れるドレスの象牙色。

「なんというか……」

大衆が集う劇場では風刺喜劇を上演中。威張り散らした資本家を、機知に富む農園労働者が滑稽な仕草でからかうと満席の観客から笑いを誘っている。気取った咥え葉巻一本と、それに見立てたサツマイモ。客席が爆笑で沸き上がったところで、軍隊の憲兵たちが劇場内へ乱入してきた。中断される芝居。警笛と怒号。隊長は即刻の上演中止を宣言し、小隊兵は俳優たちを次々に叩き伏せていく。非難が止まない観客の罵声を黙らせるために、威嚇射撃が天井に轟き、砕け散った照明ガラスが人々の頭上に落ちてくる。女性の悲鳴が混乱を極めさせた。我先にと逃げる群衆で将棋倒しになる出口。劇場前の広場では何かが燃やされている。火種になっているのは薪ではなく、山積みにされた書籍類。放り投げられた本が焚きつけられて火の粉のなかで縮れて灰になっている。恐れ戦き遠巻きから見守る民衆。凶暴な言論淘汰に眉を潜める文学青年。思想、芸術、娯楽の言葉たちが消えていく。無教養の憲兵が笑う。燃え盛る紅蓮の炎。夜空に噴き上がる黒煙。襲う火先に負けていく紙の純白。

「あれは……」

ちっぽけな羽の生き物。ここに存在しようと構えている繊細な脚。世界を探ろうとしている敏感な触覚。与えられた生命を享受しようとしている複眼と口吻。自己主張と防御本能が重なっている左右対称の色模様。

コーヒー豆貯蔵倉庫の二階の仮事務所。冷房機が故障した部屋でシャツの袖をまくり上げて働く青年たち。扇風機では払い除けられない蒸し暑さを、開け放たれた窓から吹き込む密林の涼しい風が和らげてくれる。国際電話が鳴り止まない忙しさに、机に積み上げられた書類の束。ラジオは勇ましい声が演説している。何度も繰り返される軍部主導体制がもたらす国益の喧伝と民族独立の煽動。音楽が流れない室内空気は充満して逃げ場を失う。契約書の上に舞い降りた一匹の羽虫。慌ただしく動く手がペンをそっと置いて、飲み干したコップを憎々しく掴むと、素早く被せて捕らえた。逆さまの透明のなかで動けない昆虫。宿敵を仕留めたかのように勝ち誇った笑みを浮かべるジャオ。インクの赤紫色。扇風機の浅葱色。窓の外の暗緑色。

「あれは……」

大陸鉄道の貨物駅舎。国境管理局員が張りつめた雰囲気を漂わせ監視する荷下ろしの停車場。クーデター内乱で国内の輸送機関が滞っているため、輸入業者は自力で運搬するしか術がない。手押し車にずっしりと重い木箱を会社員が数人掛かりで積み上げていく。慣れない肉体労働に焼けつく日差しが汗を滴り落ちらせる。日影でその運搬作業を待っている幼顔の運び屋たち。トラックの荷台に次々と運び込まれる木箱。積み込みが完了すると、少年たちは間を入れずにタイヤを軋ませて車を発進させてしまう。降りそびれたまま連れ去られるジャオ。その鈍臭い滑稽さに子供たちが失笑する。開けられる木箱の蓋。食料品や生活雑貨を取り出している少年たちの目的はそれではない。二重底の下に隠してある大量の機関銃。どこかの軍隊からの流出。中古品で機種は様々だが手にする子供たちに不満はない。一人が走行中の荷台から銃を構えて農家の牛を狙うふりをして言う――あんたがくれたこの銃で、父さんを殺したヤツらを殺しに行くんだ――黒光りする鋼色。太陽光の銀白色。少年の瞳の無色透明。

「あれは……」

ジャオの言い詰まりに、ハナナが替わって答える。

「蝶々です」

「なに?」

「あれは蝶です。蛾ではありません」

意識の戻りに一瞬の惑いをみせるジャオ。遅れてハナナが言うところの意味を理解すると、そんなことはどうだっていいからと鼻息でしらけ吹き、興味なさそうに窓の外へ視線を流して避けてしまう。ガラス窓の向こう側の羽の色彩。都市の煌びやかな照明との対比。無数の光が放つ上空に星屑の流線が走って散り消えた。残り花火の見間違いか、あるいは慣れてしまった眩惑か。再びの超常に自分の感覚を笑うジャオ。その薄ら笑いの横顔を見ているハナナ。

「なにが、おもしろいの」

「べつに。なんでもない」

その素っ気ない冷たさに頬杖から訝しげに顔を上げるハナナ。ジャオは自分の放った自嘲の声にもう一度苦笑して呟く。まるで自虐的に戒めるような独り言。

「まったく、おかしな夜だ」

夜は黒一色ではない。あらゆる色が混ざり合った謎なのだ。謎は見えないことで不可思議な存在を演出してみせる。感覚を研ぎ澄ました者だけが知覚できる色彩というものがある。

満天の星々の下をいく帆船。行く手の大海原は満月の光に照らされて暗闇のなかで鎮まっている。重い波音は怪物の寝息のようで嵐の荒ぶれた疲れを癒やしている。今夜の海風は優しい。甲板には航海士が一人だけ。男は六分儀を使って月の位置を観測している。簡単な数字計算を済ますと一旦手を休めて息を抜いた。他の船乗りたちは眠りの波間に揺られて高鼾《たかいびき》をかいている時刻。男たちはまだ見ぬ陸地や美女との抱擁を夢見ているのだろう。

航海士は夜空に広がる天の川を見上げ、空想に耽ってみる。遠い未来、科学技術が飛躍的に発展した二百年後、三百年後の世界のことを想像する——その時代、人類の航海学はどれほど進歩しているのだろうか。船はもっと大きく頑丈になり、推進力はさらに速くなっているのだろか。もしかすると、ひょっとしたら、船は空を飛ぶことが出来るようになっているかもしれない。いやいや、そんなことは無理だ。だけど分からないじゃないか。もし可能だとしたら、それはどんな感じだろう。船は雲のように夜空に浮かんで、あの星々を擦り抜けて、大銀河の惑星間を航海しているかもしれない。島々を渡るように星座を行き来する。おとぎ話にしてもちょっと荒唐無稽すぎるか——そんな取り留めもない絵空事に呆けて遊んでいたが、航海士は自分の稚拙さにはたと気づくと、一人笑い呆れて天測航法の仕事に戻っていった。

第二章　ある都市伝説

『銀河横断鉄道』の厨房には音楽は流れていない。料理人たちにとっては耳障りな甘ったるい旋律など仕事への集中力を削ぐだけで邪魔な雑音なのだ。ここでは各々が与えられた持ち場でその能力を精一杯に発揮することが求められる。肩と肩が前後する限られた空間で切磋琢磨し、背中と背中が擦れ違う無駄のない動線で臨機応変に対応する。充満する白煙と鍋からの湯気が料理人たちの情熱と混じり合えば、厨房の内部は蒸気機関の燃えたぎる馬力で邁進していく。素早く切り、丁寧に煮て、豪快に焼き、じっくりと蒸して、絶妙の加減で揚げる。次から次へと入る注文に指示が飛ぶと、迅速に取りかかっていく手際のよさが冴える。たった一つの滞りが全体を乱してしまう。間違いを正すのは緩急速やかに。徹底的に訓練された集団の機動力というものは、失敗でさえも想定内の出来事として容易く片付けられる底力を持つ。

包丁の打撃鼓動、水道の流水飛沫、鉄鍋の沸騰発散。音と音がぶつかり合う。動きと動きが鳴り響く。共鳴が和音を奏でる。音階と旋律が生まれて、脈動する厨房は大きな楽器になる。音楽などいらない。料理人たちが演奏者なのだ。楽団を指揮する料理長もまた自ら腕を振るう。

独奏者としても一流の匠であることを示すのだ。

肉の焼き方には料理人の技量がでる。最高の焼き加減に仕上げるには経験と勘がものをいう。まず、バターが泡立っている鍋へ肉をそっと置く。時間をかけてゆっくりと温めていき、焼き上がりに斑《むら》がないように慎重に左右の方向を変える。表面は焼き過ぎると焦げて硬くなって美味しくない。一旦鍋から取り出して保温し、塩と胡椒で味を調える。新しい油と香辛料を加え、もう一度じっくりと肉に火を入れていく。上下を裏返して、指で両端を摘まんで弾力をみる。頃合いを見計らって鉄線を肉の真ん中にすっと刺し、少し待つこと数十秒。引き抜いて下唇に当てて生温かい感触があれば肉の中心まで火が通っている証拠だ。そして、ここでも料理長は気を抜かない。一瞬だけ火を強めて微妙な加減で焦がす。火を止め、焼けた肉を皿に入れて、付け合わせを盛り付ける。このとき料理長の顔に納得のいく笑みが零れた。熟練者でさえ肉を焼くのは細心の緊張感が必要だったのだ。この皿の肉は料理長の本日の最高傑作か。

「ウエイター。なにをぐずぐずしている。はやく、この二つを持っていけ！」

料理長の檄《げき》が飛ぶ。走り寄ったウエイトレスが二つの皿をしっかりと手に持った。客席番号を確認して、店内への扉を肘で跳ね開けた。厨房に勢いよく入ってきたウエイターと鉢合わせになるが紙一重で擦れ違う。機微な反射神経。戻ってくる扉。皿は傾いても美しい盛り付けは崩れることがない。芳ばしい薫りを靡《なび》かせた肉料理は足早に運ばれていった。

二つの皿を静かに置くと、ウエイトレスは落ち着いた美声で料理を紹介した。

「お待たせいたしました。こちらは『野生牛のヒレ肉のじっくり焼き、エシャロットソース』です。狩猟限定区の牝牛を、弱火でゆっくりと焼き上げました。付け合わせの新ジャガイモと一緒にお楽しみください」

目の前に並べられた料理の出来上がり具合と色合いにジャオとハナナは感嘆の声を上げた。褐色に焼けた表面に油の光沢が照り輝き、ソースの琥珀色と芋の狐色とが濃淡を取り合わせ、微塵切りのパセリの緑色が鮮やかに際立たせている。ウエイトレスは嬉しそうな二人に共感の微笑みを返し、嫋《たお》やかに一礼すると去っていく。

ゆるりとナイフを入れると、花開いたような薔薇色の断面があらわれる。絶妙な焼き加減と溢れだす肉汁が食欲をそそり、口に頬張り噛みしめれば、すぐに燻しの香りが鼻を抜けていく。噛みしめる歯応えは確かなのに、染み入る旨味の柔らかさに蕩《とろ》けてしまう。塩と胡椒の刺激に、濃厚バターがほんのりと包み込む。柔と剛。洗練と野蛮。体中に流れる血が微かに熱く感じるのは野生牛の荒々しさが遠い記憶を呼び覚ますからだろうか。全身の細胞が一つずつ若々しく力強くなっていく新食感に、食べる歓びと楽しさをもう一度思い知らされるのだ。

「すごいね、この肉」

「とっても美味しい」

「一流の一流たるゆえんだな」

「紛れもなく別格ですね、このお店は」

満たされていく幸福感に美辞麗句を並べた批評など野暮だと思うジャオ。咀嚼しては非凡な料理技術に感動の溜め息を漏らすハナナ。

「先生、ご機嫌が直ったようですね」

「こんなのを食べさせられると、泣く子も黙るね」

「聞かせてくださいな。冴えわたる味覚の表現力。小説家としての腕の見せどころだよ」

「美味しい。美味しい。美味しい。美味しい。そして、すごく美味しい」

「さすが、天才はやっぱり違うわ」

返す声は俗っぽい料理評論家を真似て、

「まあね。すっごく美味しい。ううぅん、なんというか。このまったりとした味わい。口のなかで、味覚のハーモニーが奏でています。こってりしているのに、同時にあっさりしている」

素早く格調高い朗読口調に切り替えて、

「あるいは――管理社会のなかで意気消沈した一匹のオス猿が、原始大陸の砂浜で絶世の美女と楽しい長期休暇を過ごし、人間性回復に目覚めて元気になる――そんな感じ」

「なにそれ、分からないよ。観念的すぎる」

軽妙な語りで深刻さを出さないように、

「では——美容のために菜食主義になった若い女が、大失恋のショックから悔し紛れに狂ったように自棄《やけ》食いして、泣いて、泣いて、最後の涙の一粒と一緒に齧った肉の味——そんな感じ」

「うむ。勇気ある発言ですが、それ以上、この件は慎むように。気をつけてください。前にも確か忠告しましたよね。あなた、血を見ますよ」

苦々しい微笑を浮かべてフォークの先端をジャオに向けるハナナ。口角の引きつった歪みは、肉を噛みしめている以上の力強さがある。抑えた感情で言う。

「もうちょっと、今風にお洒落にできませんか。どこかの流行作家さんみたいに」

「無理だよ。ぼくの作風にはない。浮ついた流行り廃りには、どうも乗れない性分でね」

「あらあら、都合のいいときだけ孤高の作家気取り」

「そうまで言うならさ、ハナナが自分でやってみなよ。この味を言葉で表現するんだ。だけど、〈美味しい〉は使ってはいけない。禁句だ。直接的な形容詞やありふれた慣用句なども警戒しなければならない。さあ、この料理から受けた感動を人々に伝えてみよう。うん？」

作家先生からの挑戦状。ハナナは二つ返事で受け入れた。味わう舌を尖らせて、感じている味覚の輪郭を探っていく。口に広がる感動から距離をおいて、最適だと思う語彙を選び取っていく。考えを整えるために視線を上にやり、空中に浮かぶ言葉の順番を並び替えると、小さく確信をもって頷いた。

「はい。とろける感触は熟成チーズのよう。野生牛の歯触りに、畜産業職人の深い愛情を感じます。自然が育てた力強さに料理人の繊細さが働きかけてくるのです。甘味は燦々と降り注ぐ太陽の光。酸味は雨風の試練をぬけてきた数々。塩味の刺激は飲食業界の厳しい現実。枕を涙で濡らした夜の記憶。苦味は裏切りへの復讐。焼け焦げた燻りは絶対に許さないと誓った怒りの残響。獣の咆哮が遠くから聞こえてくる。風味は、いまこうして食べられることの幸福感。ああ、わたしは生きているんだと身に沁みて実感する」

ハナナはきっぱりと言い切ると、悠然とした手つきでグラスを掴み取り、気持ち良さそうにワインを飲んでいく。その自信満々な態度にジャオの疑いの目が探る。

「それって、どこかの料理評論家の受け売り?」

「違うよ。いま、わたしが考えて喋ったの。どんなもんだ。上手いこと言うでしょう」

背筋を伸ばして威張ってみせるハナナ。椅子の上で小躍りしそうなほど喜んでいる。ガラス窓の向こう側の羽虫を真似て、両肘を横に広げると羽ばたかせてみせた。

「なかなかやるじゃないか」

「まあね。感性なんて誰でも持ち合わせている。ちょっとしたコツと、多少の訓練さえすれば、言葉を見栄えよく飾り立てるくらい簡単ですよ。小説家だけの特権ではないのだ」

愉快に笑うハナナは少し酔っているのか、声が滑り気味になってきている。

「蝶と蛾の違いみたいなもんでしょ、先生よ。はっきりとした境界線などない。区別するから、色分けするから、線引きするから、違うのよ」

「そうなのか」

「そうでしょう。さっき言っていたじゃない、認識がどうのこうのって、ナントか・オッズの『永遠に不可能な相互理解』がどうしたとか」

「トーントワ・オッズの『永遠に未完成の円環』だ」

「そう、それそれ」

ハナナの指先でふらふらと揺れるナイフ。軽い侮りから下がって肉をさくさくと切っていく。頬張った頬が膨らみ、瞳の焦点が緩み、思惑のある微笑みをみせる。それを薄い片目で流したジャオ。見て見ないふりをする横顔。

「やっぱり、美味しいって言っちゃう」

「だからさ、禁句だって」

「どうして、美味しいものに、美味しいって言ったらダメなの」

「それだと、言葉はただの記号になってしまうだろ」

ハナナの奥歯が何かを噛みしめる。考える目が一つの問いを注意深く見すえている。

「うむ？　言葉って、記号でしょ」

「違う」

「誰かに、なにかを伝えようとする手段でしょ」

「違うね」

「わたしのいまの気持ちが、声になって表れたものでしょ」

「違うんだな」

否定を続けて話を切り落とすジャオに、ハナナの首がぐるりと頭を振って回してくる。肩の筋肉をほぐす仕草は、苛立ちを隠すための動きだ。

「ジャオ。よくないよ。そういう天の邪鬼な態度」

「どういたしまして。骨の随から作家根性なもんでね」

「そういう、世を拗ねた無頼派気取りなところが嫌いなのよ」

ジャガ芋にナイフが入ると柔らかな断面にエシャロットソースが染み込んでくる。フォークが感じ入る弾力性に一般のジャガ芋との違いに驚かされ、口に頬張れば、香り立つ焼き加減に選りすぐられた素材が引き立てられたことを知る。ありふれたものが至高へと作り替えられる匠の非凡さに心髄が震える。ハナナはこの感激を言葉にしたい。

「美味しい。美味しい。美味しい。美味しい。すごく美味しい。この気持ち、分かるでしょ」

「分からない。言葉じゃ不十分なんだ」

跳ねっ返るハナナの顔。

「あなたのことが大好き。大好き。大好き。愛している。この想い、伝わっているでしょ」

「伝わらない。正しく表現されていない」

「どうしてよ！」

フォークとナイフを握りしめた女の両手がテーブルに叩きつけられる。その震動でワインがゆらりと波打つ。男は静かに肉を噛みしめてから言う。

「言葉とは、そういうものだから」

向き合う顔と顔。ハナナは鼻息を吹いてガラス窓の向こう側へ視線を逸らす。虫は羽を左右に動かしている。体感を調整しているのか、それとも飛行への準備なのか。皿の上でジャガ芋を転がすフォーク。欠片を右へ、左へ。

大海原に碇泊している一隻の帆船。輝く太陽と無風の空の下で暇を持て余した船乗りたちの歓声が甲板に沸きたっている。筋骨隆々とした男二人が素手で殴り合う喧嘩は船首楼を闘技場に見立てた気晴らしの余興だ。強く握りしめた拳と、機敏な動きの拳が相手の一瞬の隙を突いて打ち出していく。構えた腕の筋肉に流れる汗、切れ腫れた唇から滴り落ちる血。野次馬から浴びせられる嘲笑に長い航海の鬱憤《うっぷん》が混じり合う。大きな男と太った男の闘志と意地は一歩も退かず、じりじりと鬩《せめ》ぎ合い、力を振り絞ってぶつかっていく。脇腹への一撃に、下顎を狙う強打。防ぐ肘が逃げれば、怒りの肩が攻めてくる。譲らない主張は天動説か地動説か。それとも有神論か無神論か。あるいは一人の女か。取り巻く観衆にとっては勝敗のゆくえはどうでもいいのだ。この場で騒ぎたいだけ。凶暴な腕力が雄叫びをあげると、相手の顔面に殴りつけた。首の骨が捻れ、折れた前歯が飛び散った。白い欠片は青空の彼方へと消えていった。

転がるジャガ芋をフォークが受け止める。

「わたしは、大学では文化人類学を専攻していたんだ。だから言語学も少しはかじったわけ。それなりに学はあるのよ。弁もたつ。お勉強の成果を語って聞かせましょうか」

「へええぇ、そうなの。じゃあ、拝聴しようか」

はぐらかされても懲りもせずに挑んでくるハナナが楽しいジャオ。肉を切るナイフが笑っている。ハナナは腰の位置をあらためて動かし、背筋を真っ直ぐに整えた。

「言葉って……」

声を調整する。喉を鳴らし、喋り具合を確認する。

「言葉というもの、言葉の創造は歌を起源にしています。声として外にあらわれる前の感情、楽しいとか、悲しいとか、恐ろしいとか、怒っているとか、安らかだとか、愛しているとか、こういうまだ声にならない感情は、声帯を持った動物によって、獣の叫びや、鳥のさえずり、といった表現で仲間同士に伝えられます。情報は複雑さを要求しますから、表現方法も高度に多様化していきます。リズムができ、メロディが生まれる。歌です。これを〈言語歌起源説〉ともいいますね」

フォークが指揮棒のように拍子をとって動き、

「いちばん分かりやすい例として、敵対するグループへの威嚇の咆哮とか、オスがメスに向けてみせる求愛の甘い歌声とかです。あれは、パンクロックと、ラブバラードですよ」

エシャロットソースにジャガ芋を絡めて、

「人間も動物の一種だから、この進化の潮流のなかにいます。例外ではありません。しかし、人間の凄いところは、この歌の表現方法を驚異的に発達させて、整理し、実践したことです。人間は気づいたのです。声色をいろいろと複雑に使い分けて、一個一個、それぞれに分類していくと、自分たちを取り巻く謎に満ちた自然や、危険で不可思議な世界が、くっきりと明確になることを知ったのです。解像度は数百倍から、数万倍、数億倍へと飛躍していきます」

味わう表情は満足して穏やかに綻び、

「名称を付け加えられると、そのものを如実に感じることができますからね。頭の上に拡がる大きな空間は〈空〉。満々と湛えられた水の光景は〈海〉。緑を茂らせて果実を色づかせるものは〈木〉。灰色の雲から落ちてくる無数の滴は〈雨〉といった具合に。人間は世界を切り分け、自分たちが理解しやすいように、自分たちの意識のなかで世界を再構築していったのです」

ワインを一口啜り、

「言葉の誕生ですよ」

そう言う口の動きは歌うかのよう。

「人間が最初に発した言葉って、なんだと思う？」

フォークとナイフはワルツの優美さで皿の上を流れていく。踊る銀食器の四分の三拍子。

「――愛している――？」

ハナナは自分の問いに自ら否、否、否と首を振って却下する。

「気持ちが最高潮に盛り上がっている恋人たちには言葉なんていらない。二人一緒にいるだけで幸せなんだから。もう十分。言葉なんて付属品。贈り物の花束みたいなもの」

そして、一転。フォークとナイフは荒々しくジグザグする。争い合う矛と盾を演じる銀食器。咀嚼する顎の上下の勇ましさ。飲みこんだ口元が悪党風の凄みを利かせて、

「――殺すぞ――」

言うが早いか再び首を振る。否、否、否。グラスをつける口は発した言葉をワインで洗って、汚れた唇を舌先からぺろりと舐めた。

「敵対する者たちがコミュニケーションなんかする？　相手の命を奪い取ろうとしているのに、どうして意思の疎通を図る必要があるのか。相手の裏をかいて、問答無用の攻撃でしょ」

自分の意見に何度も頷いて賛成している顔。突然、何かを思い出したように動きは遅くなる。映画のスローモーションの緩慢な仕草で、肉を切り、突いて、持ち上げて、口の手前まで。

「――お腹空いた――」

自問する顔は即答をためらう。

「食物の獲得は死活問題。その最もたるのは赤ん坊。あるいは幼児。厳しい環境下で生き抜くための最大の援護者は母親。なんとかして飢え死にするこの危機的状況を母親に伝えなければ。助けを求めるために、相手の注意をひく泣き声や叫び声よりも明らかに違うもっと最短な単語。それを聞けば自分の母親が振り返ってくれる言葉」

肉を噛みしめて味わう口元が言う。

「――お母さん――」

自分の言葉に納得して深く頷くハナナ。賛成、賛成、賛成と自信ありげに首を揺らしている。

補足する口振りは、これが正解です、と言い切った力強さがある。

「まあ、実際には――ママ――のような単純な音の連なり、〈形態素〉だったと思うけど」

「形態素？」

「言葉が意味をもつ最小単位のこと」

鼻でせせら笑うジャオ。ジャガ芋を軽々しく口へ放り込む。

甲板で沸きたつ男たちの歓声。船乗りたちは喧嘩で勝利した巨漢を口々に称えている。誉めそやす熱賛のなかを威風堂々と伸し歩く巨漢は快哉を叫び、青空に向かって拳を高く突き上げている。闊歩しながら拍手喝采の人垣を分け入っていく先には一人の美しい女が立っている。女は笑うこともなく黙ったままで男と向かい合う。巨漢は称賛の抱擁を期待して、大きく腕を広げて待つ。勝利への褒美は美女からのキスだと疑わない面の皮の厚さ。女は酒瓶を咥えて、酒を口いっぱい頰に膨らますと、目の前のにやけた顔面に向かって酒飛沫を思いっきり吹きかけた。唖然とする巨漢の間抜けた顔。ここではじめて女は微笑んだ。その突拍子もない展開に甲板は大爆笑に包まれる。腹を抱えて笑い転げる船乗りたち。びしょ濡れで戸惑うだけの表情。抱腹絶倒の群衆のなかで立ちつくす巨漢の背中は小さい。

「——パパ——じゃないんだ?」

「人は誰でも母親から生まれてくる。最も影響力のある濃密な人間関係ね。切っても切れない」

「——お母さん——ね」

「血は水よりも濃い、ですよ」

グラスを揺すりながら、ワインよりもね、と言い添えて笑うハナナ。

「パパだって、血は繋がっているぞ」

「パパは狩りで遠くまで出張中。どこかの若い小娘の尻を追いかけて浮気しているのかも」

「極楽とんぼの放蕩親父、今夜は帰ってこないんだ」

「男のロマンを求めて、長い旅に出ていったきり」

笑い合う二人。そのとき、ジャオに微かな耳鳴りがある。金属音のような耳鳴りに、ハナナの喋った言葉が反復する。声質の違いと別人のイントネーション、アクセントで、

――チハ、ミズヨリモ、コイ――

壊れた音声に雑音が混じって聞き取れない。奇妙な耳鳴りはすぐに消えたが、聴覚の変調はそれだけでは終わらなかった。聞こえるはずのない音楽が流れてくる。遠くにある小さな旋律は徐々に音量を上げてきてジャオの感覚を捉えてしまう。耳をそばだてて掴もうとする集中力。その音楽は店内に漂っている弦楽四重奏のバイオリンやチェロとは明らかに違う異質なものだった。古典的な形式張った楽曲よりも自由奔放で遊んでいるかのような軽々しさで、単調な拍子を伸び縮みさせているのは、自動手回しオルガンや機械仕掛けのピアノによる楽団演奏だ。笛や太鼓が調子を合わせて盛り上げていく。いつかどこかで聞いたことがある曲調だと思う。使い古した懐かしさと、楽しくも怪しい幻想的な音色が過ぎ去った記憶を呼び起こす。鮮やかな電飾装飾の連なりと、美しくて心優しい懐古主義の色使い。大きな傘に見立てた屋根の

下で回転する円形舞台にいくつもの木馬が上下運動を繰り返して進んでいく。ジャオの脳裏を飛び跳ねる音符たちが駆け巡る。回転木馬《メリーゴーランド》の大衆音楽は絵本の頁をめくるように愉快にさせる。

「たとえば、この赤色は」

ハナナはグラスを少し持ち上げて、

「たとえば、この赤色は、華やかと相まって奥深くて人の心を惹きつけてやまない色ですね。静かに佇んでいる雰囲気は、決して怠惰や虚弱などが招き寄せてしまう消極的なものではなく、内側に強い闘争心を秘めて、虎視眈々と次なる行動を熟考している沈潜を感じ入ります。そういう印象づける要素は、観察する人の経験からくるものです」

声の一つひとつに力を加えながら言う。

「いちばん強い印象は、〈血〉。そして〈夕焼け〉。あるいは〈花々〉。どれもが人間の好奇心を刺激させる魅力があります。深くて、大きくて、広くて、捉えて放さない印象です」

色彩を愛でる眼差し。指先のグラスは化学者の試験管のよう。

「わたしたちがこの色を〈赤〉と言うとき、経験から想起される印象が、言葉がもつ先入観を動かしがたいものにするのです。無意識が具現化したものを多くの人々が共有して交換することで意思が通じ合います。その集団のルールになるのです。言葉は記号なのですよ」

ワインを口に含んで微笑むハナナ。

「言葉は記号なのです。曖昧な、なんだかよく分からないものではないのです」

テーブルに下りるグラス。その確かな音。

「数学、物理学が世界の構造を分解したように、言語学は人間の意識を明解にします」

ボトルが二つのグラスを均等に満たそうとしていく。

「わたしの考えが、ちゃんとあなたに伝わっているでしょう？」

同じ量を注ごうとする手加減。微調整の滴。

「わたしたちは会話し、情報を交換することで連帯感や友情が生まれるでしょう？」

最後に落ちる一滴が波紋を拡がらせていく。

「わたしたちと彼ら。違う価値観に共有の意味を見出して、争いをやめるでしょう？」

静かに置かれるボトル。ゆっくりと放す手。

「伝えたい。教えたい。繋がりたい。一緒にいたい。分かち合いたい。そういう感情の奥底にあるもの。言葉の誕生の起源にある人と人を結びつけようとする純粋で崇高な人間精神」

たっぷりと満たされたグラスを持ち上げて、

「つまり、それは〈愛〉です」

美味しそうにワインを飲むハナナ。グラスから唇を離し、甘い吐息のような聞こえない声を吹いてみせる。聞き取れないほど小さくて、透けて見えるほど薄い。

「――お母さん――これほど、愛に満ちた言葉ってある？　人がその人生ではじめて自分以外の他者に向けて放つ呼びかけ。他に考えられる？」

語りかける相手はジャオではなく違う誰かへ、

「優しくて、強くて、おもしろくて、恐ろしくて、頼り甲斐があって、なんでも知っている」

選んだ言葉を確かめている眼差し。

「無意識の具現化、言葉は愛。そうでしょ」

「言葉とは想像力だ」

「はい？」

回転木馬の音楽が駆け巡っていく。赤色電球に照らされた木馬たちの動き。夢心地にさせる装飾美の曲線がうねり、何度も塗り重ねられたペンキの色彩が華やぐ。座席が上下運動して、子供たちのはしゃぐ声が運ばれて回っていく。内回りを行く木馬に跨がっている幼い妹の笑顔。帽子のリボンが揺れている。外回りの木馬で追いかけていくジャオ。手彫りの馬のたてがみが風になびいている。しっかりとハンドルを握りしめる五歳の男の子。その円形舞台を防御柵の外側から嬉しそうに眺めているのはジャオの母親。木馬が回ってくるたびに手を振って応えてくれる。若くて美しい顔立ちに高級仕立ての服装の存在感は、一般庶民が集う遊園地の人混みのなかで一際目立つ優雅な雰囲気を醸しだす。

安易に妥協しない女の首が横を振る。

「むかしむかし、いまからおよそ十万年前。人々は原始大陸の片隅でひっそりと慎ましく暮らしていました。食べていたものは、果実や魚、腕力で勝てそうな小動物たち」

肉を切る手つきの慎重さ。

「一日の終わりは、焚き火を囲んで楽しい食事でした。まだ言語コミュニケーションは確立していませんが、身振り手振りと単純な声色の使い分けで、自分の気持ちが相手に通じることは、みんなで大騒ぎするほどおもしろかったと思いますよ」

頬張る口元は幸せを噛みしめて、

「──今日はこんなことがあった。あそこは危険だ、近づくな。お前たち、もっと仲良くしろ。これ、意外に美味いな。どこで見つけた？──とかなんとか」

気持ち良さそうに話す口振り。通りすがりのウエイトレスに空になったワインの追加を注文する。愛想のいい対応に微笑み返すハナナ。

アロイア邸の食堂。重厚な作りの長いテーブルに、家族と客人用の椅子がずらりと整列している。宴会のときなら全席が腰かけられて賑やかになるが、普段の食事の場ではその華々しさとは対照的に室内は静まりかえっている。最小限の用途でテーブルの端の席で向かい合う二人の子供。ジャオと妹は少し緊張気味で目の前の皿へスプーンを差し入れている。グラスを照らす天窓からの日差しが冷たく光る。執事や使用人の姿はなく、背後から見守る者は母親だけ。口元に笑みを浮かべながら自慢の手料理の感想を待っている。着慣れないエプロンをした格好は芝居の貸衣装のよう。称賛を期待する笑顔は長く輝いて燃え尽きそう。しかし、舌の肥えた子供たちにとっては不器用な味加減の料理の出来具合は耐えがたい。ジャオに目配せする妹が、（まずいよ、これ）と訴える。ジャオは無言で、（ぜったいに、言うなよ）と警告する。二人の沈黙の意味を察知した母親。笑みは一瞬に消え失せて、輝いていた顔色が怒りと不満の形相に変わり、荒々しく皿を取り上げると食堂から飛び出していった。隣の部屋で磁器皿が砕け散るけたたましい音が炸裂する。びくっとする小さな肩と肩。ただ俯いて黙ったまま座っているだけのジャオと妹。大きなテーブルに窓ガラスからの優美な陽光が降り注いでいる。

もう一度、耳鳴り。薄い金属を指先で弾いたような響き。

「十万年前?・」

「だいたい、それくらい。焚き火を囲んで、楽しい家族団らん」

「見てきたようなこと言う」

「言葉は想像力でしょ」

ジャオのフォークとナイフがぴたりと止まる。ハナナの声がその躊躇を軽々と飛び越えていく。さらに相手を挑発するような口振りで、

「言葉のなかった世界を、言葉で表現するなんて絶対に不可能だけど、まあ、そこのところは無理を承知でやってみます」

話しぶりの間合いの取り方は、過去に何度か人に語って聞かせた経験がある手慣れた感じに磨きがかかっている。フォークとナイフを放した手が、存在しないグラスを持ち、存在しないボトルを傾けて、存在しないワインを注いでいく。ハナナは無言劇の表題を言う。

「『言葉のない世界』です」

パントマイムの流れる仕草は見えないグラスに唇をそっとつけて、味見をする表情は何かを納得してテーブルにゆっくりと置いた。

「人びとは、〈毎朝、地平線から悠々と上がってくる光り輝く丸くて大きな畏怖の念を抱かせる驚きと生きていく力を与えてくれる恩寵を感じるもの〉を漠然と眺めていたのだけれど、あるとき、その〈毎朝、地平線から悠々と上がってくる光り輝く丸くて大きな畏怖の念を抱かせる驚きと生きていく力を与えてくれる恩寵を感じるもの〉に〈太陽〉と名づけたのです。すると、その〈毎朝、地平線から悠々と上がってくる光り輝く丸くて大きな畏怖の念を抱かせる驚きと生きていく力を与えてくれる恩寵を感じるもの〉は誰の目にも〈太陽〉にしか見えなくなってしまったのです。人びとが〈太陽〉と言うとき、〈太陽〉という言葉が頭のなかにあるだけです。つまり、〈毎朝、地平線から悠々と上がってくる光り輝く丸くて大きな畏怖の念を抱かせる驚きと生きていく力を与えてくれる恩寵を感じるもの〉という深い無意識は、〈太陽〉という小さな言葉の箱に入ってしまったのです」

パントマイムの右と左の手が虚空を掴もうとして、

「箱は蓋《ふた》をして、なかを覗き込むことができません」

両手が合わさってテーブルに下りてくると、

「言葉は、その箱に貼ってあるラベルのようなものです」

フォークとナイフに戻った手が食事を再開する。

「以上です。質疑応答は随時受けつけますよ」

ジャオの目に何か反射した一閃が差し込んだ。

太陽の眩しい光線がジェットコースターの線路に反射している。発着のプラットホームに停車している車両に搭乗している少年。ジャオは狭い座席に押し込められて不安と恐怖でいまにも泣き出しそうな心細い表情だ。決心を渋っている気弱な態度に、ホームから見送ろうとする母親が勇気づけようと声をかけてくる——恐怖から目を逸らしてはダメ。大きく目を開いて、しっかりと刮目しなさい。恐ろしさなんて、半減して消えてしまうものだから——母親の手が、震えているジャオの頭に添えられる。それを隣の座席で不思議そうに見ている妹。

——大きく目を開いて、しっかりと刮目しなさい——

落下防止の安全バーが少年の細い肩に装着された。頑丈な鉄骨器具からジャオの頼りなさそうな顔が竦んで縮こまっている。発車ベルが鳴り響き、乗客全員の頭部が揺れて車体が動きだした。進行方向の線路はわずかに進むと急激な勾配で反り上がり、その極端な登り坂は大空に向かって垂直に突き刺していくかのよう。チェーンリフトが連結した四両車両の満員の荷重をカタカタと鳴る機械音の規則正しさで不安を煽りながら巻き上げる。じっくりと時間をかけてレールの頂上まで上がってくると、天空の彼方には燦然と輝く太陽が待ち構えていた。それは涙で潤んだ子供の瞳には、怪物が咆哮しようとして大きな口から吐き散らした火炎に見えた。

——恐ろしさなんて、半減してしまうもの——

レールの最高到達点に車両が上がり、淡い雲が頭上のほんの先にあるところで深呼吸をする。登りきった高い場所からは港町が一望できた。遠くの水平線の両側が微かに弛んでいる。海鳥が前方を通過していくのを目が捉えて、その翼の羽ばたきを追いかけようとしたとき、車両は真っ逆さまに落ちていった。猛烈な速さで急降下していく乗客たちの悲鳴と絶叫。重力は背中を座席にねじ込んだ。

——逃げるな、立ち向かうのです——

最底辺へ突撃して、落下の暴走を終わらせることなくレールはえぐり返って再び上昇する。四両編成は吹き上がったかと思うと、また急降下。落ちていく速さを感じる前に、風を切って上昇。上下運動に弄ばれたところで、次は右へ左へと横揺れのかき回しがはじまる。振り切られて横倒しから前倒し、悲鳴が悲鳴を呼び、絶叫が絶叫を撒き散らしていく。

——ジャオ。強くなりなさい——

レールは流れ過ぎる速度を漲らせて大きな弧をくねらせていく。天と地がひっくり返って、街の景色と晴天が逆転する。水平線が大回転し、世界の中心点を円の真ん中へ力ずくで捻った。そしてもう一度、空と海とが入れ替わり、方法感覚がぐるりと宙返りする。悲鳴の軌跡は怪物が大空を乱舞した竜巻のよう。絶叫の残響は蒼穹《そうきゅう》に稲妻の閃光が切り裂いたかのよう。

——誰も、あなたを助けてはくれない——

金属音の伸びきった長音。終わらない耳鳴り。

右と左の掌を合わせたハナナが言う。

「箱は蓋をして、なかを覗く込むことができません。言葉は、その箱に貼ってあるラベルのようなものです。以上です。質疑応答は随時受けつけますよ」

喋ろうとするが、すぐに整わないジャオ。声を絞り出すかのようにして、

「違う、そうじゃない」

「なにが違うの」

耳鳴りな雑音を撥ね除けるように首を振るジャオ。

「その箱は、底が抜けているんだ」

「はい？」

「箱の底には穴があいているんだよ」

喋りにくそうに話すジャオ、聞き取りにくそうに耳を傾けるハナナ。

「どういうこと？」

「『太陽』という箱のなかは、空っぽなんだ」

「なにを言っているのか、よく分からない」

「世界がバラァンバラァンに砕け散ったときの衝撃によって、言葉が持つ意味も抜け落ちてしまったのだよ。もう直接的には触れることができない」

そう言うとジャオの視線は頭上にある空間へと導いていく。そこに浮遊している箱を示唆しようとするが、ハナナには何を意味しているのかまったく見当もつかない。ジャオが（ほら、これのことだろ）と、目配せしても、ハナナの視界は何も捉えられない。（こいつは、ちょっと危なっかしいぞ）と、身構える眼差し。

ウエイトレスが新しいボトルを持ってくる。飲み干して空になったものを優雅な手つきで交換すると去っていく。一呼吸を置いて、素早くボトルを掴んだジャオが自分のグラスの注ぎ足しながら言う。

「このワインの名前は『一度も会ったことのない友人』だけど、仮にこの言葉がまったく印象の違うものだったら、たとえば、『豚の血で顔を洗う女』という名称に置き換えてみる。すると、言葉から受ける印象だけではなく、味そのものが変わってしまうんだ」

ボトルはハナナのグラスにも注いで、

「まるで魔法のように」

「変わるわけがないじゃない。味覚は主観でしょ。主観は揺るがない」

「それが、変わるんだな。やってみて」

一口飲んでみるハナナ。

「同じよ。一緒。なんにも変わらない」

「ちゃんと想像したか。〈息の根を止められたばかりの豚の生暖かい血で顔の皮膚を絞りながら毛穴の汚れまで洗いつくそうとする気が狂った女〉を脳裏に浮かべて飲んだのか」

ジャオのねちっこい不気味な語り。嫌悪感に眉を顰めるハナナ。グラスのなかの深い色彩。ワインの重さが手に伝わってくる。

「『豚の血で顔を洗う女』？」

「そう。想像してみて」

グラスのなかの赤。冷たくて尖った色。

ハナナは思い描いてみる。農場の家畜が屠殺されて、吊し上げられた死骸から大量の血液がバケツに滴り落ちていくという場面。そこに常軌を逸した立ち振る舞いをする若い女が現れて、わけの分からないことを叫びながらバケツに顔を突っ込む。そして遮二無二に手を動かして自分の顔を凄まじい勢いで洗っていく。四方八方に飛び散る血の飛沫。興奮と恍惚に酔う表情は血塗れのなかで無茶苦茶になるが、天を仰ぐ瞳だけが異様に光り輝いているのだ。

ハナナは口から離したグラスをじっと見つめる。

「変わらない。味は同じ」

「味の印象が変わっただろ」

「全然、変わらないよ」

「そんなはずない。『豚の血で顔を洗う女』を想像したか。〈息の根を止められたばかりの豚の生暖かい血で顔の皮膚を絞りながら毛穴の汚れまで洗いつくそうとする気が狂った女〉を頭に浮かべて飲んだのか。しっかりと、言葉から発せられる雰囲気を感じ取って味わったのか」

「はい。思い描いて、飲みましたよ」

「だったら、『一度も会ったことのない友人』のときとは味が変化しただろ」

「一緒。同じ。思い迷うことなく、美味しいです」

思い通りにいかないジャオの苛立ち。

「もうすでに味を知っているからだよ。最初から同じワインにラベルを変えて、二つのボトルを飲み比べれば、絶対に違う味になるはずなんだ。実際、優れたソムリエの舌だって勘違いすることは実験で証明済みだから」

「どんな実験よ」

「世界コンテストで優勝争いをするほどの常連の十人のソムリエにたいして、同一のワインを二本用意して、名称だけを変えて試飲してもらう。その二つの名称は人間性が合わせ持つ〈善〉と〈悪〉の局面を極端に誇張して明記する。言葉から受ける印象が、楽観的で幸福にするものと、悲観的で苦渋を感じるものに分ける。『一度も会ったことのない友人』とか、『豚の血で顔を洗う女』とかね。違いはラベルの文字だけ。そして、通常の審査の同手順で問う。結果は、半分の人が、二つのワインは同じものではなく、別々の違う品質だと言い切った」

「でも、半数は騙せなかったのでしょ」

「騙すとか、騙さないとか、そういう問題じゃない」

相手の出方を窺う間合い。気を合わしたように同時に声を発して、

「それって、さあ」「つまり、だな」

このとき、レストランのざわめきが静まり返る。客人たちの会話や談笑が次々と止まってしまったのだ。話の合間や、喋り終えた瞬間、ちょっとした食事の息抜き。それが同時に全席で

起こった。弦楽四重奏も丁度、楽章と楽章の空白で音楽が止んでいたところ。重なり合う沈黙。一瞬で静寂に支配される店内。水を打ったように物音一つしない。この奇妙な無音の空間に、ウエイターやウエイトレスたちも驚いて立ち尽くす。全員が静けさに身構えている。顔を互いに見合わせる人々。聞き耳を立てている横顔。切りのいいところで止まったままの仕草。皿から立ち上る薄い湯気だけが動いている。誰かが不思議な静寂に耐えられなくて笑ってしまう。その一声を受けると店内の緊張が一気にほぐれて、会話やお喋りが戻ってくる。突然の珍現象を笑い合い、食器が鳴る雑音が和らげていく。音楽が再び演奏をはじめて、先ほどまでの通常のレストラン風景が流れていく。窓際の羽虫も息を吹き返したかのように動きだす。

ハナナは店内で発生した不思議な現象に驚きを隠せない。

「うわわああっ、なに、いまの？」

ジャオも興味深く周囲を見渡している。

「驚いたね。全員が黙ってしまった」

「音楽まで止まってしまったよ。びっくり。すごい確率。何億分の一？」

「偶然の一致が重なったんだな。ときどき、こういうことがある」

楽しそうにフォークとナイフを掴んだハナナが言う。

「こういうのを〈天使が通った〉っていうらしいよ」

空のグラスを手のなかで弄ぶジャオが返す。

「あるいは〈沈黙のなかの音楽〉ともいう」

「聞いたことがあるような、ないような」

「〈音楽〉は聞こえないいんだよ」

ハナナの顔が傾いて疑問符が浮かぶ。ジャオは続けて、

「箱の底が抜け落ちているから」

傾いた疑問符がくしゃくしゃに潰れていく。

「なにもない、というものがある」

くしゃくしゃの苦笑が問いかける。

「はい？　なんですか」

「〈沈黙のなかの音楽〉と、『言葉のない世界』の意味するところは同工異曲だ。同じ状態のことを言おうとしている」

手先の器用な動きが空のグラスを回して、透明の湾曲越しに逆さまになったハナナを見る。光の屈折によって極端の歪んだ美しい顔立ち。

「正確には見えない」

ジャオの格好つけた言い切り。グラスのなかのハナナは小さくて遠い。

語りだす顔は、再び気取った講談師の面構え。

「ある宮廷作曲家の話。芸術文化が開花した帝国時代。代々宮廷楽団に従事する家系に生まれ、幼いころから楽団員である父親から英才教育を受けて、日々精励恪勤の末、宮廷楽長に就任するまで出世した男がいた。彼の才能と実直な性格は、誠実な仕事ぶりにすべて表れた。室内楽、賛美歌、歌劇。そのどれもが王侯貴族たちが求める理想的な楽曲として愛聴されていく。名声と富を手に入れてなお、それでも精進をやめない男は、音楽がもつ可能性を追求しつづける。人間にとって最高の音楽とはなにか。究極の音で構成された芸術とはなにか。試行錯誤は終わらない。交響曲へも挑戦する。民族音楽も研究した。男が創作した楽曲は数千曲を超えようとしていただろう。新しい作曲技法で宮廷音楽を更新する。それまでに存在しなかった楽器を開発したりする。皇帝から勲章を授かる業績もあった。しかし、男は満足などしない。もっと凄いものがあるはずだと、究極の音楽を作りだせるはずだと、自分を奮い立たせていく。音楽という芸術を徹底的に吟味し再構築しようと企てた。飲食を忘れ、昼夜の境もなく、ただ楽器と譜面に格闘する年月が過ぎた。やがて、没頭する芸術家の精神は次第に擦り切れていき、男はついに発狂する。精緻な頭脳と、繊細な神経が限界を超えたのだ。精神病患者の独房に入れられ、文化的な社会から隔離された。たった一人の孤独な生活がはじまる。ベッドと、便器と、手の届かない高い窓。一日一食。看護人がときどき見回りにくるだけ。作曲はおろか、誰とも話さない日々が男に訪れた。部屋のなかでぽつんと佇む男。ただ窓から差し込む光を眺めている男。なにもしない。なにもすることがない。壊れた心は休息を必要としていた。空腹と閑暇。外からは枝葉が揺れる音や、鳥の囀《さえず》り、虫の鳴き声などが聞こえてくる。風が吹き、雨が降り、雲が流れ、夜が来て、月が欠け、星が瞬き、そして、また陽は昇り光が差し込む。この反復。この秩序。この濃淡。この変化。男は気づいた。ここに音楽がある。これは旋律ではないか。これは音階ではないか。これは転調ではないか。自然界は無数のオーケストラを集合させたようだ。世界中の楽器を演奏する手を止めた場所に、至上の音楽が奏でられているじゃないか。これほどまでに濃密で、優雅で、官能的で、哲学的で、複雑にして単純な、完成度の高い完璧な音楽をいままで聞いたことがなかった――これだ。凄いぞ。やっと見つけた――男は大発見に喜び、小躍りして、そして、叫んだのだ――沈黙のなかに音楽がある――」

口を閉じてグラスにワインを注いでいくジャオ。ハナナの方へボトルを向けるが、話を聞いていなかった横顔の視線は窓の外に注意を取られている。

大窓ガラスの向こう側の羽虫。静止して何かに集中すると、突然ぱっと飛び立つ。旋回する羽が夜空の闇のなかを掻き乱して消えてしまった。

「あっ、蝶々……」

ハナナの声は途切れてしまう。中途半端に傾いたボトルからはワインは零れてこない。

癪に障った腕力が面舵を切って、猛り立つ船首を無理やりに振っていく。乱れ騒ぐ波飛沫に、遠浅の海底に船体が擦れた。渦巻く海水に、舞い散る砂利。岩盤の硬さと、木造帆船の脆さ。尖った岩礁に乗り上げていく船底。破裂する右舷の板張り。亀裂した切れ目から水圧の勢いが船内へと流れ込む。大騒ぎになる船員たち。右往左往する叫び声。船体の重量は傾き、浅瀬の岩場で身動きができなくなった。座礁する帆船。航海はここで頓挫した。

——あれっ、止まった。止まってしまったよ。
——まったく、なんだね。ただ、ぐるぐる回っているだけ。もう飽き飽きした。
——ねえ、気づかない？　これ、動いていないよ。
——大丈夫。気のせい。どんどん上がっているでしょ。
——そういえば、さっきから、風景が全然変わっていないよ。
——時間の無駄。暇つぶしにはもってこいだけど、意味がわからん。いま、何時だ？
——本当だ。動いていない。
——ちゃんと動いています。
——なにがおもしろくて、こんなのに乗っているのか。高所恐怖症の罰ゲームだね。
——故障じゃない？　空調機も切れてしまった。

——みんな落ち着いて。問題はありませんから。
——閉じ込められて死ぬのも、退屈で死んでしまうのも、同じようなものだろ。
——ほらほら、地上の人たちが、なにか叫んでいる。
——遠すぎて、聞こえないよ。

座礁した帆船。岩礁に砕かれた右舷。損傷は絶望的で努力も虚しく徒労に消えた。復旧作業を諦めた船乗りたち。照りつける太陽光線が疲労困憊した体を攻めてくる。焼ける肌と乾く喉。遠浅に身動きできないまま時間だけが過ぎていく。海鳥の鳴き声が悲観を煽る。落胆した目は朦朧として、遠く水平線上に蜃気楼を見た。海と空の中間に忽然と現れた揺れる幻影。光輝く巨大な人工物体——あれは、なんだ——それは色鮮やかな光彩を放って遠方に浮かんでいる。奇怪な蜃気楼はやがて動きだし、流れる雲に乗って引き寄せられるようにゆっくりと難破船の上空まで移動してくる。男たちは本来ならば接近しないはずの蜃気楼を呆然と見上げ、得体の知れない超常現象に言葉を失う。頭上に留まり、目映い色彩を点滅させている無秩序の構造。大航海時代の人間には、それが吊されたように逆さまになった遊園地の陽炎《かげろう》だとは分からない。大型電飾が放つ強力な照明装置など誰もまだ見たことがないのだ。

遊園地の大観覧車。青空に向かって屹立する巨大な鋼鉄の車輪。地上の乗り場で喜び勇んでゴンドラに飛び乗った少年ジャオ。自分一人だけが搭乗したことに気づき振り返ると、母親と妹は少し離れた場所で立っている。係員が流れ作業で扉を閉めればゴンドラは感情のないまま動きだす。母親と妹は無言でずっと笑っているが、それは笑顔が張り付いたマネキン人形のように見える。手を振る仕草もどこか機械的で不気味なのだ。円周軌道をガラス張りのゴンドラとゴンドラの連なりが順々に運ばれていく。向かい合う二人掛けの椅子に子供がぽつんと一人の空間は寂しさが増すばかりで、不安に狼狽えてみても独りぼっちの心細さに負けてしまう。窓ガラスに鼻先を押し当てて見下ろすと、小さくなった二つの影は並んでどこかへ去っていこうとしている。ありったけの力で叫んでみたが声は届かない。しょげ返った弱々しい両肩に、待ち構えていた太陽の鋭い光がじわじわと近づいてくる。堪える涙の一滴を乾かす。

　上昇していくゴンドラが円環の頂点に近づいてきたころ、ジャオは天窓の向こう側に拡がる大空に異変を感じとる。青一色の真ん中で何やら揺らいで浮かんでいるのだ。その物体は見覚えがあった。逆さまになっていたが知っている。歴史の図鑑や絵本、映画に登場する大きな帆を備えた帆船だった。海賊たちが歓声を上げ、海風を受けた帆が膨らみ大海原の波間を走っていく勇姿は少年の心を捉えて離さない。その帆船は観覧車の真上、蒼穹のいちばん高い場所に立体的映像のように揺らめいてあったが、目に映る幻像には、あの憧れた勇壮さはなかった。

天空に逆さ吊りになり、壊れた甲板から船内をさらけ出し、破れ引き裂かれてボロボロになった帆を垂れ下げて無惨であった。

それでもジャオは興味津々に見入ってしまう。涙ぐんでいた瞳が生気を取り戻し、もっとよく見ようと上空に目を凝らしたとき、いくつもの人間が落ちてくる。ゴンドラの前を落下していくものは船乗りたちだった。男たちは手足を宙にばたつかせているが引力には逆らえない。次々と自然落下のスピードで地上に向かっていく。まるで誰かが、おもちゃ箱を引っ繰り返して、海賊の人形を天上から捨てているかのようだ。しかし、それは紛れもなく一体一体が人間であり、急降下していく絶叫は命乞いをする爪痕で空中を切り裂いていくのだ。

隣のゴンドラにぶち当たる人間の衝撃に少年は飛び上がった。衝突した男はゴンドラの屋根からずり落ち、観覧車の鉄骨の間を抜けていく。再び別のゴンドラにドスンと人が衝突する。そしてまた一つ、遠くのゴンドラが揺れる。さらにまた一つ、向こうのゴンドラが反響する。

人間の体重が加速した落下速度でゴンドラに激突すれば、天窓のガラスを粉々に砕き、外壁の堅牢な鉄板構造さえもグニャリとねじ曲げてしまう破壊力を持つ。一人、また一人と観覧車に体当たりしてくる船乗りたち。そのたびに子供の悲鳴は、怯えて逃げ惑う腕のなかで切れ切れになる。恐怖に身震いし、膝を抱え、髪の毛を掻きむしり、瞼を力いっぱい絞るだけ絞った。

静かになった。薄目を恐る恐る開き、天窓を見上げる。空の中心から手足を広げた影が落ちてくる。急接近する男の顔面。目と鼻と口が天窓に吹き飛んで散った。首の骨がへし折れる鈍い音がする。ガラス窓を木っ端微塵に砕いて亀裂を走らせた向こう側で、壊れた顔がバラバラに崩れて流れた。ゴンドラを破壊した大きな肉体は傾き、天井に血糊をべっとり塗りつけながらゴロリと転がると、地上に向かって落ちていったのだ。

　レストランの大窓の外側にいる蝶。大きな音に驚いて都会の夜景に向かって羽ばたいていく。その華麗な飛翔が煌びやか電飾と鏤めた光彩のなかに溶けて消えてしまうのは一瞬だった。


——かつて古代の哲学者が言った。この世のすべては幻影であると。みんな洞窟のなかにいて、外から差し込んだ光によって、岩壁に映し出された影の姿を見ているだけだと。

——こうして荒野の真ん中で仲間が集まり、真理について思いを馳せるのも悪くない。ほんと、ここにはなにもない。見渡すかぎりの砂と岩。頭上には大空が拡がっているだけ。

——そろそろ焚き火を燃そうよ。ぐずぐずしていると太陽が沈んでしまうよ。

——誰だよ、碑文の塔の遺跡まで行けば、答えが刻まれているなんて言ったのは。それらしき文字なんかどこにもない。まったく空振りだ。無駄骨に終わったじゃないか。

——ねえ、紙を熰す方法って、どうするの？　マッチもライターもないんだけど。

――生命も、人工物もない。ただ空と大地がある。風が吹いている。そしてオレたちだけ。

――つまり、そういうことだ。こういう時間が欲しかった。

――遊牧民族の伝説では、夏至の夕暮れに、死者の魂が蝶々になって大陸を移動するらしい。空を覆い尽くす蝶の大群は、数千とも数万匹ともいわれている。もっと多いかも。

――ナナイロカゼ。一度は見たいね。そういえば、今日は夏至じゃなかったか？

――こうやって、木っ葉を集めて、棒切れで勢いよく擦るんだ。石器時代の人がやったように。力を込めて、集中して、一生懸命にね。死活問題だからね。

――誰が責任をとるのかな。時間の無駄。経費の浪費。委員会へは、ちゃんと報告させてもらいますからね。まさに進退問題ですよ。辞表を用意しときなさい。

――みんな見ろよ、地平線に太陽が沈んでいく。なんて素晴らしい景色だ。美しい。

――もっと速く。もっと速く。棒の先端に熱が籠もるように。

――虚空の荒野に佇んでいると気持ちが解放される。もうなにも悩まなくていいし、考えなくてもいい。悟りをひらきそう。

――女房の小言を聞かないで済むだけだろ。男はさ、家から離れているときが、いちばん幸せなんだ。厄介な鬱陶《うっとう》しい問題が地球の裏側なら、聖人にもなるって。

――なんにもない砂漠の真ん中で、枯れ枝を都合よく見つけましたね。不思議。

――こんな場所で野宿なんて。正気ですか。だいたい、この遺跡が、伝説の碑文の塔かどうかも怪しい。いい加減な推測に、でたらめな仮説。アナタ、なに考えているの？

――しかしなんだな、むかしから、愚痴と文句ばかりだな、オマエさん。

――おい、あれは、なんだ？

――神の存在を信じたくなる。意識ってなんだ。生命はどこから来て、どこへ行くのだろう。

――おい、おい、みんな見ろよ。

――分かっている、分かっているって。きれいな夕日だろ。火起こしで、こっちは忙しいんだ。

――違う、違う。反対側の東の空だよ。あの黒い煙のような塊は、なんだ？

――もっと、もっと速く。速く回せ。回せ。回せ。

――なんて、いい加減な人たちばっかり。

――なんか、どす黒いものがモヤモヤとして近づいてくるぞ。

――なんだ、あれ。

――まさか、ひょっとして。

――うわっ、蝶？　蝶だよ。蝶の大群だよ。

――いっぱいやって来るぞ。百匹、千匹。ええっと、もう数え切れない。一万匹か、十万匹か。すごい数が押し寄せてくる。空、空を、空が蝶で埋め尽くされた。

――うわわぁ。蝶、蝶、蝶、蝶、蝶だらけ。

――なに、これ。この大群、全部蝶なの？　信じられない。噂以上だ。自分の目を疑う。

――ほら、西の地平線へ向かって飛んでいく。沈む太陽を目指して飛んでいくんだ。

――やった。火がついたよ。ボクが火を熾したんだ。

――数百万の死者の魂が、大空を覆う……。

――誰か、誰か。カメラ、カメラを。写真、写真を撮りなさい。なに、ぐずぐずしているの！

――まったく、この世のものとは思えない光景だ。

――まるで夢を見ているかのよう。


サーカスの道化師。鏡張りの床で即興の踊りをみせている。剣を回し、体をくねらせる姿は、見えない敵と戦っているようにも見えるし、様式化された剣術舞踏のようにも見える。軽やかな剣さばきは宙を切って、鏡床に先端を突き刺してポーズを決めて終わる。観客の拍手喝采。恭《うやうや》しく一礼する道化師。右手は表敬して下へ。左手は謙遜して背中へ。両手から離された剣は、鋭利な先端を軸に一本立ちしている。倒れない剣。それを逆さまに映し出す鏡床。

原始大陸の茫漠とした荒野。砂と岩石だけが無辺際に拡がっている砂漠。強烈に照りつける太陽光線が乾いた大地をさらに焼いていく。過酷な環境で岩盤は時間という試練に耐えきれず粉砕し、粉々になった砂は方向を見失った風にただ吹かれている。辛うじて生き残った草木は、わずかな水分を求めて熱砂の隙間に身を潜めるしかない。大空に雲一つとしてないのは、乾燥した大気が完全無欠に徹して小さな薄雲さえも排除したからだ。

人間が一人歩いている。男はおぼつかない足取りで一歩、一歩と荒野に進めていく。土に汚れた髪と顔。はだけた泥だらけのシャツ。日焼けに荒れた皮膚に、滴った血痕が乾いている。だらりと垂れた腕は首筋の傷を庇うこともない。朦朧《もうろう》とした意識は、自分がどこへ向かっているのかも判断できないのだろう。弱々しい呼吸を繋ぎ止めながら、何とか足を動かしている男。若者の悲惨な姿には、巨大企業の若き溌剌とした社員の面影はない。鍛錬された身体能力も、極限の自然のなかでは通用しなかった。大学で得た博識も、無情の運命には適わなかった。

ジャオ・アロイアの足先が何かに蹴躓《けつまず》いて、全身がよろけて倒れた。転倒させたものは砂漠の石ころではなくて鉄道の線路だった。広漠とした大地に鉄のレールが平行して直線を引き、地平線の彼方まで延びている。ひっくり返ったジャオは起き上がろうとするが、力を振り絞っても腕が思うように動かない。疲れと傷だらけの肉体は立ち上がることがもうできない。線路のなかでジャオは切れ切れの声を叫び、ついに観念して自分の体を荒野に放り出した。

時間が過ぎ、太陽は傾き、夜が来た。列車は一度も走らなかった。大陸の資源を運ぶことを主に目的にした単線は、運行されない日もあるのか。気温が下がった夜は満身創痍の体を少しだけ労ってくれる。見上げる夜空には星があった。満天の星々が輝いていた。


「あっ、蝶々」

大窓ガラスの向こうで羽がぱっと飛び立つと、ハナナの驚いた声はそこで断ち切れてしまう。夜の闇を旋回する羽を追った言葉がゆくえを探して消え入っていく。

グラスにワインを注ごうとしていたジャオは中断されて、ボトルの傾きを戻すのに少しだけ気持ちの整理が必要になる。咳払いを一つ、同じ量を満たして、音を立てて置く。

ジャオの後ろの席に新しい客人が着席した。少しばかり場違いな騒々しさは幼い女の子の声で、それを静めようとする母親は椅子に馴染むまであれこれと言葉を流している。

「ねえ、ママ見て。めちゃくちゃキレイな景色だよ」

「そうですね。ほら、きちんと座りなさい」

「ダイヤモンドにルビー、サファイア。宝石をばらまいたみたい」

「ここはレストランですよ。家じゃないの。静かにしなさい」

「こんな高いところから街を眺めるの、はじめて」

「さあ、前を向いて、お行儀よくしてなさい」

「なんかさあ、夜の都会って、電光掲示板が故障しているみたいな感じだね」

「電光掲示板が故障しているわけじゃないの。変な比喩はやめなさい。頭が悪くなりますよ」

「ピッカピカで、キッラキラ」

後ろの席から聞こえてくる若い母親とその娘のお喋りが背中の煩わしいジャオ。ハナナに話しかけた逸話を軽く聞き流されたあとで、追い打ちをかけて外部からの雑音が邪魔に入ってきたのだ。不愉快そうに口角を捻り、自分の不遇さを嘆いてみせる。

「ママ、遊園地があるよ。あのクネクネはジェットコースター。きっと、あのクルクル回っているのはメリーゴーラウンド。暗くて、遠くて、はっきり見えないけど、ぜったいそうだよ」

「さあ、真っ直ぐ向いて。いい子にしていてね」

「ママ、今度は遊園地に行こうよ。ぜったい楽しいよ。だけど、パパにはナイショでね」

「パパは、お仕事で忙しいの。来るわけないでしょ」

親子のやり取りに聞き耳を立てていたハナナはよく観察しようとして首を伸ばす。ジャオの肩越しに背中を向けた母親の上着の一部が見える。わずかばかりの印象から断言できないが、それは『銀河横断鉄道』の女性客層たちが装っている雅やかで落ち着いた服装ではなく、高級感を際立たせようとした派手な身嗜みで、デザインは少し時代遅れだった。店内の雰囲気とはそぐわない異質なものを纏っている、とハナナは思った。

「パパだって、遊びたいはず。仲間に入れよう」

「やることが、山ほどいっぱいあるのです」

「わたしたちと、お仕事、どっちが大事なの」

「生意気なこと言ったらダメ。どこで覚えたの？」

うんざりした顔で料理に向かうジャオ。さらに細かな観察眼を遊ばせるハナナ。母親の盛装の勘違いは本人の美意識の欠如ではなく経済的な問題だとハナナは推測する。経験と情報量の少なさが二人の着飾りを誤ったのだと残念に思う。女の子の衣装なんて、まるで小学校の入学式の晴れ着だ。母と娘にとっては人生の一大行事といった趣が漂っている。しかし、ハナナは自らの不遇な生い立ちを思い返せば、この初来店の親子を笑うことはできない。女の子を遠い日の外周街で生き抜こうと必死で背伸びしていた自分自身と重ね合わせていた。ジャオが背後を窺《うかが》っているハナナへ（後ろ、どんな感じ？）と目配せすると、ハナナは（いい人たちよ）と返した。

「ねえ、ママ。知っている？　大観覧車のゴンドラがいちばん天辺にきたところで、恋人たちがキスすると、二人は永遠に幸せになれるって。これ、本当の話だよ」

女の子がガラス窓に指先を押しつけて嬉しそうに言う。

「時刻は夕方と決まっているの。太陽が沈むころと同時でなければダメ。このタイミングが、なかなかむつかしいね」

「はいはい、素敵なことですね。もう少し声を小さくしてね。バカな子どもが騒いでいると、みんなから笑われますよ」

「これって、ロマンチックだと思わない？　ママは信じる？」

「どうかな、ママには分からない。そうなるといいわね」

「そんなの、嘘っぱちだと言う子もいるのよ。ぶっ飛ばしてやろうかな」

「ケンカはいけません。暴力は絶対にダメですよ」

「わたしは信じるな。だって、そのほうがワクワク、ドキドキするじゃない」

「意見が合わない友だちでも、仲よくしないとね。人はそれぞれ、考え方が違って当然だから」

「ママとパパは、観覧車でキスしなかったんだ？」

母親の返答に少しの間がある。

「そんなこと、していません」

「だからだよ」

聞き耳を立てていたハナナが苦笑いする。唇を噛みしめて、痛恨の失敗を笑ってごまかすようにして顔を顰めた。背中で親子の会話を聞いていたジャオも同調して大袈裟に深刻な表情をつくって肩を竦めてみせた。

「かわいいね」

「おもしろい子だ」

皿の上の残り少なくなってきた料理。食事を楽しむ気持ちが蘇り、時間を長引かせようとするフォークとナイフが気持ちを抜いてみせる。

ハナナはワインで唇を湿らせて、

「あの噂話は、まだ巷にあるんだね。定番の風説」

「うん？」

「大観覧車の都市伝説」

ハナナの頭は少しだけ窓の方へ傾き、一瞥して流した視線でジャオを煌びやか夜景のなかでも輝きを放っている遊園地へと誘った。遠くを見やるジャオの目が疎い。

「都市伝説？　どんな巷談《こうだん》だったか」

「かなり有名なやつ。知る人ぞ知るって話」

「知らないな」

ハナナの顔は用心深い。ジャオの言葉を鵜呑みにせず、その裏側の真意を勘ぐろうとする。

「ほんとに？」

「聞いたこともない」

「語り継がれる、巷でささやかれつづける奇譚」

「思い出せない」

「世俗で育った子どもなら、誰でも一度くらいは耳にする」

「ぼくは、育ちのいいお坊ちゃまだったから」

自分を揶揄して逃げ隠れようとする男を、探り入れる女の目付きは粘り強くなる。

「本当に、知らない？」

返事しない顔が頷く。

「まったく？」

頷かない顔が応える。

ハナナは隣の席に置いてある鞄から一冊の単行本を取り出して、その本を手元でじっくりと眺めると、両手で本を持ち、表紙をジャオの方へ向けて突き出した。「ジャーン」という効果音を口で鳴らした顔が輝いている。

題名と副題に著者、『ヴォーキュウ　秘密の海に沈みゆく碑文の塔　ジャオ・アロイア』。

ジャオのフォークとナイフを置こうとする手がぴたりと止まる。顔の前に突き出された書籍をじっと見つめるが、何事もなかったかのようにナプキンで口元を拭ってみせる。ハナナはその沈着冷静な態度を面白く思い、本を素早く引き戻すと、開いた頁のなかを前後にめくりなが

ら目当ての文章を見つけだす。悪戯な眼差しをちらりとジャオに投げかけて、朗読をはじめる。咳払いを一つして、

「――ついに私はすべてを失ってしまった。親から譲り受けた持て余すほどの遺産も、名前もよく知らないその場限りの女たちも、おこぼれを貪るだけの自称親友たちも、全部、夢か幻を見ていたかのように消え散ってしまった。賑やかな祭りが終わって大勢の人びとが立ち去り、広場に静けさが戻ってきたように、私は誰もいない世界に一人きりで取り残されてしまった。酔い覚めの寒気に身震いすると、ぽっかりと空いた心の穴に落ち込んで動くことができない。自分の可能性を信じられるほどの無邪気な若さはもうなく、肉体の奥まで染みついた疲労感は困難に立ち向かうだけの勇気を蝕み、辺境の地の安ホテルのベッドの上に二度と起き上がれないくらいの絶望の塊として、人型の抜け殻として転がっていた。

何を見ても空虚に映り、どんな音楽も雑音にしか聞こえず、誰かと話すことさえ煩わしく、ご馳走を口にしても不味かった。万策が尽きて、運に見放されても、こうしてまだ生きていることが不思議だった。窓を閉め切った薄暗い部屋の中で沈思黙考していると、私の腐りきったどす黒い脳細胞は奇妙な考えに囚われてしまう。私はもうすでに死んでいて、これは悪い夢を見ているだけなのではないか。苦痛や焦燥感でさえも夢の世界で感じることができるならば、私が生きているという証拠はどこにあるのだろう。確かめたくなる衝動は虫の息の小さな痒み

で死にかけていた好奇心をくすぐった。生死を実証する手っ取り早い方法は死んでみることだ。意識がそこで途絶えれば生きていたことになるし、継続して思考する自分がいるならば死んでいたことになる。魂と肉体の消滅には時間差がある。私は唯心論者だが輪廻転生は信じない。

現時点で試みができそうな自殺は三つ思い浮かんだ。一つは窓から飛び降りること。しかし、ここは五階。落下距離を考慮すると中途半端な重傷骨折者になりかねない。もう一つは拳銃。治安が悪化する国で護身用に持ち歩いているものが鞄に入っている。銃口を口に咥えて引き金に添えた指を少し動かせば一瞬で終わって簡単なのだが、脳みそを吹っ飛ばしてしまうとこの実験の審判を下す視点も粉々になって壁を汚すだけであまり意味がない。最後の一つは餓死。このまま何も飲み食いしないでずっとベッドに寝ているという手段。人間は一か月ほど食事を摂取しないと栄養失調で死亡するという。先払いできる部屋代分くらいならまだ手元にある。室内清掃は執筆のためといって断ればいい。ベストセラー作家の知名度を利用しない手はない。安直で怠惰な方法だと思う。けれども、壊れてしまった私の最後の悪戯心には丁度よかった。怠け者の性分で作家になったのだ。あらゆる人生の面倒なことから逃げてきた。大学を中退し、定職に就かず、結婚生活を破綻させ、最果ての地まで逃避し、ついに食べることさえ放棄しようとしている自分がいる。理想的な死に方ではないか――」

ここでハナナは頁をゆっくりとめくる。

「――成り行きに任せるという方法が気に入った。生きるも死ぬも偶然の結果次第。賭博師がサイコロやトランプに運命を賭けるように、恋人たちが大観覧車のゴンドラで未来を占うキスをするように、私はベッドの上で自然に終わることを委ねた――」

ハナナは上目遣いでジャオを見る。

「――初日は何でもなかったが、二日目から空腹感が襲ってきた。三日目になると全身が痒みに悶え、四日目は頭痛と骨の節々に痛みが走った。食べ物のことばかりが脳裏に点滅し、朦朧とした倦怠感の中で食欲という野獣が目を覚ました。空腹に飢えた獣は雄叫びを上げて、その欠如した大きな欲望を満たそうと暴れはじめる。血潮が流れ出し、筋肉が力を蓄えて、呼吸が深く新鮮な空気を嗅ごうとする。限界を超え飢餓に耐えられなくなった身体はベッドから飛び起きて、ドアを撥ねて、ホテルのフロントを突っ切り、通り向かいの大衆食堂へ駆け込んだ。いちばん早くできる料理を注文し、運ばれてくると順序かまわずに貪った。何を口に入れたのかは覚えていない。ただ、体中の細胞が新しい活力に満ちていくのを感じていた。弱りかけていた肉体が生き生きと蘇ってくるのが分かった。この感動が本当ならば、私は死んでなどいなかった。私は生きていた。私は生きようとしていた――」

ハナナは本を閉じる。

「わたし、ここのエピソードが好き」

そう言うと本の紙の重さを愛おしく確かめて、大切なものを扱うように鞄へ戻した。食事を再開するハナナはジャオからの応答を待っているが、相手は何事もなかったかのように静かに料理と向かいあっている。長い沈黙に耐えられなくなったハナナが訊く。

「これって、実際にあったことなの？」

「ぼくはノンフィクション作家じゃない」

即答する声が刺々しい。残り少なくなってきた料理を終わらせようとする動きが速くなっていく。最後の肉片まで平らげ、ジャガ芋でソースを拭って皿を空にする。ワインを口に運んで肉料理を完食とするが、その顔に満足した微笑みはない。

「美味しかった。やっぱり最高だな」

「怒った？　読んだこと」

「観覧車のこと書いているね。忘れていたよ」

「名作だと思う、『ヴォーキュウ』」

窓の外を見るジャオ。その横顔は評論家からの辛辣な酷評に耐えてきた小説家の面構えだ。

無精髭の武骨さに理解されない者の寂しさが漂う。負け惜しみの鼻っ柱が見せ物小屋の呼び込み男の百戦錬磨の狡猾さになって振り返る。へらへら笑いの軽口で、

「お褒めいただき、ありがとっさんでやす。感謝感激。千客万来じゃあ」

「本当にそう思うよ、わたし。唯一無二の才能だよ」

「へいへい、どうも。増版、増版で印税がガッポガッポだ。左うちわで悠々自適だなあ」

「どうして、これが絶版なのか、分からない」

笑みは消え、呼び込み男の媚びた仮面が吹き飛んで、小説家の真顔になる。

「やめよう」

「誰も、ちゃんと読んでいないんじゃない？」

「この話は、もうやめよう」

「『ヴォーキュウ』に比べれば、世間で持てはやされている小説なんて……」

「ハナナ、終わりだ。この話題はここまで」

会話は一方的に断ち切られてしまう。ハナナはこの不機嫌な感じに覚えがある。以前ジャオの別の著作を誉め称えていたら喧嘩になってしまった。数日間音信不通になるほど二人の仲に亀裂が入った。作品によって男は上機嫌で乗ってくることもあるから今一つ頃合い加減が掴みかねる女は溜息を吐くしかない。作家のプライドとジャオ・アロイアという男の複雑さが手に余ってしまう。ハナナは半年の経験で学んだ。感情ではなく理性に訴えかけるのが常套手段。

こういうときの危機を回避するキーワードが二人にはある。

「——事実は小説よりも奇なり。あなたは聞く耳がありますか——」

ハナナがそっと口にした言葉に、ジャオは敏感に反応する。

「そうきたか」

それぞれの恋人たちには二人だけにしか通用しない不文律がある。つきあって間もないころ、互いの情熱が迸っていた恋愛初期段階で形づくられた取り留めもない約束事がある。たいていは隠語や暗号だったり、第三者には分からない身振り手振りであったりする。ジャオ・アロイアとハナナ・ベンガラの場合は、即興の語り聞かせで相手に真実と虚構の是非を問うゲームがそうだった。古今東西の学識や逸話などから相手が手付かずであろう分野を選びだし、面白おかしく語って聞かせるという趣向。真実のまま話してもいいし、そこに恣意的な創作を加えてもいい。本当のことなら荒唐無稽な出来事に誇張して安易には信じられないように喋りつくし、作り話ならば道理至極な構成で疑いの余地がないように細部にまで拘って騙しきってみせる。実話と法螺話の真贋をぼかした語り芸には正確な知識と柔軟な想像力が不可欠で、単純な裏話に少し手を加えたくらいの稚拙さでは物足りなくて知恵比べの均衡が保たれない。恋人たちの気楽な戯れではあるが、創造性の力量が露わになる本気感はどうしても漂ってしまう。

そもそものきっかけは小説家のでたらめな偽史実が発端だったが、インテリアデザイナーが意気投合してこのストーリーテラー遊びが始まった。ささやかなルールがある。意表を突いて会話への不意打ちの奇襲攻撃は禁止。ゲームを開始するには正々堂々と挑戦状を叩きつけるのがマナー。合い言葉——事実は小説よりも奇なり。あなたは聞く耳がありますか——を口頭で伝えれば暗黙の宣戦布告となる。挑戦を受けて立つのも、躱して逃げるのも自由だが、ジャオもハナナも拒んだことは一度もない。出会ったばかりの新鮮な喜びと、何をしても愉快だったころの蜜月の名残が久しぶりに復活した。ハナナはその魔法の威力が半年経ってもまだ生きているのかを試したかったのだ。

「事実は小説よりも奇なり。あなたは聞く耳がありますか」

ゲームの決め台詞は呪文の謎解きでジャオの心の閉じられた扉に効いた。懐かしい眼差しでハナナを見る。街の雑踏のなかで昔つきあっていた恋人と偶然に出くわしたかのように。

「そうきたか」

話の前振りは興味を惹くためにハナナの声に熱が入る。

「このまえ、コーヒーショップで、隣の席の高校生たちがおしゃべりをしていた。恋愛相談、先生の悪口、試験のこと。大観覧車の都市伝説の最新版も話していた。現代版では、恋人たちが成就するためには日没の時刻だけではなくて、曜日から天候、気温までが細かく指定されているの。条件はどんどん複雑化していて、簡単には幸福になれない仕組みになってきている。なんていうか、虚構なのに真実味が増してきているの。思わず信じてしまいそうになるね」

「そのうち、連邦株価指数まで影響してくるんじゃないか」

「あるいは出生率の方が関わり深いかも」

「それはないな」

ハナナはジャオが乗ってきているのを確信して、

「あの大観覧車、誰がつくったのか知っている？」

「チェキルだ。ピューモンゼッタ社の、ラオ・チェキルが建てた」

「鉄鋼業の覇者が、遊園地なんかに手をだすなんて、ちょっと変」

「建国百周年を記念して施工したんだ。企業宣伝も兼ねて」

「当時、タロン万博博覧会で話題を博したって、お祖母ちゃんが言っていた」

「ずいぶん遠いむかしの出来事。いまだに現役で動いているのが信じられない」

「修理に修理、メンテナンスを重ねているのね」

「おんぼろ観覧車。もう骨董品だよ」

「それがいいんじゃない」

ハナナは料理を最後まで味わい尽くそうとしている。ゆっくりとした動作は食べる楽しさを一噛み一噛み感じながらも、これから話す順序立てを考える時間稼ぎとして伸ばしているのだ。

ジャオは飲み干されて空になったグラスに手を伸ばし指で回したり傾けたりしている。グラスの底で転がる滴がじれったい。遊ぶ指が思い出し笑いをして震えだす。ハナナの手がフォークとナイフを皿に置いて食べ終えた。ジャオは椅子の深く腰掛けなおして体勢を整えた。

「では、いきますよ」

「いいよ。どうぞ」


音楽が弦楽四重奏から交響曲へと変わる。序曲の滑り出しは、管楽器の低音が静かに不穏な雰囲気を震わせていく。

「この話は、帝国大戦が終わったころから始まります。帝国支配からの独立分離の旗を掲げた多民族軍が長い戦乱の末、ついに敵の無条件降伏を勝ち得たあの日。勝利の興奮で民衆が湧きあがる大都会タロンから遠く離れた郊外の地、人々が繰り返し合唱する歓喜の歌声が届かないラオ・チェキル邸から始まります」

ハナナの声は音楽に合わせて用心深い。

「夜。夕食時だというのに、屋敷のなかは静まり返っていました。戦勝を祝う料理は冷めて、祝杯をあげるためのレコード針は空回りして、すべての部屋には人影がありません。大邸宅の奥の寝室の扉の前には家事使用人たちや執事が緊張した面持ちで集まっているのです。ただ聞こえてくる赤ん坊の泣き声だけが響いていました。耳をつんざく力強い産声と対照的に全員の顔はこわばっています。先ほどまで産気づいた夫人のムージョ・チェキルが放つ産みの苦しみの絶叫に期待を膨らませて、忙しくも楽しそうに産湯の準備に、誕生祝いの飾り付けやらと足取りも軽く働いていた明るい表情はもう消えてなかったのです。厨房の忘れられた沸騰する鍋からスープが吹きこぼれても誰も気にしません。広々とした空間に生まれたばかりの元気な泣き声が放りだされたままになっているのでした」

語る声は、まるでその場に居合わせているかのよう。

「半開きの扉の前に立つ助産婦の顔は青ざめていて、言葉にならない声は何か言い訳を探しているみたいに朦朧としています。一人の使用人が寝室に入っていくと、呆然として立ちつくすラオ・チェキルの視線の向こう側にタオルに包まれたその赤ん坊がいました。そっと覗き込んだ使用人は息を呑みます。普通、生まれたての赤ちゃんの顔はしわくちゃでお猿さんみたいに醜いものだけど、その子は、そういった醜さとは違うなんだか得体の知れない造形の顔だったのです。しわくちゃの皮膚は人間のものと変わりはないのですが、目と耳は異常に大きくて、鼻と口は獣のように尖っている。左右のバランスもどこか歪んでいて、なんていうか、男の子であるという確認を除けば、それは小さい怪物だったのです」

地の底を這う重低音に、弦楽器の調べが密かに忍び寄る。

ハナナの口調も弦を爪弾くようにゆっくりと。

「まだベッドから起き上がれない母親のムージョ・チェキルは我が子を見たいと求めますが、

ラオ・チェキルはその赤子を隠すように命じて、人目に触れない場所へと早急に移動させます。ムージョは一度も自分が産んだ子供を見ていません。醜い容姿のことは後々になって夫のラオから聞かされただけでした。この迅速な判断は、彼の実業家としての瞬時に状況から最善策を見極める勘によるものでしょう。見せないほうが彼女は苦しまなくていい、と思ったのです。刻まれた記憶は母親としての一生の重荷になるとだろう、と考えたのです。そしてそれと同時に、鉄鋼業界で破竹の勢いで急成長する若き経営者の体裁を守ろうとしたのかもしれません。大衆が憧れる颯爽としたハンサムな成功者。幸福な家庭を築こうとする精悍で洗練された富豪。そんな業界と世間から映る自分のイメージの利害得失を計算したのです。

事実は隠蔽されます。出産は死産という不幸な出来事に終わったことになり、その男の子は内密に孤児院へと送られました。関係者たちは口を噤《つぐ》み、この話題に二度と触れなくなります。表向きは何事もなかったかのように平静を保って日常を取り戻しましたが、数週間ほど過ぎて、しばらくするとムージョ・チェキルの精神状態が不安定になってきました。食欲不振と不眠症に陥って、奇妙な言動を繰り返すことが始まったのです。貴族末裔の良家の令嬢として生まれ育ち、健康で容姿端麗な体を授かり、不自由のない恵まれた半生を歩んできた彼女にとって、自分の身に起こった理不尽な災難は初めて直面する大きな試練だったのでしょう。

越えられない壁というものがあります。奇行は強力な精神安定剤の投与と治療によって治まりましたが、ムージョ・チェキルはまるで人が変わってしまいました。それまで朗らかで快活だった性格は塞ぎ気味で無口になり、ラオが次ぎの子供を求めようとしても新たに身籠もることを拒絶するのでした。ムージョにとって再びの懐妊は恐怖でしかなかったのです。傷は彼女の心の奥深くまで達していたのでしょう。愛する妻を思う優しい夫は、無理強いをすることはできません。二人の関係はビジネス覇権の政略結婚で結ばれた体面を保つために始まりますが、この新婚当時のラオとムージョは互いを気遣う男女の愛情が芽生えていました。だから実生活を蝕む問題を打開しようとする理性的な経営者の頭脳が養子縁組の話題に興味を持ち、富裕層のための紹介施設の扉を叩くことは自然な流れでした。

直系血族での経営継承を伝統とするチェキル家と、個人の人生選択を限定してしまうことを容認できない仲介組織とは相容れません。莫大な財産と権力を掌握できる功罪を危惧する倫理観が交渉の妨げにもなりました。密約が交わされて、裏金が動きます。出生記録と遺伝情報を封印して――ご希望に添える最良のかたちで、遜色がない条件を満たすもの――という曖昧な提案を受け入れました。夫婦が不確かな契約を享受できたのは、すべてはその男の子の外見的な魅力にありました。施設の中庭で遊ぶ子供たちのなかで一際目立つ美しい容姿に心を奪われたのです。その男の子にだけ太陽がいっぱい降り注いで光り輝いているみたいに。

初夏のよく晴れた日に、トトムという名の子は施設の職員に連れられてチェキル邸へやってきました。木洩れ日の下ではにかむ五歳児にムージョはあらためて見入ってしまいます。幼い顔のなかに大人を惹きつける要素が生き生きとあるのです。好奇心にあふれて人を見上げる瞳。未熟で小さな鼻は従順さを醸し出し、微笑んだ口元は幸福感を伝えてきます。挨拶の言葉としてたどたどしく呟いた――こんにちは――の頼りない声が母性本能をくすぐります。手と手を繋ぎ、彼のために用意した部屋まで階段を上がっていくうちに母親となるムージョはこの子を一生離さないと心に決めていました。

トトムと生活を共にすることでムージョの病んだ心理状態は少しずつ回復へと向かっていきます。家事使用人たちも幼い子供と触れ合う機会が増えると表情が優しくなりました。それまで重々しかった屋敷の空気がたしかに変わりました。窓という窓をすべて開け放って外からさわやかな風が吹き込んできたようなのです。厨房のなかで冗談や笑い声なんて聞いたことがありませんでしたから。日常の変化に敏感なラオの観察眼はトトムのパーソナリティーへと注視します――この子は特別なのだ――そう思い込んでしまったのです。偏愛の色眼鏡で見ると、なにもかも優れた資質に映ります。おもちゃを分解する悪戯《いたずら》は、探究心。周囲から可愛がられる愛嬌は、人望力。わがままな意地っ張りは、独創性。五歳児には誰でもある行動を見誤ったのです。ボタンの掛け違いは、いちばん最初から起こっていたのでした。

溺愛するムージョ。過保護になるラオ。恵まれすぎた環境と、ありあまるほどの可能性のなかで幼い欲望は果てしなく膨れあがっていきます。欲しいものはなんでも手に入り、やりたいことはほとんど実現できました。当時まだ庶民には高嶺の花だったラジオを一人で所有したり、自転車の次に子供特製の小型オートバイクに乗ったり、発明されたばかりのシネマトグラフのカメラで映画を撮影して遊んだりしました。あらゆるものを器用に使いこなし、複雑なものを理解するトトムの能力を、ただの早熟な子供なのにラオは天賦の才だと見惚れてしまいます。希代の実業家でも親バカにもなるということですね。十歳の誕生日のプレゼントに欲しいものはあるかと尋ねられたトトムくんは——遊園地の観覧車——と、チョコレートパフェで口元のまわりをべっとりと汚して答えました。

帝国大戦後の好景気に沸く連邦共和国は、その著しい経済発展と新時代の文明隆盛の成果を諸外国へ大々的に宣伝するために万国博覧会の催しを準備しているときでした。産業革命から時代は過ぎ、近代社会は急激な変化の過渡期にありました。ランプのほのかな炎から、電球の眩しい照明へ。馬車がのんびりと行く足取りから、自動車の弾丸のような速さへ。鉄道は国境を越えてどこまでも延びていき、電話の発達で外国にいる相手との情報交換も手早くなっていきます。飛行船が都市の上空に浮かび、プロペラ飛行機が蒸気機関車を追い抜います。絵画は印象派が台頭してきて、音楽は不協和音を取り入れていきます。新しい芸術運動は人々を覚醒させて、それまでの概念をひっくり返しました。ブルジョアの女性たちが宮廷時代の体を締めつける堅苦しいコルセットを外して、自由で軽やかな服装を着だしたのもこのころ。

タロン万博でピューモンゼッタ重工業が請け負った案件は関連会社のものを含めると大半を占めるけれど、そのなかでも代表的な事業は三つです。客船と、植物園と、観覧車。世界中の港から招待客を出迎えるための豪華客船は、海上に浮かぶ宮殿といわれたほどです。植民地や原始大陸に自生している珍しい草花や樹木を収集した植物園は、鉄骨と透明ガラスで覆われた美しい構造から誰が言ったのか〈水晶宮《すいしょうぐう》〉と愛称づけられました。観覧車は当初の計画にはなく、万博会場のランドマークとして巨大な電波塔の建設が進められていました。それが最高経営責任者のラオ・チェキルの鶴の一声――世界最大級の観覧車をつくれ――で変更されてしまいます。

小型の観覧車はそれまでに存在していましたが、輪の直系が百メートル、ゴンドラ六十台の破格なものなんて誰も聞いたことがありません。重量の鉄骨支柱の大車輪を電力駆動させるにはピューモンゼッタ社が鉄鋼業で培った各分野の技術が結集されたことで実現可能になりました。観覧車は時計をイメージしたので〈大いなる時間〉と名前がつけられますが、試乗運転で時計の針のようにゴンドラの一周回転を一時間に設定したところ、あまりにも遅すぎて退屈で耐えられないということが分かります。ただ時間潰しに高所から景色を眺めるだけだから、いくらでも気楽にゆったりしてかまわないはずなのに、間延びした時間に苦痛を感じてしまうという人間の不思議さ。逆に速すぎると、忙しなくて落ち着かないと不満を口にするのでした。適度な緩慢と緊張がせめぎ合うのがいいみたい。試行錯誤の結果、ゴンドラの一周は二十四分にとりあえず暫定しました。現在はもう少し速くなっているかもしれませんが。それくらいが心地よい悦楽を与えるようです。なかなか遊びって難しいですね。

タロン万国博覧会は、アスカメロスの建国百周年の祝祭気分と相まって大盛況になりました。人々は世界各国のさまざまな文化を目にすることで知的好奇心が満たされ、人類の多種多様性について考察する機会も持ち、地球という惑星の運命共同体であるという認識が芽生えました。南の原始大陸の民族衣装のデザインが現代美術を凌駕する力があることに驚き、北の氷原大陸の冷凍保存されたマンモスの巨体の前で立ちつくして、東の無限大陸の細密工芸品の巧みさに息を呑んで、西の幻想大陸の吟遊詩人の歌に我々の未来の行く末を案じて寛容の心を持とうと努めます。そしてなによりも連邦共和国が新時代の中心であるということを国内外に知らしめる宣伝に成功しました。新世紀の世界の王者であるという自負。その誇りを物体として具象したものが大観覧車〈大いなる時間〉だったのです。巨大な鉄の支柱と輪がただ回っているだけなのに、見上げる人々はそこに威厳と神秘性を感じ取りました。遠くからでも華やかに目立つ存在感が、文明繁栄のシンボルとして大衆の関心を惹いたのでしょう。

老若男女がゴンドラに搭乗するのに長蛇の列をなして待ち、見慣れない高所からの都市風景に感嘆の声をあげました。一般市民たちはまだ飛行機に乗ったこともなく、高層ビルディングが建築されるのはもう少しあとになってからですから、上空から眺める光景はまるで鳥にでもなったかのような気分を味わえたのでしょうね。多くの人が楽しんで、そして愛されました。トトム・チェキルは自慢げに——ぼくの観覧車はみんなの人気者——と言ったらしいです。

万国博覧会は半年間の開催に五千万人の観客を動員して幕を閉じました。各国のパビリオンは閉幕と同時に取り壊されましたが、植物園と大観覧車は残されます。〈水晶宮〉の周辺は公園として拡張され、タロン市が管理します。〈大いなる時間〉はピューモンゼッタ系列の民間企業に払い下げられ、遊園地のシンボルに姿を変えました。豪華客船は残念ながら北海の底に沈没しましたが、人々がこれらの建造物を見るとき、ある時代のノスタルジアに心恋しくなるのは、それがあまりにも華やかで美しい記憶の残像だからでしょう。しかし、この時代を経験しなかった現代のわたしたちも懐かしく思うのはなんだか不思議ですよね。

十四歳になったトトム・チェキルは美しい少年に成長していました。上流階級層の垢抜けた令息たちが通う学校のなかでもトトムの容姿は一際人目を惹きます。整った目鼻立ちに無邪気な笑顔が緩んでいたかと思えば、突然大人びた鋭い眼光で人を見やる仕草。思春期の物思いにふける表情と、会話の主導権を握る巧みな話術。チェキル財閥の後光が差した美少年の前では、口うるさい学校の先生たちでも何も言えません。その小悪魔的な魅力に吸い寄せられるように彼の周りには友だちが集まってきます。遊びだって特別です。同年代の子供が興ずる魚釣りやボールゲームなどではなく、このころのトトムは熱気球にはまっていました。強力なバーナーで球皮を膨らませて、吊したバスケットに人を乗せて空高く上っていく、あれです。

――さあ、ぼくの世界を見せてやるよ――仲間二人を乗せて上昇していく気球は眼下に広がる田園風景を遊覧していきますが、乱気流に巻き込まれて方向を見失い、急降下していきます。農家の屋根に激突して、気球は大破、民家は炎に包まれて炎上。トトムは軽傷で済みましたが、友人は骨折の重傷、もう一人は大やけどを負います。家のなかにいた農夫は崩れてきた天井の下敷きになって死亡しました。警察が現場に駆けつけますが、捜査は早々に打ち切りになり、書類記録だけで事件は起訴もなく収束してしまします。人間が一人死んでいるのに、まったく罪を問われることもなく許されたのです。ピューモンゼッタ社のチェキルの名前が無罪放免にさせたのです。トトム・チェキル、十四歳。自分が特権階級の絶対安全圏で守られていることを自覚しました。

ラオ・チェキルはこの件に関してトトムに一度だけ強く叱責して父親らしい振る舞いを示しましたが、教育指導は放任主義のままで、彼の自由奔放な性格を矯正するようなことはありませんでした。経済と市場は空前の好景気にあり、鉄鋼業の需要は増すばかり。鉄道、自動車、造船、建築。新規事業の拡大へと突き進む若き鉄鋼王からすれば、気球ひとつが田舎の小屋に落っこちたぐらいなどたいした問題ではなかったのです。それに、都会の人々は文化の爛熟期に酔いしれて刹那的になって、それまでの価値観や道徳心が希薄になってきていましたから、次から次へと現れては消えていく目まぐるしいニュースやスキャンダルのなかで気球事件のことはすぐに忘れてしまいました。新しいファッション。新しい音楽。新しいダンス。新しい映画。新しい料理。新しいお酒。もう、それどころじゃありません。

退屈な上流階級の社交界を抜け出したトトムは、大衆文化が花開いた街の繁華街に足を向けます。遊技場でカード賭博を覚え、酒場で喧嘩の流儀を知り、遊郭で色事を極めます。享楽と狂乱の時代の真っ只中で奔放な少年は自身の力を思う存分に発揮できる場を与えられて、その無軌道ぶりに歯止めが利きません。散財する札びらに集まる取り巻き連中は調子よくトトムをおだてて持ち上げて、美しい御曹司《おんぞうし》に近づこうとする女の子たちが甘い猫なで声で入れ替わり立ち替わりとすり寄ってきます。何でも器用にこなす才能がありますから、大人の社会の遊びだって楽勝です。気の合った道楽仲間を引き連れて上流階級に舞い戻れば、慈善パーティーで下町のキャバレーで流行っている騒がしいバンド演奏を披露して前時代の老人たちを驚かせました。父親のラオはトトムのやんちゃぶりを――若者らしい無鉄砲な可能性――と褒め称え、母親のムージョは――男の子は元気なのがいちばん――だと理解を示します。

十七歳の誕生日。いつものように酒に酔ったままハンドルを握りメインストリートを飛ばしていると、十字路交差点で立ち往生する乳母車と母親を避けようとして角の商店に激突します。自動車は半壊。トトム・チェキルは全身を強く撲って重傷。長い意識不明の状態から回復して、半年間の治療のあと、車椅子から立ち上がることができるようになります。しかし、利き腕の右手と歩行に障害が残り、日常生活に差し支える身体になりました。そして、なによりも本人に衝撃を与えたのは、顔面の損傷でした。フロントガラスに叩きつけられた顔は無惨に崩壊し、あの麗しかった美少年の面影はどこにもなかったのです。当時の最新の美容整形技術をもってしても、継ぎ接《は》ぎだらけの顔から傷痕を消し去ることは不可能でした。鏡のなかで醜い怪物が無表情で立って、こちら側を見ているのです」

——オマエは、誰だ——

「帽子を深くかぶり、サングラスで顔を隠して社会復帰したトトムは以前の彼とは別人でした。周囲を愉快にさせて笑いを巻き起こす自由奔放で洒脱な人格は、他人の欠点を物笑いの種にする傍若無人で陰湿な性格に様変わりしていました。大衆レストランでウエイトレスのささいな給仕の失敗を執拗に責め立てたり、その言動を注意する仲間に罵詈雑言を浴びせたりしました。誰も笑わなくなり、本人の乾いた高笑いだけが響きわたります。やがて心ある友人たちは離れていき、彼のもとに残ったのは散財したおこぼれに群がろうとするコバンザメのような連中ばかり。特別待遇席でただ飯ただ酒を飲み食いしようとする魂胆のご機嫌取りたちが高級ワインのボトルをラッパ飲みします。女の子たちがトトムから逃げるように避けだしたのは、壊れてしまった顔が原因だけではなく、彼の荒んでしまった心の醜さにもありました。

トトムは女性たちからまったく相手にされなくなっていきます。憧れの眼差し集めることも、欲情を満たしてくれる手軽なセックスも消えてなくなります。まるで今まで甘い夢でも見ていたかのように散り失せてしまったのです。膨れあがるだけ膨れあがった欲望と、甘やかされるだけ甘やかされた自意識が、ぽっかりと空いた虚しさのなかで大混乱をはじめます。鏡のなかの醜い顔が途方に暮れて叫びます――なぜだ――外部と自分との不一致や軋轢《あつれき》、思い通りにならない現実を一度も経験しないまま成長してきた人間が人生で初めて直面する理不尽な試練。十八歳という年齢は誰でも不安定なものですが、ほとんどの人は滑ったり転んだり叱られたり恥をかいたりして、無様な成長過程の苦い経験において、この世界が自分の意のままにならないことを学んで少しずつ賢くなってくる途中です。困難に対処する術を身につけて人間社会でなんとか生きることができる大人になるのです。しかし、この男はそれを経験してこなかった。宿題をやってこなかった。厳しい通過儀礼を免除されて、高速道路を制限速度なんか無視して猛スピードで突っ走ってきたヤツなのです。人生はピクニックではありません。それを知ったのは貧弱な精神では早すぎて、十八歳のピューモンゼッタの後継者にとっては遅すぎました」

音楽が悲劇的な憂いをおびて空気を暗く沈めてゆく。交響曲の荘厳さに酔いしれるかのようにハナナの声が旋律に染み込んでいく。

「トトムは常軌を逸した行動へと脱落していきます。失われてしまった虚栄心がその快楽の味を取り返そうとして、凶悪な色魔の獣へと変貌するのでした。企てはこうです。仮面舞踏会や仮装パーティーを匿名で主催し、大勢の女性から目ぼしいターゲットを絞り込むと、強い酒で意識を失うまで酔わせると強姦するのです。共謀する取り巻き連中のクズどもがゲーム感覚で次々に落花狼藉していく。毒牙にかかった女の子は、一年でおよそ百人の被害を超えると推定されています。

警察に駆け込む女の子もいれば、恥ずかしくて内密のまま口を閉ざして泣き寝入りする子もいました。どちらにせよ、傷つけられた被害者の気持ちを察すと不憫でなりません。しかし、タロン市警は連続婦女暴行事件として捜査に乗り出したのですが、あの気球事件のときと同じように、初動捜査の段階で中断してしまいます。主犯として挙がった名前が、事件として扱うことに難色を示したのです。チェキルという言葉には暗黙に制圧する力があります。これ以上深入りするな、と不文律の警告が発せられるのです。複雑な人間社会では、残念ながら単純な大義名分では割り切れないことがあるのは周知のこと。当時、鉄鋼業は隆盛を極めて、すべての分野に多大な利益と影響を与えていた時代。鉄道、建築、造船、自動車、軍事関連などなど。その頂点に君臨していた覇者がピューモンゼッタ重工業です。産業は雇用を生みます。雇用は選挙票を集めます。当選議員は企業の顔色を見ます。もう連邦議会は捕らわれの身です。保身をはかる官僚たちは、触らぬ神に祟《たた》りなしで、見て見ないふり。警察も例外ではありません。連邦警察の四万人の警官たちの腰ベルトにぶら下がっている拳銃はピューモンゼッタ製でしたから誰も逆らえません。大統領でさえラオ・チェキルに跪いたという噂があったほどです。

――国家の骨格は鉄で出来ている――と鉄鋼王は豪語しました。

絶対安全圏の下で免れて、やりたい放題の放蕩息子トトム・チェキルの犯罪が世にはばかることなく横行しますが、一年ほど過ぎたとき、その悪運がついに尽きます。

サンス・グレカリアという女の子がいました。鮮やかな赤毛の深い瞳をした美少女でした。草花など植物に興味があり、植物園で図鑑を片手に一人で一日中、樹木や草花を観察しているような、自分の好きなことにとことん没頭する探究心の強い持ち主です。〈水晶宮〉では異国の珍しい植物をたくさん見ることができたので、幼いころから通いつめて学識を広げていきます。物静かな性格で目立つことはありませんが、心の奥底では空想を追い求めていました。将来の夢は、大学で植物学と建築を学んで理想とする都市を創造すること。壮大な夢ですが、これは近代化していく街づくりが、石と鉄だけの無味乾燥なものになってしまうことへの懸念を抱いたからです。彼女にとっては息苦しい壁がどんどん積み上げられて、身の回りから草木が姿を消し、豊かな自然から切り離されていくように感じたのでしょう。見上げれば工場の煙突から黒煙が青空をもくもくと曇らせていくのです。都市緑化という概念がまだ存在しない時代に、自然と人間の共生を夢見ていたのでした。あまりにも高い理想は不可能だと知りつつも、一度芽生えた情熱は簡単には消し去ることはできません。女性に門を開く大学はまだ数少なかったのですが、サンス・グレカリアは猛勉強をして、他の男子学生に劣らないことを証明すると、目指すべき学問の扉を自らの力でこじ開けて入っていったのです。

新入生の初々しい気分がようやく抜けた初夏のころ、同期入学のもう一人の女学生から奇妙なパーティーの誘いがあります。動物をイメージした恰好で参加するという不特定多数の集いです。おもしろい趣向でサンスは興味を示しますが、勉学に余念がないため最初は断ります。しかし友人が、たった一人で見知らぬパーティーに行くのは心細いとせがむので、根負けしてサンスは当日の夜を仮装遊びにあてることにしました——たまには、息抜きもいいでしょ——そんな気楽な気持ちです。それでも動物のコスチューム作りのアイデアを思案すると熱が入ります。動物図鑑を積み上げて、哺乳類から爬虫類、鳥類に魚類。いろいろ考えを巡らせて落ち着いたところは昆虫のミツバチでした。ミツバチを選んだのは、花から花へと飛び回る働き者のところが好きだったからです。友だちはテントウムシ。二人は擬態した帽子と仮面、そして背中に小さな羽をつけて、そのパーティーへと出かけていきました。今夜は遅くなるからと、家族に言い伝えて……」

ハナナは瞼を閉じて、深く息をすると、宙を見つめる瞳を暗くする。

「深夜になって帰ってきたサンスの姿に家族は驚きました。ドレスの袖は破けて、背中の羽は片方しかなく、残されたもうひとつの側はボロボロになっていました。涙をこらえたまま足早に自分の部屋へ直行すると鍵をかけて出てきません。心配する母親のドア越しからの呼びかけにもまったく応答がないのです。気が気でない家族たちは夜通しで説得を試みますが、ドアはぴったりと閉じて開きません。夜が明けて、朝が来て、深夜勤務を終えたタロン市警に勤める父親のモンド・グレカリアが帰宅します。事情を聞いた父親がドアを叩いて強く迫りますが、やはり部屋は静まったきりで物音ひとつしません。足下に転がる布地の手作り羽を拾い上げるモンド・グレカリア。娘のサンスが昨夜出向いたパーティーの詳細を妻から聞くと刑事の勘が働きます。署内で箝口令《かんこうれい》がでている例の連続婦女暴行事件に思い当たるふしがあったのです。すぐさまパーティーに同行した友人宅へ飛んでいき、なにがあったのか一部始終を聞き出します。もう一人の被害者である彼女から泣きじゃくりながらの説明を受けたモンド・グレカリアは事件のあらましを把握しました。

娘サンスの内向的で生真面目な性格から騒々しい派手なパーティーとは無縁だと思い込み、怪しい誘いには警戒するよう強く指導しなかったことを悔やむ父親のモンドです。

モンド・グレカリア。タロン市警察、捜査一課警部。華やかな大都会の裏側で渦巻く重犯罪、強盗、殺人などを取り締まる治安維持の司令塔ですが、先の帝国大戦では最も苛酷だといわれた西部戦線の部隊に配属していました。史上初の塹壕戦と、戦車の登場と、皆殺しの機関銃の地獄絵図が展開する最前線です。戦闘中に左目を負傷。戦線を離脱し、終戦を待たずして除隊します。警察に復職すると捜査一課に配属されました。現場で有能な仕事ぶりを発揮して短期間で警察部長まで出世します。人事権を持つと、捜査一課を西部戦線で戦闘を経験した刑事たちで固めました。兵士が虫けらのように死んでいく近代戦争の惨たらしさを骨の髄まで味わった者にとっては、街の裏組織を牛耳るギャングや、繁華街の肩で風切るチンピラの猛々しさなど取るに足りないもので、ヤツらの首根っこを押さえつけることなど、赤子の手をひねるようなものでした。

トトム・チェキルは警察の手が出せない禁断の領域にいましたから、モンド・グレカリアの計画は用意周到に進めます。捜査令状、逮捕状がない越権行為は厳重に罰せられます。更迭、懲戒免職処分ぐらいですめばいいですが、逆に逮捕され刑務所送りになる可能性も否めません。たった一度のしくじりで最悪の事態に陥ってしまいます。根回しに、口裏合わせ、情に訴えて、貸した恩の見返りを求めて、弱みを握って忠誠を誓わす。隻眼の鬼警部から頼み込まれると、誰も断れないのです。水面下で動くモンド・グレカリアの行動に感づいた本庁上層部から脅しの忠告が投げられます――なにをこそこそとやっている。誰と戦っていると思っているんだ。家族ともども消えてなくなるぞ――肩を叩いた手の冷たさにモンド・グレカリアはあらためて腹を決めます。世界を敵にまわしても自分の家族を守る、と。愛している者を傷つけたヤツには罪の報いを受けさせる、と。

サンス・グレカリアの精神状態は日に日に悪化していきます。部屋に閉じこもったまま誰とも口をききません。食事を取らなくなり、夜も寝ていない様子です。お風呂にも入らなくなり、髪の毛もボサボサで以前の健やかな少女は見る影もなくなってしまいした。大切に育てていた鉢植えの山野草を枯らしても関心がないのです。まったく見向きもしません。虚ろな瞳でただぼうっと窓を眺めているだけなのです。

ねえ、レイプされた人の気持ちってわかります？　自分の体を欲望の対象として使い捨てにされた心を想像できます？　それまでの人生で築き上げてきた唯一無二の自分という存在を真っ向から否定されて、ただの物として扱われてしまう。こちら側にはなんの落ち度もないのに、自分を無価値なものとして劣等感と自己嫌悪に苛まれてしまう。他人を信じられなくなり、世の中を恐怖と敵意の目でしか見られなくなるの。地獄の底にいるみたい。もう世界の終わり。そこから立ち上がって社会復帰できる人もいるけど、そのまま暗黒の苦しみに押しつぶされてしまう子もいる。サンス・グレカリアは簡単に抜け出せそうになかった。

決行のガサ入れは焼けつくような暑い真夏の日でした。朝から太陽は照りつけて気温は上昇して、まだ午前八時なのに汗ばむ気持ちの悪さです。連休明けの平日の午前中ならトトムとその一味は昨晩まで遊び呆けて眠っているはずです。隠れ家としているアパートメントの部屋を警官隊が取り囲みます。ドアが蹴破られ、突入します。しかし、トトムと連中は異変に気づき、窓から飛び出したところでした。威嚇射撃の銃声が鳴り響き、逃げる後ろ姿を追って警官隊の怒声が飛び散ります。民家の屋根を滑り落ちていくトトム。一網打尽しようとする待ち伏せをかわし四方に分散する少年たちの逃げ足の速さ。意表を突かれた襲撃に焦りを隠せないトトム。抵抗せずに捕まってしまえばチェキルの実力者のパパが裏から手をまわして無罪放免にしてくれたのに、やましさから逃げてしまったので自分で自分の首を絞めてしまうことになります。悪運はここで切れておしまい。彼はたった一人の力で戦わなければならないことになりました。追撃する警官隊大勢は先回りして行く手を阻みます。格闘と逃走。路地裏から雑踏の大通りへ。人混みをかき分けて走るトトム。通行人との肩と肩の接触、駅の階段を転げて、売店をぶちまけて、車に跳ね飛ばされる。痛みを感じるよりも立ちあがって走りだす。足を引きずりながら全力で駆けていくトトム・チェキル、半狂乱の血まみれの絶叫です。

次々と捕らえられていく仲間たち。市街での騒ぎを聞きつけた上層部からの電話がモンド・グレカリアの前でけたたましく鳴っていますが、聞こえないふりで受話器を取り上げることはありません。署長が血相を変えて飛んできて、グレカリア警部に詰め寄ります――どうなっている。誰の許可を得てやっているんだ。今すぐ中止しろ――グレカリア警部は困惑した表情で叱責をなだめながら、適当にはぐらかして署長をドアの外へ閉め出してしまいます。

逃げるトトム・チェキル。追いかける警官隊。脱げ落ちる靴。飛んでくる警棒。公園の噴水を横切り、ずぶ濡れのまま遊園地へと走り込んでいきます。あらゆる遊具を迷路として追っ手を振り切り、猛追する威力を錯乱させます。それでも体力の限界が近づき、ふらふらになった裸足はついに追いつめられ、逃げ場を失ったトトムは大観覧車へと向かいます。

ゴンドラの客を無理やり降ろし、トトムは上昇していきます。気が動転していて正常な判断ができないので、自らが絶体絶命の袋のねずみ状態に飛び込んだことがわかりません。一秒でも長く逃げたいだけの墓穴を掘ったしくじりでした。ゴンドラはゆっくりと上がっていきます。現場を取り仕切る刑事は他の観客を降ろしてモンド・グレカリアに連絡すると、署で待ち構えていた警部は、観覧車をそのまま回転させておくように指示して遊園地へと駆けつけてきます。

時刻はちょうど正午。太陽が頭上にあり、強烈な陽光が地面を照らし影は短くなるころです。朝から始まった街中を大騒ぎに巻き込んだ逮捕劇はここで大詰めをむかえました。

大観覧車の前に立ち、トトム・チェキルが乗りこんだゴンドラを見上げるモンド・グレカリア。他のゴンドラには人はなく、トトムだけを閉じこめて巨大な鉄の輪は静かに回っています。睨みつけたゴンドラが輪の天辺あたりに来たところでグレカリア警部は停止を命じます。観覧車の回転は止まり、トトムはいちばん高いところで生け捕りにされてしまいます。ゴンドラのなかで右往左往する人影を鋭い眼光が捉えて離しません。

逮捕に踏み切るのは簡単ですが、モンド・グレカリアは警官隊を待機させて動こうとはしません。照りつける日差しに顔をしかめて、ただ観覧車を見上げているだけです。雲ひとつない青空の真ん中で太陽がギラギラと燃えています。空気は蒸し風呂のように乾燥して息苦しく、突き刺してくる日光が肌を焼いて大粒の汗が止まりません。炎天下でこの状態が一時間、二時間とつづくと警官隊の足がふらついて立っていることができません。鉄とガラスで密閉された箱であるゴンドラの室内温度は灼熱地獄だったでしょう。冷房装置はおろか扇風機さえも設置されていない時代。水分補給もない長時間の監禁状態では人間の体力を消耗させていきます。ゴンドラのなかで逃げ惑うトトムの動きが次第に弱くなり、やがて動かなくなってしまいます。動かなくなっても観覧車を始動させる様子はありません。その人影をじっと見すえるモンド・グレカリア警部。熱中症による完全なる焼き殺しを成し遂げようとしているのです」

――私刑《リンチ》だ――

「手錠をかけて署へ連行しても、すぐに釈放されるでしょう。牢屋に入るのは自分の方です。ピューモンゼッタ社の拳銃の引き金に手をかけるのは、チェキルの支配下で飼い慣らされている卑屈な番犬のようでプライドが許さない。モンド・グレカリアが求めたものは天罰でした。

驕り高ぶる者が滅びるように、あぶれ落ちた物が腐るように、自然の摂理に従って、死神の斧が罪人の首を切り落とすことでした。審判を天に委ねた偽装工作は、燃え盛る太陽の激しさに似て情け容赦なかった。炎天下の〈大いなる時間〉は非合法の処刑台になったのです。

動かない大観覧車。待っている警官隊。日陰の刑事たち。煙草に火をつけ、煙をくねらせるモンド・グレカリア。風もなく、世界は止まっているかのよう。地面を歩き回るアリと、溶けていくアイスクリームに群がる数に時間が動いていることがわかります。遊園地売店の冷たいレモネードが全員に配られると、乾く喉を潤して助けてくれます。

ゴンドラにまったく人影の気配がありません。トトムは生きているのか、死んでいるのか。地上からでは遠すぎて判断できません。

三杯目のレモネードを飲み終えて煙草の火を消したグレカリア警部は、観覧車を動かすように指示します。ゆっくりと回りはじめるスポーク。トトムのゴンドラが下りてきます。ドアが開けられると焼けるような熱気があふれ出します。内部で倒れている人物に警官たちが近づきます。警部が覗きこむと、交通事故で傷だらけになった顔が強烈な日焼けで皮膚がボロボロになって、苦痛でゆがんだ表情が滑稽な叫びをあげたところで止まっています。それは色あせてひび割れた仮面、あるいは、干からびた虫けらの死骸のように重さのない物体でした。

瞳孔が開き、脈拍が停止しているのを確認する警察医。トトム・チェキルの死亡をその隻眼にしっかりと目に焼きつけて見届けたモンド・グレカリアはすぐさまその場を立ち去ります。仕事を途中で放り出し、一切の責務を部下に押しつけ、現場をあとにするのは彼の生涯において初めてのことでした。

その日の夕方に連邦警察の部隊がモンド・グレカリア宅へサイレンを鳴らしながら急行して家宅捜索に入ります。玄関から突入した隊員たちが見たものは、誰もいない静まり返った部屋と台所に、綺麗に片づけられた生活用品や家具でした。掃除されたばかりの床。閉じられた窓のカーテン。室内の整然とした雰囲気は、長い旅へ出るための準備か、二度とここへは帰らない覚悟を決めた別れの後始末のように見えました。そして事実この後、モンド・グレカリアとその家族のゆくえは知れず、彼らは人前から忽然と姿を消してしまいます。外国へ逃亡したとか、地下組織にかくまわれているとか、噂はいろいろありますが、どれも憶測の領域に過ぎず確かなものではありません。

グレカリア一家がどこでどうやって暮らしていったのかは、誰も知るよしもありませんが、サンス・グレカリアには幸せになって欲しいと思うのです。十代の子なんてみんな世間知らずで、やることなすこと全部でたらめで、間違いや失敗の連続でしょう？　それが彼女はたった一度のつまずきで、人生が台無しになって取り返しがつかなくなるなんてあんまりだと思う。かわいそう。どこかの町で傷を癒やして、どこかの国で立ち直って、ひとつずつ失ったものを取り返して、幸せな人生を手に入れてくれたらと願うのです。

あるいは、量子力学の物理学者が言うように、この世界が多元宇宙でできているのならば、未観測の宇宙が無限に存在するというのならば、わたしたちが住むこの世界とよく似た世界が可能性の数だけあるというのならば、もうひとつの現実、平行世界でもなんでもいい、ここではない別の場所、そこではサンス・グレカリアはあの日、あのとき、友人の誘いをきっぱりと断ってパーティーには行かなかった。そして、傷つくことなどなく、大好きな植物学の研究に勤しみ、充実した学園生活を満喫して、輝く青春の日々のなかで理想的な人とめぐり合って、ある夏の日の夕暮れのデート、太陽が沈んでいく黄昏どき、遊園地の観覧車のゴンドラでキスをして恋が成就した。卒業に博士号。友人たちから祝福される結婚式。理解あるパートナーと事業を立ち上げて、夢の樹林都市計画を実現して、それから二人は幸せに暮らしましたとさ、というお伽話のような別のバージョンがあってもいいと思うのです。さまざまなパターンがあるというならば、可能性としてはゼロではないはず。わたしたちがいる宇宙とは違うところで、どこか遠くの世界で。一枚ずれたすぐ横にある次元の物語では……」

ハナナの声は自分の語りに感情移入しすぎて言い淀んでしまう。うっすらと涙を潤ませた瞳を隠すように視線を逸らす。

ここでウエイトレスが食事の片付けをしに入ってくる。フォークとナイフが乗った皿を下げ、テーブルの上を綺麗にして、食後の飲み物の注文を二人に尋ねる。

ジャオは迷わずに、

「ぼくは、コーヒー。ブラックで」

ハナナは少し考えて、

「わたしは、紅茶。ミルクをつけて」

ウエイトレスは微笑んで相槌を打つと静かに去っていく。皿がなくなった真っ白なテーブルクロスの上でハナナの声が休んでいる。交響曲も楽章の合間で、指揮者がタクトを動かす前だ。

ジャオの質問は正解を求めていない。答えを知っている口振りで、

「もうひとつの世界？」

「ここではない、どこか」

「似たり寄ったりの現実がいっぱいあるんだ？」

「量子力学の多元宇宙論。平行世界。少しずつ違う。同じものは一つとしてない」

「ありえたかもしれない、もう一人の自分？」

「可能性の数だけ。偶然は、必然です」

「神はサイコロを振らない、じゃなかったか？」

ハナナは返答に困って、笑ってごまかした。音楽は次の楽章へと流れていく。旋律は素朴に

して軽やかで、民族舞踊を編曲した交響曲のなかで弦楽器と打楽器が飛び跳ねている。雰囲気が変わったことでハナナの声も気負いがなくなった。

「それから少しすぎて、事件のことをみんなが忘れかけたころ。大観覧車〈大いなる時間〉に奇妙な噂が流れだします――あの観覧車に乗ると、不幸になるぞ――というネガティブな印象を与える根も葉もないデマでした。実際にゴンドラで遊覧したあと、病気や災難、離婚や倒産などのトラブルに見舞われる人がたまたま続いただけのことなのですが、あの忌まわしい事件と関連づけて、大衆は――呪われている――と、おもしろおかしく騒ぎ立てました。

突然人気がなくなった〈大いなる時間〉は予兆していたのかもしれません。帝国大戦の戦後の連邦共和国の経済は右肩上がりの空前の好景気に沸いていましたが、誰もが予想だにしなかった打ち止めのときがやってきます。高騰していた株価が暴落をはじめたのです。そうです。いわゆる〈暗黒の水曜日〉です。パニックに陥る投資家たち。銀行に押し寄せる群衆の取り付け騒ぎ。金融機関の封鎖。倒産する企業。路頭に迷う失業者たち。経済が停止した連邦共和国の大恐慌は全世界を巻き込んでいきました。

ピューモンゼッタ社も大恐慌の大波に揺さぶられます。損失を補うために関連子会社を次々と売却。経営権をめぐりチェキル一族に不協和音が生じます。その混迷を見計らいチャンスを狙っていた首脳陣らが、どさくさ紛れで株式の買い占めを企てます。決議権の半数を掌握した謀反側が最高経営責任者ラオ・チェキルを玉座から引きずり下ろします。

ラオ・チェキルは脇が甘かった。油断していたと思われます。家族経営の小さな鍛冶屋でしかなかった一族を世界的な企業にまで押し上げた功績の上で慢心していたのでしょう。ビジネスでは計算高く注意深い洞察力のある男でしたが、まさか信頼していた身内から裏切られるとは思ってもみなかった。城を築き上げるのは大変ですが、その城の主になりたいと欲するのは誰しも簡単です。血縁も仁義もない無情さ。王様は家来たちに、恩知らずと騒ぎ立てましたが、時すでに遅し。後の祭りです。

クーデターは成功し、鉄鋼王はピューモンゼッタの王国から追放されてしまいます。財産を没収され、豪奢な屋敷を売り払い、ほとんど無一文になったかつての大富豪は辺境の地の粗末な民家に、病弱になった妻と移り住みます。ムージョ・チェキルはトトムの死のショックから再び精神を病んで、薬物と酒浸りの毎日になっていましたが、擦り切れた心と長病みした体は馬小屋の馬糞が臭う部屋でついに命尽き果てて終わります。遺体は村の共同墓地に埋葬されました。墓は目立たないひっそりとした場所だといわれています。

このピューモンゼッタ社、チェキルのお家騒動を陰で糸を引いていた傀儡師が、コリュー社のニドマン・パラモンカだったということはあまり知られていない話ですが。この火事場泥棒のようなやり口は、あの男のあこぎな性分ならお手の物だったでしょう。ずる賢さにおいては希代の悪党ですが、ヤツの破天荒なエピソードを語りはじめると一晩あっても足りないので、この話はいずれまた、どこかで別の機会に」

ハナナの小出しの裏話に、ジャオが反応する。

「ニドマン・パラモンカ。絡んでいたのか」

「ぐちゃぐちゃに絡んでいます」

「あの野郎……」

「さすが、コリュー社。抜け目がないです」

ジャオが何か言いかけるが、ハナナは遮って語りを続けていく。

「葬儀が終わると、ラオ・チェキルは村を離れ、旅に出ます。旅といっても観光旅行のような優雅なものでなく、最低限の衣服を鞄に詰め込んだバックパッカーさながらの放浪の旅でした。白髪まじりの体力が衰えはじめた初老の男が、自らに残された可能性と運を試してみようとする冒険だったのでしょう。この時期、ラオがどこをどう歩いたのか本人は喋ろうとはしませんでしたし、記録にもありません。彼の足取りはぷっつりと途絶えます。

大恐慌から世界情勢は再び不穏な暗雲に包まれていきます。帝国大戦の敗戦国のわだかまりと、民族原理主義を掲げるファシズムの台頭。それに対抗する新しく出現した共産主義国家。ファシズム。共産主義の世界市民圏。そして、世界覇権を維持したい連邦共和国との三つ巴の闘いが火蓋を切って落とされます。兵器が格段に進歩した現代戦争は、世界各国の主要都市をがれきの山と焼け野原にして、人類史上最悪の戦死者数で大地を血に染めます。世界極戦とはなんだったのか。不毛な九年間の意味はどこにあるのか、いまだに議論が尽きません。

世界極戦が終わり、平和が訪れます。長く暗い抑圧された戦争の時代から解放されて人々の気持ちは明るく弾け飛びます。音楽はもっと自由に楽しくなり、ファッションも軽やかで動きやすくなりました。冷蔵庫や洗濯機などの家電製品の普及。自動車や飛行機による大衆の移動。生活の豊かさを求める衝動は娯楽へと高まり、エンターテインメント産業が花開きます。

ラジオからテレビへ。ジャズからロックンロールへ。映画スターが銀幕で踊り歌い、ヒットチャートの順位に子供たちの話題が一喜一憂します。遊園地も新装して新しい時代に合わせていきます。しかし、大観覧車〈大いなる時間〉の不人気はあいかわらずで観客もまばらです。遊園地の経営陣はメンテナンスの費用を考慮して解体破棄へと踏み込もうとします。そのとき、まさにその最後の決断の日、ゴンドラは満員で、観覧車の順番待ちに客が大勢並んでいるではありませんか。原因は当時、若者たちの間で流行っていた映画にありました。たわいない安手のロマンチックコメディで、劇中で恋人たちが観覧車でキスをするという場面があるらしく、それに影響された十代のカップルが殺到したというわけ。解体は免れて、人気は復活します。だけれどもここで疑問が生じます。感受性が鋭く、かっこよさに敏感な子供たちが、遊園地の観覧車のゴンドラでキスをすると幸福になれるという、なんというか平凡な、どちらといえば野暮ったい、少なくとも過剰な自意識を満足させるものでない行為、ありきたりの清涼飲料水のコマーシャル写真のような演技に感化されるでしょうか？　たとえ大当たりした映画に触発されたとしても。不思議ですよね。

ある心理学者が分析しました。こういうことです。大観覧車には、トトム・チェキル事件により、搭乗すると不幸になるという曰く付きのゴンドラが一台含まれています。人々は恐れて近づきません。そこへ、幸運を手に入れる可能性がひとつ加えられた。陰と陽。悪魔と天使。化学反応が起きたのです。

人間って、おかしなもので、幸せになりたいと願うのに、無条件でそれが差し出されると、なぜか拒絶して見下してしまう。しかし、その横で他者が不幸になるというアクシデントがあると、その優越感に引かれてしまうのです。ただ自分が幸福になるだけではダメ。誰かが地獄に落ちることで救われたプライドが満たされるのです。すべては相対的です。幸福も不幸も。

全員が幸福に暮らしている楽園を想像してみてください。そこで住む誰もが満ち足りた心でいるのです。あなたは、そこで自分が、ああ、なんてボクは恵まれているのだろうと思うだろうか？　魚が海を実感できないのと同じように、完全な状態は〈無〉に等しいのです。

こういうゲームの場合、絶対に人は自分がラッキーカードを手に取ると思うもので、まかり間違ってもアンラッキーのカードが回ってくるとは考えてもいません。幸福の女神が微笑むのは自分で、悪魔の手にかかるのは他の人。逆のパターンは想定しない。宝くじを買うときも、今回はきっと当たるかもしれない、と淡い期待をしますでしょう。ちくしょう、今度もやっぱり外れるのだろうな、と思ってわざわざ自腹を切る人なんていない。人間は不確実性においては楽観的なものです。

大衆の潜在意識に、意識するしないにかかわらず、人生になんらかを期待するすべての人々の心の奥底に、吉と凶のルーレットを植えつけた大観覧車の都市伝説は、時代を超えて、いくつもの世代に受け継がれて今日にまで至ります。おそらく観覧車があそこに立っている限り、未来永劫、この可愛らしくも残酷な都市伝説は消える去ることはないでしょう」

ハナナは一区切りついて口を閉じた。

ジャオは考えを巡らせてじっくりと言葉を選んでいる。

音楽は舞踊曲が調子を上げていくところで、ピアノがリズムを刻んで囃し立てていく。

テーブルクロスの白は照明を反射して二人の顔を柔らかく照らす。

レストランの雰囲気は遠くて薄い。

ハナナはジャオの感想を待たずに口を再び開いた。

「この話には後日談があります。物語は一度さかのぼって、いちばん初めにまで戻りましょう。

ムージョ・チェキルが帝国大戦の終戦夜に、産んだ醜い赤ん坊のところからです。

孤児院に引き取られたその子は同じような境遇の親なし子のあいだで育ちますが、醜い容貌がゆえに全員から徹底的にいじめられます。仲間外れに、悪口の嘲笑。食事へのいたずらに、集団での暴行。大人たちも見て見ないふりで助けてくれません。トイレ掃除や汚物の処理などの人が嫌がる仕事を押しつけられ、それが当然といった風潮がまかり通りました。

ついに我慢できなくなった七歳のころ、その男の子は孤児院から脱走します。しかし、世間はもっと無情で冷酷でした。人々から化け物呼ばわりされ、警察官でさえも野良犬や捨て猫のように足蹴りにします。一時期、サーカスの見世物として生きますが、ここでも気味悪がられるだけで、誰も人間として扱ってくれません。世界に自分の居場所などないのだと悟ったとき、悲しみに打ちひしがれた傷だらけの心は、怒りと憎しみに転じて大爆発します。

世界がオレを忌み嫌うのなら、オレの方からもっと蔑んでやる、と思うのでした。美しいもの、絵画などの芸術品があれば破り捨て、幸せそうなヤツは叩き殺し、子供を騙し、女は犯していきます。強靱な肉体から放熱する全世界への復讐は、その怒りの炎で精神も燃え焦がして灰にする本物の怪物となりました。悪党は欲望を満たすために倫理観を破る者ですが、純粋な狂気は破壊することだけで快感を得ようとします。名声も、贅沢三昧も、美女もいりません。罪と罪を重ね、町から町へと破滅の限りを繰り返し逃げる男は、醜い顔を偶像の仮面で隠して、やがて自らをミロクと名乗るようになります。ミロクとは東大陸の神々のひとつですが、それを彼が選んだことがわたしにはとても興味深いです。

燃えつきて灰になった居場所がない者はゼロです。しかし、ゼロは存在しないのではなく、そこには数字がないというものが存在するという空白を意味します。その底なしの虚無感から果てしなく遠く未来の彼方に出現する救世主の仮面をかぶることにより、自分自身を自らの力で救おうとする。逆説的な皮肉を名前にしたところに、彼の最後の人間的な部分が残っていたのではないでしょうか。

そして、彼がまだ人間であったことが証明されます。

極悪非道の蛮行をつづけるミロクですが、ある日、難民のキャンプに紛れ込みます。難民は帝国大戦の敗戦国の内乱から逃れてきた人々でした。連邦政府は経済の景気が好調なときには慈悲深い顔で迎え入れてくれましたが、大恐慌で社会が不安定になると、難民たちを排除するように方針を転換して態度を一変させました。国境線の外まで退去することを命じる警備隊と、抵抗する難民たちとのあいだで衝突が起き、暴動と鎮圧の騒ぎの果てに、警備隊が発砲します。

一発の銃声を発端に、警備隊が乱射をはじめ、難民キャンプの数千人が撃ち殺されました。この集団殺戮の渦中にミロクは偶然に居合わせたのです。崩れ落ちてくる巨漢の下敷きになりミロクは軽傷で助かりましたが、騒動が終わり、静かになったのを見計らって起き上がると、自分が目の当たりにしている光景が信じられませんでした。それは見渡す限り死体が転がっている世界でした。男も、女も、子供も、老人も、誰も彼も血まみれで横たわって動きません。遠くの方で泣いている声がしますが、ミロクの耳には聞こえませんでした」

――地獄絵図だ――

「息を呑み、呆然として立ちつくすミロクは自分の体が震えていることを感じました。かつて自分は怒りと憎しみの塊で、世界を焼きつくそうとする火炎放射器さながらの狂人であったが、そこへ、一瞬で大量殺戮できる大型爆弾が投下された惨状のごとく、数万倍、数億倍の暴力性を見せつけられたのです。牙を剥きだして吠えていた一匹の獣が、爆風によって吹き飛ばされてしまった。不遇な生い立ちを嘆き、復讐の鬼となっていたころは世界の中心にいるつもりでした。しかし、こうして皆殺しにされた死屍累々の片隅に一人でいると、世界の中心どころか、名もなき屍のひとつになりえた、ちっぽけな命でしかないことを思い知らされたのです。

憎悪の遺恨が粉砕すると、それまでの自分も崩壊してしまいます。生きていく軸となるもの、たとえそれが復讐心であっても、支えがなくなってしまえば抜け殻同然です。アイデンティティーの消滅です。ゼロは〈無〉に帰して、半生の経験を白紙に戻します。ミロクは意識のないまま各地を放浪し、衰弱した精神と肉体を荒野のど真ん中に放り出して倒れこみました。

日照りの荒野で干からびて死ぬか、ハゲタカの餌食になるか、ミロクの邪悪に満ちた生涯は終わりを迎えようとしていました。ところが、運気の砂風が吹きます。

巡礼を終えて荒野の帰路をゆく僧侶たちの一行が通りかかりました。砂風が舞うなかで人間の形が大地に転がっているのを発見します。砂埃まみれの伸びた髪と髭、醜い顔は汚れていてよくわかりません。頭にかぶった奇妙な仮面が彼らの目を引きます。興味を持った僧侶たちはミロクを馬車の荷台に乗せて寺院へと連れ帰りました。

手当てを施されミロクの意識は徐々に回復し、自分の足で立つことができるようになります。僧侶たちはミロクの身の上を問いただすことはありません。食事を取れるくらい元気になったことを喜ぶだけです。ミロクも彼らの善意に甘えて完治するまで寺院に留まることにしました。寺院は大規模な修繕の改築中で、その作業も僧侶たちが自身で執り行っていました。石積みや、木材運びなどの力仕事に人手が欲しかったのです。体力が戻ったミロクがその役割を手助けすることになります。力が蘇ってきた彼の屈強な肉体がここで発揮されます。

寺院は帝国時代の初期に異教徒によって建てられたもので、数百年の雨風の経年劣化により大きな建造物のあちらこちらが荒れ果てていました。僧侶たちがここに移り住み、壊れた天井や崩れた壁などの修造に手をつけはじめます。体力と根気のいる肉体労働は、彼らの教義にある〈勤労と清貧と禁欲の精神〉に合わさって日替わり分担仕事として取り入れられていました。よく働くミロクの参加を僧侶たちは歓迎します。

ここで意外なのは、僧侶たちがミロクの容貌を醜いと思わなかったことです。彼らはミロクの不自然な目鼻立ちを滑稽なものとして捉えました。無精髭と長髪で隠した顔から覗く何気ない表情を好ましく見て、ときには茶化して笑うこともありました。目尻にできた苦渋の染みた皺が愛嬌のあるものに感じたのかもしれません。

ミロクが壁画の修復の補助についたとき、彼の手先の器用さに気づいた僧侶が、実際に筆を持たせて描かせました。最初は背景の隅っこの方をやらせてみせます。予想以上の出来栄えに驚いた僧侶は、次に人物の衣服の部分に挑戦させます。これも満足のいく完成度で仕上げました。さらに人物の顔を任せると、誰もが納得するほどの深みのある表現を作りだしました。

ミロクのなかに芸術的な才能を見出した僧侶たちは、ミロクに絵画の道具一式を与えます。しばらくしてミロクが描いたカンバスを見た僧侶たちは、そこに非凡な手応えを感じ入るのでした。その絵は仲間の僧侶の肖像画でした。正確なデッサンに、秀逸な色彩感覚。そして描かれているモデルの感情や思考までもが絵具により現実以上の複雑さで描きつくされていたのでした。褒められるミロク。きっと嬉しかったことでしょう。こんなこと、人生で初めてです。

作品を見た長老の僧は天賦の才能を確信し、ミロクにアトリエとなる一室を用意させます。絵具と、筆と、カンバスと、イーゼル。そして自由な創作時間。画家ミロクの誕生です。

ミロクにとって寺院での肉体労働と、アトリエでの絵画制作に隔たりはありませんでした。

どちらも他者に喜ばれるもので、損得勘定のない無私の精神からくる日課だったのです。それでも絵を描くという行為は自分の技量が上達していく感覚を得ることができたので熱中していきます。こんな高揚感は今まで感じたことがありませんでした。酒にドラッグ、ギャンブルやセックスなどの刹那な快楽では味わったことのない充実した毎日だったのです。

数年ほど過ぎたころ、寺院にドキュメンタリー映画の撮影班がやってきます。特異な宗派の修道寺院で暮らす僧侶たちを取材するためです。僧侶たちの日々の行動をカメラに収めていく数か月の滞在期間中に、スタッフのひとりがミロクの絵を発見しました。アトリエいっぱいに置かれた色取り取りのカンバスの数々。そのどれもが鮮烈な印象を放っています。現代美術に造詣が深かったスタッフは感動し、その価値を見抜きます。

作品を一枚購入したいと希望するスタッフにミロクは戸惑います。販売目的で創作したわけではないし、美術界の相場も知りません。金額の提示をじらす画家の態度にスタッフは財布から有り金の大枚を握らせて強引に絵を自分のものとして持ち帰りました。手に残された何枚かの高額紙幣を唖然として見ている画家。ミロクの絵が初めて売れた瞬間です。

噂を聞きつけてタロンの美術商がミロクを訪ねてきます。作品一点ずつ吟味する美術商の目に真剣な輝きが増していき、すべての確認を終えるとこう述べました——初期の具象となっている人物や風景、静物などが、次第に独特の色彩感覚によって抽象化していく。現実に存在する事物がやがて消えゆく儚いものであることを暗示しているかのよう。人間、動物、植物も、自然である森や山、海、砂漠でさえも、移ろいゆく森羅万象のなかの一部でしかない寂寥感《せきりょうかん》で、絵を見る者の心を揺さぶり、一度見れば捉えて離さない。現代美術の主流から外れているが、むしろ、そこに価値がある——美術商はミロクと握手を交わし、契約を結びます。

ミロクの作品が画廊で展示されると、コレクターやブローカーたちのあいだで静かな話題になります。また新しい才能が現れたぞと。審美眼のある人たちにとって、知る人ぞ知る画家になったのです。値段がまだ手頃で、誰にでも買える金額だったこのころ、ミロクの絵の一枚を購入した顧客のひとりに、ラオ・チェキルがいました。

父と子の切り離された血のつながりが、数奇な運命に導かれて、長い時を経て接近します。ラオ・チェキルはピューモンゼッタ社を追われ、妻のムージョが亡くなったあと、ひとりで放浪の旅にでました。いろいろな仕事で食いつないでいくその日暮らしは、家業を継ぐことを宿命づけられていた男にとって初めて自由を味わった冒険するように楽しかった日々だったと、わたしは勝手に推測しています。この時期、ラオ・チェキルはどこで何をしていたのかを一切口外していません。どうやらラオ、世界極戦がはじまり、主要諸国間の貿易が絶たれたのを逆手に取って、密輸業に手を出していたらしいのです。商談交渉や癒着、腹の探り合いに、はったりを吹っかけたりするのはお手の物ですから。危ない橋も渡ったことだと思われますが、そこは落ちぶれても鉄鋼王。非合法のならず者たち相手でさえ上手くやり遂げたのでしょう。

関税を逃れて密輸する穀物、酒類、生活用品などで稼ぎだしますが、同時に運んだ美術品の転売でぼろ儲けをします。戦況の不利な国々の美術館が戦火を恐れて国外へ美術品を移動させようとしました。その非常事態の混乱のすきを突いて、絵画などを横領します。犯罪ですが、まあ、戦時中の無秩序な出来事です。世界が狂っていたのです。常識は壊れて、善悪の基準は曖昧になり、誰もが明日の命さえわからないで必死に生き延びようとしていたときの話です。動乱の渦中で正常な精神を保つのは稀なことですから。

ラオ・チェキルの興味は美術品の転売価格よりも、美術品そのものに向かいます。それまで芸術方面に明るかったわけではないですが、名前の知られている著名な作家の作品を、実際に自分の手に取って眺めていると、それまで経験したことのないような深い感動を覚えました。美術館でぼんやりと鑑賞するのとはかなり印象が違います。

戦地で兵士たちが殺し合い、街が爆撃で破壊されていく同時代の惨劇を目の当たりにしていると、画家たちが自然の美しさや驚きを懸命な筆づかいでカンバスに定着させようとした行為を素直に共感してしまうのです。見慣れた風景も、ありふれた表情も、どこにでもある日常も、それらは失われてしまうと二度と戻ってはきません。芸術家たちが創作の一瞬に情熱の火花を散らした痕跡を見ている自分。この新しい自分の発見に、ラオ・チェキルは人生の次の道標に誘われていきます。彼はもう老年にさしかかる年齢でしたが、見知らぬ世界に飛び込もうとする意欲が湧いてくるのを抑えられませんでした。

世界極戦が終わり、連邦共和国は滞っていた経済の立て直しに向かいます。産業が復活し、文化が蘇って、人々は娯楽や芸術を楽しもうとする生活の余裕が生まれます。美術界も新しい現代美術の潮流で活気づいていきます。ラオ・チェキルは手元に残った芸術品を売りさばいて業界に潜り込むことに成功しました。匿名でブローカーとして活動し、画廊の顧客としても名を連ねます。鉄鋼業界には未練はありませんでした。芸術を通じて、人間精神の豊かと深みを知ってしまった今、巨大なビジネスのテーブルで繰り広げられるプロジェクトなど空疎なだけで心が満たされないと縁を絶ち切ったのでした。顔を二度と見たくもないヤツらもいることですし。それに社交界では、鉄鋼王は戦時中に野垂れ死にしたという噂になっていましたから。

職業柄、増えていくコレクション。その数多くのなかでもお気に入りの一枚がミロクの絵でした。自宅のリビングルームのよく目につく場所に飾り、日々の暮らしの視界に溶け込むようにしました。毎日それを眺めていても飽きません。ラオは、自分で絵を描くことはありませんでしたが、もし自分に才能があり、筆を取って表現できたならば、きっとこういう感じの絵を描くのではないだろうかと思うのでした。心の奥底にある言葉にならない感情がここにある。悲しみ。怒り。寂しさ。笑い。そして、それらを包み込んでみせる強い力。相反する複雑な感情がここに渾然一体となって色彩の調和で成立しているのです。共鳴する心の琴線は、繋がった血筋によるもの、同じ遺伝子からの触発であるのですが、まさか、それが自分の実の息子が描いた作品だとは思いもしません。見れば見るほど惹きつけられ、その重要性に考えを巡らせれば巡らせるほど魅了されていくのです――いったい、これはなんだ――ラオ・チェキルはいつしかこれを描いた作家に会いたいと思うようになりました。画家が生きているのならば、本人に会ってどんな人間なのか確かめてみたいと思うようになったのです。

一方のミロクは作品が売れはじめると人並みの収入を得るようになります。経済的な基盤を獲得すれば自立への道が開けます。ミロクは寺院の暮らしに別れを告げ、新たに自分の人生を切り開こうとします。目立つことを極力避けたいミロクは新居を、田舎の一軒家や辺境の地ではなく、大都会の雑踏のなかに置くことを選びます。人口の少ない地方の村では、奇妙な風貌の画家はかえって注目を浴びるからです。タロンの売れない芸術家たちや、貧しい労働者たちが安い家賃で暮らす二十三区の煉瓦煙突通りに住居を構えました。ここでなら騒がしい日常や、ごちゃごちゃとした下町の風景に奇才の画家は簡単に身を紛れ込ませられるでしょう。

安定した生活を手に入れるとミロクは絵画制作以外に、それまでの波瀾万丈の自分の人生を綴った回顧録の執筆に取りかかります。読み書きは寺院時代に僧侶たちから学んで少しくらいの記述はできるようになっていましたので。創作の合間の息抜きの軽い気持ちでペンを走らせたわけですが、これが封印したはずの過去の記憶を蘇らせることになりました。

邪悪の塊であったころの若き日の蛮行を、芸術によって浄化された精神で振り返ってみると、その非道ぶりに身が竦む思いに陥り、後悔に苛まれるようになりました。傷つけてしまった人々の顔が脳裏に浮かびます。自分の浅はかな言動を恥じて嫌悪感に震えます。その幼稚さ。その傍若無人。その狂気の沙汰。過去の記憶の自分に返り討ちにあうミロク。ペンは止まり、自責の念に駆られます。画家のふりをして上手く逃げおおせたつもりでも、自分が犯した数々の犯罪に天罰が下るのではないかと恐れはじめます。因果応報。寺院での教えが胸に突き刺さります。カンバスの前で筆を持ったまま立ちつくすミロク。絵は描けなくなりました」

――最後の絵――

「ラオ・チェキルは心を捉えて離さない画家との接触を試みますが、画廊側から作家は誰とも面会することはない、本人との約束を取りつけるのは難しいのであきらめなさいと促されます。それでもラオは守秘義務の個人情報から住所だけをなんとか聞き出します。アポイントなしで出向いても、玄関先でけんもほろろに追い払われるかもしれないと忠告されましたが。

ある日の午後、ラオ・チェキルは孤高の画家が住む煉瓦通りのアパートメントへ向かいます。その部屋はエレベーターのない古い建物の最上階、五階のいちばん奥にひっそりとありました。ドアをノックします。返事はありません。ノブを回すと鍵がかかっておらず、ドアは静かに開きました。声をかけましたが、やはり反応もなく物音ひとつしません。少し躊躇って待ったあと、ゆっくりと足を忍ばせて部屋の中へ入っていきました。

絵が描けなくなったミロクの精神状態は不安定になっていきます。過去に犯した悪道の報復を受けることを恐れ、それに対峙できない弱々しくなった自分を苛み、自己嫌悪に陥ります。迫り来る天罰から逃げようとする強迫観念。世界中に謝罪しようとする誇大妄想。すべての人が攻撃してくるように見え、守る術のない自分は八つ裂きにされると思います。贖罪の気持ちを紙に吐き出して書きとめますが、そんなことくらいでは救われません。精神の混乱と膨張は限界を超えていきます。脳みそが弾けそうになり、心が破け散ってしまい、ついに耐えきれなくなった男は崩壊します。ミロクは発狂しました。

嵐の夜。奇声を発したミロクは部屋を飛び出して猛烈な勢いで階段を転げ落ちると、挫いた足を引きずりながら街を駆け抜けていきました。黒雲から降りしきる雨が体を叩いて責め立てきます。轟く雷鳴が許すまいとして罵詈雑言を浴びせます。街灯の光がせせら笑っています。土砂降り雨のなかを転げ回りながら走っていくミロク。救いの先をかつて世話になった寺院に求め、遠く彼方の荒野を目指します。

夜は深まっても嵐は鎮まりません。雨と風は強くなるばかり。街の中心部から離れ、郊外の田園の一本道を駆けていくひとりの狂人。暗黒の夜空に稲妻の閃光が切り裂け、雷鳴が爆音で大空を震わせたと思うと、巨大な電気の激流がミロクを直撃しました。吹っ飛ぶ体は、断罪の斧が振り下ろされたようでした。目撃していた農夫の証言からです。夜が明けると嵐は止み、道端に倒れた遺体はずぶ濡れでしたが、眠っているかのように傷ひとつなかったらしいです。

ラオ・チェキルは鍵のかかっていないドアをそっと開けて部屋に入っていきます。薄暗い室内の床一面に散乱する紙切れや絵具などの画材類と、倒された椅子と机の惨状にまず驚きます。何もかもがめちゃくちゃで、突風が窓から吹き込んできて、気の済むまで思う存分に暴れまわったみたいです。あるいは、部屋全体が上下左右に激しく振り回された箱の中身のようでした。

水が流れる音が聞こえてくるので、ラオは散らばった道具を踏みつけながら洗面所に行くと、出しっぱなしになっている水道を止めます。割れた壁鏡に絵具でこう書きなぐられています。

タ・ス・ケ・テ・ク・レ。

再び部屋へ戻ると、もう一度その壮絶な散らかりに息を呑みます。床の落ちている紙一枚を拾い上げてみます。その線の走り、その色の使い、独特なタッチ、奇妙なモチーフ。まぎれもなく、これはあの画家のものだ、と確信するラオ・チェキル。もっと作品を探そうとして照明のスイッチを探しますが見つかりません。窓の方へ近づき、締め切っているカーテンを引くと、ぱっと午後の西日の強烈な光が差し込んできて、部屋の色が真っ赤に変わりました。

窓を開けると外は夕焼け景色が広がり、下町の屋根と建物の壁が沈みゆく太陽の残照に染められている時刻でした。深紅と漆黒の光と影が織りなす黄昏の美しい眺めにラオ・チェキルは見とれてしまいます。汚れた町並みも、むきだしの生活感も、暮れなずむ色彩に覆い隠されて叙情的に照り映えます。昨晩の激しい嵐が空気を洗い流してくれたせいでもあるでしょうが、澄み切った大気により遠く彼方まで見通すことができました。

ラオ・チェキルの目を捉えたのは、遠方にある遊園地の大観覧車でした。それは民家の屋根が連なる果て、重なる建物と煙突のあいだのいちばん奥に、小さく立っているのが見えました。夕日を浴びて金色に輝く丸い指輪のような物体。間違いなく、あれは〈大いなる時間〉です。

遠い昔、若かりし頃。ピューモンゼッタ社の頂点に君臨し、タロン万国博覧会のために建造したあの巨大な玩具。繁栄の象徴の姿を借りた見栄えのいい自己顕示欲の遺産が視界の真ん中にありました。敏腕をふるっていた当時の自分の姿が蘇ってきます。愛息トトムの笑顔が脳裏に昨日の出来事のように思い出します。元気溌剌とした少年のおどけた仕草に、目を細めてしまうラオ・チェキル。真夏の炎天下。警官隊に取り囲まれた観覧車。死体安置所の白い布の人のかたち。妻ムージョの悲痛な叫び。思わず目を背け、眩しい一閃から逃げるように部屋の中へ視線を移します。目に留まったのは、傾いたイーゼルに乗っかったカンバスが夕日影の下で存在感を放っています。歩み寄り、手に取って拾い上げました。

そのカンバスは、ちょうどこのテーブルくらいの大きさで、描かれている絵は、窓から見える風景を、猛烈な勢いのある筆づかいで色と色が塗りたくられているものでした。窓際の光が当たる場所に置き、現実の町の景色と比べてみます。殴り走った線と線は輪郭を捉えることはありませんが、たしかにこの位置から眺めた情景だと推し量ることができました。朦朧とした描写から画家の視線の角度が感じ取れます。あの屋根。あの煙突。あの樹木。肉眼に映る町と、絵の構図が一致します。そして、中心に描かれた大観覧車の小さな丸が遠近法の消失点であるのも同じです。

ラオ・チェキルが引き込まれてしまったのは、その色彩です。落陽が放つ夕焼けの茜色と、絵の中で鮮やかに燃える深い赤とが一緒なのです。光線の具合。かすかな明暗。温度の輝き。つまり、この絵といま自分が見ている光景は、同じ時間と空間にあるのです。画家はこの絵を描いたとき、ラオ・チェキルが立っているこの場所と同一線上に存在していました。見ているもの。聞こえているもの。感じているもの。すべて同じ世界なのです。老人と画家。父と息子。追放者と異端児。二人は時空を超えて重なりあいます。

幸せの赤は、満たされていたときの力強さを蘇らせます。すべてが思いどおりで順風満帆、世界中が光輝いて見えたあの爽快な気分。苦しみの赤は、身動きが取れなくなり、疲れ果てて落ち込んでしまう重さを思い出す。孤立無援の荒野をどこへともなくさまよう擦り切れた心。怒りの赤は、出会うもの全部を傷つけたくなる抑えつけられない衝動。木っ端微塵に破壊して、地獄の底へ落ちてしまいたいと願う血まみれの愚かさ。考える赤は、人生が突きつけてくる謎をおもしろがります。何度失敗しても試行錯誤をやめないで立ち向かおうとする燃え盛る勇気。悲しみの赤は、失われてしまったものは二度と戻らないと嘆いて胸が引き裂かれる絶望。静かな暗闇のなかで万物流転の法則を知り、夜空に瞬く小さな星の色に祈りを捧げるのです。

ラオ・チェキルは、自分の感覚と絵の表現とが入り交じって熱くなっていく驚きに震えてしまいます。現実と芸術が共鳴しあう不思議さにただ呆然として立ちつくし、自分がいま置かれている状況を、その意味を理解しようとしますが、分かりません。自分自身が見ているものと、見ず知らずの他人が描いた絵が、なぜ同じ遠くの物体に視線が引き寄せられて、どうして同じ深い情感に沸き立っているのかが、分かりません。思考が論理を失い、興奮によって溶けてしまったのでしょうか。考えれば考えるほどに、すぐに掴めそうな答えは消えてなくなります。そして、いつの間にか涙が自分の頬をつたい流れ落ちているのを感じますが、その訳もやはり、分かりませんでした」

ハナナは静かに息を吐き、口を閉じた。

ジャオの感慨深い表情が、語りの続きを待っている。

女の吐息に、男の体はゆらりと揺れて戻った。

交わされる視線。閉じた口元が企みを見せて開く。

「嘘よ」

ハナナの一言。聞き損じたジャオ。

「えっ？」

「嘘よ」

「なにが？」

「この話」

目を瞬《しばた》かせるジャオ。大きく目を開いて戯けてみせるハナナ。

「嘘って……、作り話ってこと？」

「そう。作り話」

ジャオは頭の中で積み上げた物語を整理しようとする。体を椅子の上で大きく揺り動かし、肩を上下させると体勢を立て直した。

「作り話、フィクション？」

「完全なる作り話、でっち上げのフィクション」

ジャオは心を掴まれた感動の真贋を疑えない。物語の細部を大急ぎで点検し、その信憑性に疑問を投げかけようとするのだが、魅了されてしまった目は焦点をぼやけさせてしまう。

弦楽器の余韻が伸ばされると音楽は終わって、無音の波が広がっていく。

「ちょっと待って」

「はい」

慌てるジャオは反論の証拠を探す。騙されたことを絶対に認めたくないのだ。

「あれだろ。最近出版されたラオ・チェキルの伝記から要約して話したものだろ？　どこかの大学教授が書いたやつ。書店でちらりと見た。ぼくはまだ読んでいないけど。きっと手に取ることもないだろうけどさ。ずっとそうだと思って聞いていた」

「ラオ・チェキルの伝記本？」

「そう、こんな分厚いやつ」

と、ジャオは指を広げて本の厚みを表してみせる。

ハナナは首を少し傾げて、

「わたし、知らない」

「ベストセラーらしい」

「そうなの？」

「たしか、『鉄鋼王　真実の人生』って、題名だったか」

「おもしろそう。今度読んでみようかな」

ハナナの表情から真意を掴めないジャオ。語りの中の登場人物たちの姿を高速回転で順々に解析していく。彼らの動機。歴史との照合。矛盾点の是非。

「トトムは、トトム・チェキルの死は?」

「トトムは史実どおり、ヨットの海難事故で亡くなっている」

「観覧車で、熱中症で死亡したのは?」

「誰も死んでいない。事件なんてなかった」

固まるジャオ。楽しんでいるハナナ。

「モンド・グレカリアは、タロン市警の戦場帰りの凄腕警部は?」

「わたしの想像の産物。そんな男、どこにもいない」

「サンス・グレカリアは、あの子はどうしている?」

ハナナの表情は初めて聞く名前のよう。返事に困っている。ジャオは信じたものを信じ切りたい。突っ張ったプライドが切羽詰まった声でたたみかけていく。

「ラオ・チェキルは世界大恐慌のとき、ピューモンゼッタ社から解雇されているよね?」

「はい。そこは万人の知るところ、周知の事実。だけど、落ちぶれた田舎暮らしは、嘘っぱち」

「馬小屋の馬糞が臭う質素な民家は?」

「腐っても鉄鋼王。資産は十分にあるから悠々自適な隠居生活です」

言葉に詰まるジャオ。何かが頭上でぐらぐらと壊れていく。笑いを堪えているハナナ。

「美術界のブローカーとしての第二の人生は？」

「それは別の人がモデル。ラオ・チェキルは、ただの絵画コレクター」

ジャオの問いかける声が弱まっていく。助けを求めるみたいに、

「じゃあ、ミロクは……、醜いミロクは？」

「そんな名前の画家は、パンの欠けらの屑《くず》ほども存在しない」

意地の一片が弾け飛んで、信じていた物語が音をたてて崩れ落ちてくる。その次々の衝撃で
ジャオの頭は叩きつけられてふらふらに揺れ動いた。まるで首が座らない人形の頭部のようだ。

目は見開いたガラス玉で、その光沢に満悦の笑みを湛えた女の顔が映っている。

喜びをぎゅっと噛みしめて、拳を高く突き上げたハナナが快哉を叫ぶ。

「勝った！　今日は勝った。わたし、ハナナ・ベンガラは、ジャオ・アロイアに勝ったのだ！」

離れた席の客が何事かと振り向いた。

喜びに勇んで湧き上がる感情を抑えられないハナナ。

「ああ、なんていい気分」

ハナナは椅子の上で小躍りすると、勝利に浸ってテーブルクロスを撫でていく。

「最高。ざまあみろ」

打ち負かした相手に向かって放つ勝利者の嘲り。その嘲笑を無防備に浴びるだけのジャオ。

屈辱を感じるよりも驚きの方が増しているのだ。敗北感を悟られないように冷静を装っても、問い返す声が感銘を受けたことを隠しきれない。

「すごいね、ハナナ」

「どういたしまして」

「考えたの？」

「考えた。徹底的に考えました」

ジャオはちょっと手を広げて完敗の仕草。それを見て、ハナナはさらにご満悦。

「すごいよ。完全に騙された。途中で少しばかり違和感があったけど、最後まで引き込まれてしまった。大観覧車の場面なんて、臨場感があって、本当に暑く感じた」

ジャオは手に残る熱い余韻を両手ですり合わせている。

「なかなかの語りだったよ。素人の話芸じゃない」

「いやいや、ありがとうございます」

ハナナは照れて苦笑いをする。

「ストーリーテラーになれる」

「そんな、そんな」

褒め称えることで優位者であろうとするジャオ。相手の長所を認める余裕のなかに、自分が格上であることを暗に示しているのだ。ハナナの笑顔はそれを見逃さない。

「語りのツボを心得ていて、勘所をずばりとおさえている」

「うれしい。プロの作家先生から、お褒めの言葉をいただけるなんて」

「今までの最高傑作じゃないか。これ、つくるのにどれくらいかかった？」

「いやあ、それほどでも。まあ、ぼちぼちですかね」

「たいしたものだ。これなら、誰でも騙される。誰だって信じてしまう」

ハナナの顔から笑みがすっと消えて、

「本当に、信じた？」

「信じた。思わず聞き入ってしまった」

「本当に？」

「本当。間違いなく」

「ほんと？」

「ほんと」

ハナナは隣の椅子に置いてある鞄から一冊の単行本を取り出して、テーブルの真ん中へ軽く放り投げる。分厚い一冊。本の題名、『ラオ・チェキル　鉄鋼王　真実の人生』。

「じゃあ、これでも、信じる？」

そう言い放ったハナナの強烈な一撃。何かを叫ぼうとして、声にならない悲鳴を噛み殺し、上半身から力が一気に引くように抜け落ちて、前のめりに崩れていくジャオ。

ハナナはジャオのテーブルにひれ伏した頭部をじっくりと見届けて、ゆっくりと立ち上がり、敗残者の横まで歩いていき、拗ねた子供のように顔を伏せている男の耳元に「トイレに行ってくる」と優しく言葉をかけたあと、しなやかな足取りでテーブル席から離れていく。

音楽の消えた店内は広々と感じる。客人たちの会話が耳から遠い。

食器の音に、ひそひそ話に、誰かの笑い声。

後ろの席の母親と娘が楽しそう。

悠々とした流れる時間。

ジャオはおもむろに顔を上げると、目の前にある本に寝ぼけ眼のような視線を向けてみる。

そっと体を起こし、力のない手で本を拾うと、あらためて題名を確かめた。

表紙には白黒写真のラオ・チェキルの最晩年の顔が使われている。伸ばした白髭を蓄えて、深い皺に刻まれた容貌の中心で、考え込んだ瞳がじっと読者の方を見つめている。成功と挫折、裏切りの栄枯盛衰を見てきた人物は、かつての名実業家というより年老いた哲学者のようだ。

本を開くと、巻頭に参考資料としての写真がたくさん集められているのが最初に目をひく。

幼少期の家族写真は肖像画風の格式張ったもので、正装した両親のあいだで緊張した面持ちの少年がセピア色にくすんで写っている。中央に座る老人は当時のチェキル家の家長だろうか。力仕事をしてきたはずの男の体格。世の中の辛酸をなめつくした面構え。町の鍛冶屋の雰囲気が全身を覆っている。幼いラオ・チェキルが、その祖父の後ろに寄り添うように立っているのが印象的だ。

製鉄工場の溶鉱炉前の写真。父親と同じくらいの背丈を並べて写る青年のラオ・チェキル。少年の面影を残していても決意を秘めた表情には、野心を漲らせた若き実業家の片鱗がすでにここにある。父親と息子というよりも、共同経営者であろうとする誇りが芽生えているのだ。山高帽の父親は虚勢を張っているのか、それとも写真の保存状態がよくなかったのか、なんだか影が薄く感じられる。青年が焦点を独り占めなのは気のせいか。

高級車の運転席で微笑むラオ・チェキル。ハンドルに手をかけて自信たっぷりの顔は、事業が破竹の勢いで快進撃をみせる勝利者のものだ。最新の自動車と、おしゃれにスーツを着こなす伊達男。青年の若々しい顔に髭は似合わないが、やがて鉄鋼王と呼ばれる男の黎明期の勇姿が記録された。小規模だったピューモンゼッタ重工業が国策事業の、建築、鉄道、造船などを請け負って大企業へと急成長していく時期だろう。

チェキル邸の中庭。長いテーブルの上に数々の料理が並べられ、家族と会社の幹部連中たちが休日の野外昼食を満喫しているところ。明るい日差しの下で銀食器やグラスが照り輝いて、至福の時間が写し出されていた。葉巻を咥えて笑っている恰幅がよくなったラオ・チェキル。その横の席の美しい婦人はムージョ・チェキルで、隣の子供に優しく微笑みかけている。その子供、トトムは楽しそうに皿を持ち上げて何かを叫んでいる。

ジャオの興味が深くなり、ページをめくる手がはやりだす。写真は本の中ほどにも収録されており、歴代順の出来事が現れてくる。

大きく膨らんだ気球の下のバスケット。冒険への離陸直前。記念撮影ではトトム・チェキルが主役であることが一目瞭然である。大勢の少年の中でも一際目立っている端正な容貌。その美しさに引き寄せられて集まった仲間たち。

自動車事故後の病院の写真。患者となったトトムの顔を正面から写したもの。美しかった顔は無惨にひしゃげて、縫い合わせた皮膚は応急処置でつなぎ止めたかのように手荒な施術痕だ。潰れた右目と半開きの左目。わずかな視線が怒っている。

どこかの酒場か繁華街で隠し撮りされたトトム。被写体は遠くてピントも合っていないので表情まで読み取れないが、帽子を深くかぶり、サングラスをかけた人物はただ一人でぽつんと佇んでいる。暗闇にぼんやりと浮かび、周りには誰もいない。

タロン万国博覧会の開催中に撮影された大観覧車〈大いなる時間〉。会場の中心にそびえ立つ巨大な鉄骨の輪。写真は大観覧車の全体を捉え、撮影者の主観で芸術的な色調と濃淡を用いて見る者に人工物の荘厳さを感じさせようとしている。

その観覧車のゴンドラ。扉が開けられて、警官たちに運び出されているトトム・チェキル。ぐったりとした容体は死んでいるのか。顔は強い太陽光に反射して分からない。背中を向けた男性が腕のシャツをまくり上げて拳を握りしめている。モンド・グレカリア警部かもしれない。

ジャオの詮索する指は説明を求めてページからページへと右往左往する。豊富な資料写真と書き込まれた文章の連続から勘を働かせるのだ。

一枚の写真が目に留まった。

ひとりの子供が立っている。ここはどこだろうか。とても広い場所で荒涼とした空気が漂い、この子供以外は誰も写っていない。顔の部分が何か鋭利な刃物のようなものでぐちゃぐちゃに削り取られていて個人の特定を難しくしている。ミロクだ、とジャオは直感した。

この写真を詳しく説明した文面はないかと前後にページを開いていると、ある一行の言葉に引っかかって手は止まった。こう書いてある。

【人間は宇宙の果てに、たった一人でも孤独ではない】

それはミロクが生前によく口にした言葉だと記されている。

ジャオは読んで、考えて、探って、そして、奇妙な感覚に捕らわれた。どこかで聞き覚えのある文句だと思ったが、すぐには思い出せなかった。【宇宙】という単語から連想される記憶のイメージが脳裏に次々と甦っていく。幼少期の心象風景。おもちゃのブリキの赤いロケット。子供のためのSF小説の雑誌と漫画。太陽系の惑星の軌道地図。天体望遠鏡が観測した流星群。プラネタリウムのドーム天井に投影された美しい星雲。クレヨンで描かれた未来の宇宙都市。難しくて読めない科学専門書。青空で空中分解する手作りの紙ロケット。

ジャオはこの文章を声に出して読んでみる。

「人間は宇宙の果てに、たった一人でも孤独ではない」

自分の声が他人の声に聞こえて、その言葉は封印された謎を解く呪文のように響いた。長く閉じられていた扉が開き、深遠の彼方から不可思議な魔力が解き放たれたのだ。

遠いざわめきは波が押し寄せるように近づいてきて、耳元で虫の羽音が触る感触で騒がしく口々に喋りだし、店内の空気を覆い尽くすほどに大きくなっていく。雑音と大勢の声が重なりあって耳をつんざくばかりの大音響になった。まるでオーケストラの全部の楽器が好き勝手に鳴らして統制が取れていない支離滅裂な調律みたいに。轟音が最高潮に達したとき、ジャオの後ろの席の女の子が大声で叫んだ。

「ママ、見て。大観覧車が、止まってしまったよ！」

女の子の声で膨れ上がった騒音はぴたりと立ち消え、ジャオの聴覚は通常のものへと戻った。

店内は先ほどの状況となんら変わらない平常通りの雰囲気になる。どの客人たちも何事もなかったかのように会話している。しかし、唐突に襲いかかった異常な事態に驚き、気が高ぶったジャオの精神はすぐには収まらない。

興奮して動揺を隠せない視線は、女の子が指摘した観覧車の方へと誘われていく。窓の外には煌びやかな夜景が広がっている。街の明かりを鏤めた光の飛沫のなかに、そこだけぽっかりと黒く切り抜かれた空白の部分があった。丸く黒塗りされた場所は大観覧車であることは承知しているが、停電で装飾照明が落ちて、回転稼働が停止してしまったことを理解するよりも、夜の風景から消えてしまった物体の視覚効果に目を見張った。大観覧車はそこに存在しているけれども、見えなくなったことで別の何かになったのだ。

女の子は不安そうに言う。

「ねえ、ママ。観覧車が消えてしまったよ……」

「あらあら、大変。停電ですね」

「壊れちゃったみたい。みんな大丈夫かな」

「ほらほら、まっすぐ前を見て食べて。スープがこぼれてしまいますよ」

「閉じ込められると、暑いね。冷房は、ちゃんと動いているのかな」

「もうすぐ係の人がやってきて、さっさと直してくれますよ」

「熱気むんむん、ぐったりしちゃう」

「心配しないで。向こうからも手を振っているでしょ」

「全然、見えないよ」

窓際席の興味に引き寄せられて客人たちの中の数人が大窓ガラスの近くまで集まってくる。大観覧車の停止を気遣ってのことだが、ジャオにはその行為がとても不自然に思えた。たかが遊園地の施設の故障である。わざわざ食事を中断してまでも、席を立って見物するほどのことではないはず。困惑と緊張に捕らわれてしまうジャオ。人々の過剰反応に違和感を覚えながらも、度重なる奇妙な出来事に理性を働かせることも、また抵抗することもできずにいた。

ジャオは本を閉じて、『銀河横断鉄道』の客人たちと同じく、夜景から消えた大観覧車の行方を呆然と眺めていた。芝居のエキストラ群衆の一人として演じるように。まるで集団催眠術をかけられたように。

第三章　夢見る夏の蝶

暗闇のなかを一匹の蝶が飛ぶ。舞い踊る羽ばたきの翻《ひるがえ》しに方向は定まらず、目的もなく空間を乱れ旋回する様は吹き流されている木の葉のようだが、上下する錐揉《きりも》みに揺らす風はなく、蝶の気まぐれな羽の裏表は偶然に身をまかして遊んでいるだけなのだ。転がるサイコロの数字は現れては消え、消えては現れて、そして、自由自在にどこへともなく飛んでいく。

蝶の小さな羽ばたきが起こした微かな空気の揺らぎがどんどんと大きくなり、やがて地球の裏側で巨大な嵐の竜巻となってしまう効果がある。誰の気にも留めなかったささやかな出来事が原因として波及し、すべての人の記憶に永遠に刻まれる甚大な結果をもたらすということ。その発端は、誰かの退屈な吐息かもしれないし、グラスのちょっとした上げ下げかもしれない。そして、それが未曾有の災害や、歴史的な事件に及んだとしても、双方の因果関係を証明して、森羅万象が持つ繊細で複雑な感受性を解き明かす術はない。あくまでも憶測の領域を出ることはなく、想像力の限界の外側に答えはあるのだ。

大観覧車が止まったことは何かに起因しているのか。それとも、これは何かの兆候なのか。

謎があり、意味を感じ取っても、ただ呆然と見守るだけの人々には知る由もない。

ジャオが大窓ガラスの向こう側を眺めていると、見ず知らずの男がやってきて、テーブルの横に立ち、唐突に話し出した。

「困ったものだね。大変なことだよ。あれの回復には時間がかかるね。ちょっとやそっとでは動かない。遊園地の遊具装置って、毎日決まった手順で厳密に点検作業が行われているんだ。よっぽどのことがないかぎり、不具合を見落とすようなヘマはしないものさ」

男はジャオの頭の上まで顔をもってきて、

「今夜は熱帯夜だ。もしも空調が止まってしまったら、ゴンドラの内部は蒸し風呂状態の灼熱地獄になるね。脱水症状に熱中症が続発だ。もうゴメンナサイくらいじゃあ、済まされないな。この事故は裁判沙汰になるかもしれない。訴訟されること間違いなし」

男の口振りは秘密を打ち明けるかのように、

「遊園地ってのは、あんなに派手で煌びやかでキラキラなのに、経営的にはそんなに儲からない商売なんだ。施設のメンテナンスに遊具の老朽化。流行もめまぐるしい。とてもじゃないが、頭のいいヤツが手を出すものじゃない。従業員の給料も安いし」

男はジャオの肩に手を置いて言う。

「オレは昔、あそこで働いていたんだ」

ジャオは自分の肩に乗せられた手を見る。男は喋りたいことを言い終えると満足した面持ちを表して、ゆっくりとした足取りで去っていく。

男の後ろ姿を追った視線は、再び大観覧車の故障に注目する客人たちに引っかかってしまう。なぜそれほどまでに人々が興味を持つのかが分からない。遊園地に何か問題があったとしても、それは風景の一部でしかなく、大都会には事件や災難などいくらでもある。ことさら驚くほどのことでもないはず。ジャオは大窓の外を見入る人たちの横顔から薄気味悪い違和感を覚えた。

拒絶反応に身構えると、耳の奥で金属音がつんざいて鳴り響いた。思わず手を耳に当てたが、その異変に体はこわばり、感覚はぴんと研ぎ澄まされた。

誰かが耳元でくっくっと笑う。羽音のような感触を手で払い、気を取り直すと、今度は明らかに人の声で喋りかけてくる。

――人間は宇宙の果てに、たった一人でも孤独ではない――

ジャオの聴覚は張りつめる。

――そう思わないか、ジャオ――

恐怖に飛び上がり、席から一歩退くジャオ。自分が座っていた椅子を驚愕して見下ろすが、そこはただの空席で異常なことは何もない。奇妙な幻聴。テーブルの上に置かれた本。ジャオの震える足は恐る恐る後ずさりしていく。

（なにかが、変だ）

背中が観葉植物の枝葉をすり抜けて、腰が水瓶にぶつかって体勢を直し、足がインテリアの旅行鞄に蹴躓《けつまず》きそうになり、顔を壁際に向けると、そこの飾られている写真に目がいく。複数の大小の写真が壁一面に整列している。それぞれの写真が違う額縁の中のガラスに収められ、一つひとつに想い出が大切に込められているようだ。『銀河横断鉄道』の演出コンセプトの懐古趣味で見る者に郷愁を誘ってくる。前時代の白黒写真。色褪せた記念撮影。

動揺に視線が定まらないジャオだが、一連の写真に共通するものに一瞬の勘が走った。

大邸宅の家族とその使用人たち。広々としたブドウ畑と青空。飛行場でのプライベート機。大学構内でのテニスサークル。骨董品のタイプライター。古書店と稀少本。海水浴場の水着姿の美女たち。原始大陸の大衆市場。武装した市民兵たち。よく分からないものも飾られているが、そのほとんどにジャオは見覚えがあった。だいたいの場所と背景を特定できる。

（いったい、これはなんだ）

混乱に動揺は激しくなり、めまいが起こり、立っていられなくなった体はよりどころを求めてテーブル席へと後戻りしていく。椅子に倒れるように座り、一息吐こうと深呼吸したとき、強烈な頭痛に襲われる。鈍器で殴られたかのような激痛が頭の中で炸裂し、思わず身をかがめてテーブルに滑った。その衝撃で本が飛ばされて、一冊は危うく落ちそうになった。

頭蓋骨を粉々に割りそうな頭痛に耐えていると、しばらくして痛みは徐々に消えていった。じっと動かないで待っているジャオ。苦痛が和らぎ、呼吸が整いだし、思考が再び戻ってくる。安心を取りつくろい、耳を澄ますと静けさに安堵する。目を閉じたまま気持ちを慰めていく。静寂の心地よさに慣れると、今度はその静けさに違和感を覚える。まったく音がしないのだ。自分の心臓の鼓動が聞こえるだけ。静寂ではなく沈黙の広がり。無音の世界だった。

目を開き、顔を上げるジャオ。

すべてが止まっていた。店内の人々の動作が固まって動かないでいる。歩いていこうとするウエイトレスの足の運び。料理を客席に出そうとするウエイターの手の動き。談笑する男と女の開いた口と歯。ボトルからグラスへと注がれるワインの流れ。立ち上る湯気や煙の揺らぎ。その目に映る光景のすべてが止まっていた。少し捻った腕。わずかに屈んだ腰。弾けた笑顔。こぼれ落ちる一滴。霞んだ空気まで。まるで映画のストップモーションのように、流れていた時間と空間が一時停止して固定されているのだ。

ジャオは仰天して叫び声を上げようとしたが、その自分も動くことができなかった。感情だけが突き抜けていき、取り残された肉体は神経がまったく行き届かないで無反応に座ったままだった。指一本動かすことができない。しかし、意識はここにあり、この異常事態に肝を潰し、震え上がり、取り乱している自分自身を自覚することができる。動転している視線が上下左右に慌てて動く。どうやら外部を見ようとする力、視覚だけは自由を保っているようだ。ジャオは狼狽えながらも意識と思考を両目の視力に集中させていく。

気持ちを抑えるために視線を窓の外へ動かす。大窓ガラスの向こう側は真っ暗闇が広がり、あの煌びやかな大都会の夜景はどこにもなかった。全部の明かりが落ちて暗闇になったというより、世界そのものが消滅して存在しなくなったかのよう。その漆黒の闇の中で煌々と光輝く物体が回転している。大観覧車が光彩を放って優雅に回っているのだ。先ほどまでと反転した光景。故障したのは大観覧車ではなく、この世界全体なのか。ジャオの混乱は極まっていく。見えているものを信じようとしても信じきれない。

レストラン店内に気配を感じ取り、視線を戻す。誰かが歩いてくる。すべてが止まった空間に一人だけが動いているのだ。ジャオに向かって近づいてくるのはウエイター。痩せて背丈の高い陰気なあのウエイターだ。ワインを撒き散らしてテーブルを滅茶苦茶にしたあいつだった。ウエイターは停止した世界の均衡を壊さないように静かな足運びで歩いてくる。目と目が合う。口元に嫌らしい笑みをたたえて、身動きできないジャオに何かを喋りかけてくる。声は聞こえないが、唇の動きで読み取ろうとするジャオ。こう言っているような気がする。

(は・や・く、い・え・に、か・え・れ)

ウエイターは通り過ぎて、首が動かせないジャオの視界から消えていなくなった。

暗闇の中を乱舞する一匹の蝶の飛翔が笑っているようにみえる。大窓の内側は時間と空間が固定されて動けなくなり、ガラス窓の外側は世界が消滅して自由自在に飛び回ることができる。現実の束縛から解き放たれた喜びが、その羽の鮮やかな色彩を暗黒の闇に撒き散らしていく。失われてしまった遠い日の記憶が、あの黒一色の深遠から光り輝いて甦ってくる。


赤い色の羽ばたき。

乳母車、日除け幌に映える暖かい日差し。厩舎の屋根、落ちてこない紙飛行機。

長い廊下で遊ぶジャオ。三歳児の手がゼンマイ仕掛けのねじを回す。走りだしていくブリキのロケット。突き当たったのは浴室の扉。湯煙の向こう側に浮かぶ人影。髪の毛を洗う母親。窓からの陽光が乳白色の水蒸気をほのかに染めている。髪に流れる滴り。タイルを鳴らす水音。ゆるやかな指の動きと、心地よさそうな横顔。母親が見知らぬ女性に見えてしまう。

橙の色の羽ばたき。

暁の明星、ブドウ畑の若葉に溜まった朝露。アロイア家の紋章、受け継がれていく伝統。

子供用の自転車。小学校入学の父親からのプレゼント。おぼつかないペダル。やがて父親はジャオの手を自動車のハンドルへ持ち替えらせる。制限速度を超えて疾走する爽快感。そして上空三千メートルの自家用機の操縦桿へ。広がる雲を突き抜けていき、眼下に町を見下ろす。

父から子への帝王学。少年は無限の可能性に冒険心を躍らせ、英雄になりたいと思う。

黄の色の羽ばたき。

テニスボール、ネットを揺らす力強さ。魅惑的な香水、ガールフレンドの首飾り。

恋の手引きで誘われる図書館の果てしない本棚。古今東西の賢人たちの言葉の記録の数々。

開眼させる自己啓発書。人間の本質を暴く神話と寓話。歴史の流れに必然性を感じ取り、現代社会の矛盾と懐疑点に考えを巡らせる。文学の言葉が織りなす美しさと凄みに魅了されると、自らもペンを握ってフィクションの創造宇宙へと足を踏み入れていく。

緑の色の羽ばたき。

同志の旗、風になびく共産主義の誓い。集会の壇上、理想の社会への熱弁。

身元が明かされて反論できない大銀行家の御曹司。父親との確執。離別した母親への想い。

恋人の裏切り。酒と煙草と喧嘩の日々。書きあぐねた原稿が散らばる部屋。放浪の一人旅。

探偵が教えてくれた小さな漁港の住所へ。遠くから覗き見をするジャオ。ありふれた民家から出てくる母親。ぼさぼさ髪の化粧気のない中年女性をいつまでも見ている。

青い色の羽ばたき。

現代建築、高層階のコリュー社のオフィス。仕立てのいいスーツと靴、自信に満ちた握手。

新入社員への洗礼としての海外研修。頭の回転が速い同僚のつまらないジョークに愛想笑い。

旅客機の窓から見える原始大陸のジャングル。市場の雑踏に鳴り響く太鼓と笛に血が沸き立つ。原生林の奥、鏡のように澄んだ湖で水浴びする女。その美しさに一瞬で恋に落ちる。

藍の色の羽ばたき。

手作り料理、言葉が通じないで身振り手振り。祝祭のダンス、炎に舞う衣裳の幾何学模様。大自然の中で素朴な暮らしを謳歌するジャオ。熟れた果実の甘さ。旅行者が置き土産にしていったファストフード。その人工甘味料に歓喜する村人たち。流れ込んでくる電化製品の数々。冷蔵庫とテレビ。バイクを乗り回す男。Tシャツで微笑む女。会社から原生林の大規模な伐採の陣頭指揮が下る。切り倒されていく樹林。千年樹が崩れ落ちていく。

紫の色の羽ばたき。

軍服、武装した若者たちの行進。銃声、踏み潰されて粉々になる民族楽器。コリュー社と軍部との会食。居心地の悪さに席を立つジャオ。道端に転がる射殺された市民。混乱する国から無実の人々を脱出させようとする計画。貸し切りの大陸横断鉄道。詰め込んだ鞄と着の身着のままの乗客たち。列車の窓から遠ざかる故郷を名残惜しむ顔と顔。国境近くの駅で急停車させる軍隊。号令と銃撃。残照の空に宵の一番星が冷たく光っている。

銃声に驚いて蝶が飛び立つ。漆黒の闇の彼方へ。

熱帯雨林に火を放つ軍隊。燃え広がる炎は広大なジャングルを黒煙に包み込む。火煙に覆われた大地を眼下に、濛々と立ち上る煙を抜けて小さな飛行機が飛んでいく。夕焼け空に向かうプロペラ機と、火煙の赤と黒に染まる原始大陸の世界。

逃げていく翼を狙い撃ちする機関砲。吹き飛ばされる尾翼。爆発するエンジン。煙をはいて飛行不能になった機体はジャングルを越えた向こう側、砂漠へと落下する。胴体着陸の衝撃で体を強く打った男。激痛に悶えながら操縦席から抜け出して転げ落ちた。

荒野に放りだされた傷だらけの足取り。一歩、一歩と目的地も分からないまま進んでいく。夜が来て暗闇が広がる砂漠。おぼつかない足下が何かにけつまずき、男はついに倒れてしまう。仰向けになったのは大陸横断鉄道の線路の上だった。失敗に終わった脱出路に横たわりながら、薄い息を吐いて夜空を見上げる。そこには満天の星があった。

蝶は星々の煌めきのあいだを回りながら飛んでいく。

光に弾き飛ばされるように、闇に吸い寄せられるように、星座の線と線を辿って、点と点を巡って、学んだ法則から新しい図形を完成させたものは、画家の一筆書きのように迷いがない。旋回の軌跡は創作意欲に旺盛で、次なる刺激を求めて飛翔する。すべてが同時に存在するのならば、可能性は無限大だ。時間と次元を自由に行き来できる。どこへでも行ける。

始まりがあり、終わりがある。誕生の瞬間があり、死滅する最期がある。現れては消えて、消えては再び現れてくる。塵から生まれ、死ぬとまた塵へ帰る。その繰り返し。万物は循環し、永遠に未完成の円環を形づくろうとする。

産声をあげて、息が絶えるまで。芽が出て、枯れ果てるまで。原子が結びつき、離れるまで。波が流れて、滞るまで。光が走り、闇に消えるまで。人間も、動物も、植物も、石や砂さえも、地球と惑星、そして太陽も同じ。超新星の爆発により重力が集まって、百億年光り輝いたあと、膨張したエネルギーによって恒星は宇宙空間に吹き飛んでいく。星の一生。百億年は長いのか、短いのか。永遠に繰り返す万物流転のなかでは、百年も、一日も、一秒もそんなに変わりない。

長い冬が終わって、春の暖かい日差しの下で催される恒例の蚤の市。広場では市民たちがそれぞれ持ち寄った品々を露店に並べている。テント屋根の大小が列をなして市場の賑わいを醸し出し、旧市街の休日を特別なものにして集まってくる人々を楽しませているのだ。

無造作に置かれた貴重な骨董品の横に、今では手に入らなくなった食器皿や珍しいコップ。前時代の錆びついた機械仕掛けのおもちゃ。色落ちして手垢のついた着せ替え人形。作者不明の怪しい絵画に、贋作を匂わせる陶磁器などもある。箱に放りこんだ安価なものは無料に近いサービスで、値札がない掘り出し物は交渉次第でどうにでもなるかもしれない。値引きを言い寄る婦人に肩をすくめる親父。世間話に時間をつぶす売り手と買い手。暇つぶしの冷やかしに商売っ気のない店番。古いレコードから流れる歌劇の悲恋歌が、携帯ラジオの軽妙なお喋りに笑い飛ばされている。近くの寺院の鐘の音が、正午を知らせて晴れ渡った青空に響いていく。

ざっくばらんな蚤の市の雰囲気を楽しみながら歩いてくる男と女。散策する二人はどこかでの買い物帰りの道草らしく、食料品で膨らんだ紙袋を抱えている。おもしろそうな店先に興味を惹きつけられても、手に持った重さを休ませる場所を探してもいる。

使い古された家具を寄せ集めて展示する店。本棚と食器棚、机に椅子。置き時計や雑貨など。年代物の風合いのある物ばかりで、古傷や修復された部分も味わい深い。露店のあいだの屋根のない一角に並べられて大空の下でさわやかな風を受けている。長年の埃や湿気が午後の陽光によって日干しをされて気持ちよさそうだ。

男と女は恰好の休憩場所を見つけると、家具露店の真ん中でいちばん頑丈そうなテーブルに紙袋を置いた。寄せた椅子に腰掛けて、座り心地を試すふりをする二人。正方形のテーブルは家族の食卓用に使われていた印象がある。お父さんと、お母さん。子供は二人くらいだろうか。毎日の食事と家族団らんの残像が、天板の手触りから思い起こされる。

店主の老人は少し離れたロッキングチェアで本を読んでいたが、二人の存在をちらりと見ただけで、接客する素振りもなくゆっくりと頁をめくった。

向かい合って座った男と女。一息ついて、家具選びをする客の様子を演じながら、紙袋から中身を取り出してテーブルに並べていく。男はワインボトルにバゲット、ハムとサラダの小袋。女は蚤の市で買ったばかりのグラスと皿。家具の使い心地を試すには、実際に使用してみないと分からないという念入りな意気込みをみせる。購入するかしないかは、それはまた別の話。

ロッキングチェアの店主は、顔を上げることなく口先に笑みを浮かべた。

春の日差しは暖かく、上着は汗ばむくらいで椅子の背もたれに掛けてしまう。シャツの袖をまくった男の腕がワインボトルを掴み、二つのグラスに注いでいく。女はナイフでパンとハムを切り分けて皿に飾りつける。乾杯し、優雅に食事をはじめる男と女。通りすがりの人たちは、ちょっと変わった道端のカフェを見るくらいで誰も気にしない。

もうすぐやってくる夏を先取りした風に誘われて一匹の蝶が舞い降りてきて、ワインボトルの口先にそっと止まった。

――奇妙な味だ。まじめなようで、遊んでいる。
――不思議な赤。澄んでいるようで、濁っているの。
――おそらく、これは失敗作だな。過ぎたるは及ばざるがごとし、さ。残念ながら名作になりそこねた珍品だね。もったいない。

——どういうこと？　とても美味しい。わたしは好きだな。実直そうで、ちょっと計算高い。格式を重んじても、どこか革新している伝統工芸の作家さんみたい。

——違うね。

——なにが違うの。

——人間にとって味覚とは、そんな安易なものではない。もっと複雑で、支離滅裂なものだ。ありふれた知覚論なんて、笑い話にもならない。

——言っている意味が、よく分からない。

——大俳優のカエジン・エルファンウラーが、老舗の高級レストランで料理に文句をつけた。もっと味を濃くしろ。こんな薄味では食べた気にならない、と料理長を呼びつけた。

——ほら、見て、見て。あんなところで、働いている人たちがいる。

——料理長は言う。それは宮廷料理の最高レシピによるもので、庶民の口には合わないかもしれません。失礼ですが、ご出身地はどちらですか。

——休日だというのに、たいへんね。あんな高いところで。足元に気をつけてね。

——エルファンウラーは貧しい移民の子で……

——ねえ、聞いている？　寺院の屋根の修復工事はたいへんだね、と言っているの。

——働いて、働いて、食うや食わずのどん底の少年時代だったから……

——あそこから足を滑らせて落ちたら、ひとたまりもないね。

——うむ？　がんばれ。がんばれ。労働者たち。

——こっちは、骨董品家具で、のんびりとパンとワインで昼食。ごめんなさいね。

——ハムも美味しい。これ、ちょっと謎めいた味だ。何か香辛料が入っている。

——いいところのお坊ちゃまのアナタなんか、ぜったいに分からないでしょうけど。命がけの苛酷な肉体労働の厳しさってやつを。

——えっ、なに？　ボクを非難している？　もっとヤツらに同情しろというのかい。

——違うよ。そんなこと言っていない。

——学生時代に工場でアルバイトしたことがあるよ。単純労働の極みで、まるで機械になったみたいな感じだった。共産主義を熱く語る同僚がボクの家柄を知ると、そんな目でボクを見た。

——そういう目って、こんな目だったかな？

——ちょっと違うな。もっと冷たい。

——ワッハハハッ
——アッハハハッ
——やっぱり、生まれ変わっても、株式仲買人になる？　後悔したことはない？　海千山千がむさぼる金融業界で生きていくのかな。為替レートで一喜一憂する人生。

――輪廻転生は信じないね。人間は死んだら、それで終わり。

――そうじゃなくて、もう一度、人生を選べるなら、この道を歩みますか?

――分からないよ。そんなこと考えたことない。

――ワタシの友だちの弟が大手の証券会社に入社したの。好景気で給料はどんどんと上がっていく。まだまだ二十代の若者なのに、なんだって買えちゃう。高級車に、年代物のワイン。

――仕立てにいいスーツに、釣られて寄ってくる女たち。

――だけど、二年目であっさり辞めてしまった。彼が言うには、本当に自分が欲しているものとは違うと気づいたらしい。子どものころからの夢だった舞台俳優を目指すことにしたらしい。

――劇団の役者なんて、食えないぜ。成功するのは、ほんの一握りだよ。一生、レストランの皿洗いで食いつなぐだけかもしれない。誰でもエルファンウラーになれるわけじゃない。

――それでもいいって。自分の好きなことができるなら、貧乏な暮らしでもかまわないって。野垂れ死にも覚悟の上だって。

――芸術家って感じ。まあ、人それぞれだけど。本人がそう思うなら、それでいいんじゃない?

――どんなに贅沢な暮らしをしても、彼の心はちっとも満たされなかったらしい。

――子どものころの夢ねえ……。ボクの場合は、小説家だったかな。

――えっ、初耳。作家志望だったの?

――しかも、本格的なSF小説家。現実の科学知識や現代物理学にちゃんと則った近未来ものをやりたかった。宇宙人が攻めてくる荒唐無稽なファンタジーではないやつ。

――知らなかった。アナタは子どものころから小銭を数えているものだと思っていた。

――おいおい、失敬だな。ボクにだって無垢な少年時代があったのだよ。

――ああっ、安心した。ただの守銭奴じゃなかったわけだ。

――あのね、本人を目の前にして言うかね？

――惚れなおしたと、言っているの。

――処女作は、時間ループもの。何度も寝坊して遅刻する男の子の話。

――おもしろそう。読んでみたいな。まだ残っている？

――実家の火事で、少年時代の思い出はすべて灰になった。

――残念。アナタの違う一面を垣間見られたかもしれないのに。

――ロケットとロボット。宇宙工学に相対性理論。ビッグバンからブラックホール。子どもが読む雑誌や漫画から知識を総動員して、学校のノートにぎっしりと書き込んでいたなあ。

――そのまま突き進んでいけば、今ごろベストセラー作家になっていたかも。

――世の中そんなに甘くない。少年のたわいない夢さ。無理に決まっている。

――一度も試してもいないのに？

——現実の厳しさを知った大人になったんだよ。いつまでも純粋な子どもではいられないのだ。

——現実の厳しさに怖じ気づいて諦めただけでしょ。お金の勘定をしていると、安全だもの。

——うむ？

——このワイン、すっごく、美味しい。

——なあ、言いたいことがあるなら、はっきり言えよ。

——酸味が強くて、アルコールとのバランスがいい。風味が豊かで、余韻も長くて上品ですね。

——ボクの生き方が、間違っているっていうのか。

——産地の自然が影響しているのかな。寒暖の激しい場所。厳しい環境となると……。

——話をそらすなよ、ソムリエさん。

——まあ、ラベルを見れば分かることだけど。

——なに笑っているんだよ。


広場に夕暮れの薄暗い闇が下りてくると、蚤の市の店に明かりが灯りはじめ、赤いランプに照らされる品々が昼間とはまた違う趣を魅せてくる。日が落ちて客足がすっかり遠のいた店は早々に片づけだすが、残照の空をぼんやり眺めている店主は宵の涼みに時間をつぶしている。煙草の煙がゆらゆらと立ち上り、柔らかな照明と仄暗い怪しさに包まれていく。人影と物体の輪郭線が混じり合い、肌寒い空気と風に溶けてしまうと、擦り切れた古いレコードから流れる歌声が感傷的に漂って踊りだす。

光り輝く大きな街で踊りましょう
光り輝く大きな街で歌いましょう
あなたの夢が叶いますように
あなたの人生が報われますように

魔法の歌声が照らしたものは、職人作りの頑丈な机と椅子。修繕を重ねた年代物の食器棚。宮廷厨房からの使い古しの銀食器。父から息子へ受け継がれた質素な外套と帽子。母から娘へ譲り渡した思い出の宝石と指輪。

赤色灯に染められたものは、観覧車とメリーゴーランドの模型。ミニチュアの大航海時代の帆船。植民地の原住民族をモデルにした人形は弓矢をかまえた狩人。その勇ましい眼光。鏃が夜空の一点を狙って動く。標的を定め、かっと見開いた目。指が弓を放すと矢は一直線に宙を切り裂いて飛んでいった。

土星の環は神秘的で美しいが、太陽光を受けて陰陽を帯びた円環は、この惑星を真っ二つに切断する回転刃のように鋭くて冷たい恐怖を突きつけてくる。それが氷の欠けらが軌道に集合した連なりであると知っていても、平面の怪しいグラデーションが織りなす縞模様の湾曲に、多くの宇宙飛行士たちが畏怖の念を感じてしまう。

衛星の掘削作業を終えた貨物船が帰路の準備をはじめている。船員たちは主要任務を片づけた達成感と、高額給料を持って帰る家族や恋人との再会の喜びに働く手際にも力が入っていく。しかし、どんなに漆黒の闇に目を凝らしても、故郷の青く澄んだ星は肉眼では見えない。帰還するべき地球は遙か遠く十数億キロの彼方にあり、まだ長い航海を必要とするのだ。

隕石か何かの障害物によって船体が損傷した箇所をセキュリティー装置が感知する。調査と修理のために小型船艇が出動した。小回りがきく一人乗りの船艇は貨物船の右舷をゆっくりと照明を当てながら進んでいく。宇宙空間に浮かぶ巨大な貨物船の外壁に寄り添う小型の船艇は、大海原を泳ぐ巨鯨の腹に吸いついた小魚のようにその存在は頼りなくて小さい。

損壊した部分を発見。船艇から男が出てきて、命綱一本で繋がれた体を浮遊させながら問題の場所へ近づいていく。復旧にあたる男の手は緊張しているが、熟練した技術が仕事を易々と終わらせてしまう。作業を完了して一息吐いたそのとき。船体が大きく揺れて男の手から離れていった。貨物船がエンジンを始動させたのだ。

離れていく貨物船。男は慌てふためき大急ぎで船艇に戻ると通信機に呼びかけたが、応答はまったくない。もう一度繰り返す。しかし、無反応のままで誰も気づいてくれない。焦る声は次第に大きくなり、荒立った口調は激しく動揺し、やがて助けを求める叫び声となった。

コックピットの窓の向こう側に貨物船はどんどんと小さくなっていく。遠ざかる母船は置き忘れた作業艇を振り返ることもなく去っていく。連呼する男。その声は不安によって弱々しくなり、消え入る小声で途切れて黙り込んでしまう。男の刮目する瞳孔に、消滅する星屑のように見えなくなる貨物船があった。あとには漆黒の闇が残っているだけ。

宇宙空間にぽつんと置き去りにされた小型船艇。男は広大な虚無の世界に一人放りだされてしまった。小さな機体の外側には、真空で極寒の大宇宙が広がっている。空気と体温の維持を必要とする生命にとっては極限状態の地獄で、直接の対峙は死を意味する。

男は貨物船が消えた場所をいつまでも見ていたが、再び船が姿を現すことがないことを理解すると、瞼を閉じて全身から息を吐き出すかのような落胆の溜息を吐いた。

土星の環に太陽光線が反射して眩しい色彩を放つ。その眩耀の光彩に照りつけられる小船。仲間から見捨てられた漂流者にとっては耐えがたい明るさなのだ。

無限に広がる空間の寂寥感。終わりのない暗黒は時間の感覚さえも失わせてしまう。星々の点在はこれが逃げ場のない現実であることを忘れさせない。男は椅子に膝を抱えて丸くなり、うなだれた頭を沈めて赤ん坊のように小さくなる。涙を流し、頬が乾き、眠りに落ちていく。抗えない幻想の手招きに誘われて。

人形の夢を見た。

荒れ果てた屋敷は雨ざらしで、破けた屋根から水が滴り落ちている。薄汚れた機械仕掛けの人形が踊っている。気だるい音楽にあわせて手足をのっそり動かしているが、水溜まりの床に足を取られて転びそうになる。突然、音楽のテンポが速くなり、人形の上体を掬い上げるかのように踊りが活発になった。さらに速くなる音楽。圧縮されたリズムに、高速回転のメロディ。音楽は引きちぎられ、忙しい雑音が急き立てていく。人形の動きは激しくなって限界に達すると、手足と首、胴体がバラバラに飛び散って壊れてしまう。音楽が消えて、静けさが漂う。

砂漠の夢を見た。

砂の荒野は太陽に照らされて、夜空が頭上を覆いかぶさっている。昼と夜が同時に存在する奇妙な風景。燃えるような大地と、二つの月。砂漠の彼方からボロボロな帆船が姿を現した。砂の海を掻き分けて進む船の甲板には、死者の海賊たちが騒いでいる。皮膚は腐り落ちて骨が剥き出しになっており、笑う骸骨が酒を飲んで歌っている。帆船は砂漠の起伏を大海原の波に見立ててオアシスにたどり着くと、帆船は湧き出る泉の池に突入して、そのまま沈んでいく。沈没する船にさえも海賊たちは大喜びしている。水泡と、どんちゃん騒ぎ。

曲芸師の夢を見た。

草原の丘陵地を穏やかな坂道が曲がりくねって下っていく。日暮れの茜空は舞台の背景画のようで色使いが大胆だ。楽しそうな演奏が聞こえてきてサーカスの曲芸団が登場する。太鼓や笛を鳴らして行進し、転がす玉の上を歩いている。とんぼ返りする娘。口から火を吹く大男。パレードの一団が過ぎ去ったあとにゴロゴロと地鳴りを立てて追う物体がある。鉄骨の巨大な車輪がゆっくりと回りながら進んでくるのだ。大観覧車の円環が直立回転して道を追っていく。曲芸団が去って、大観覧車も丘の向こう側に消える。誰もいない田舎道が寂しい。

線路の夢を見た。

満天の星の下、広大な平原をまっすぐに伸びる線路が月明かりに照らされている。単線鉄道は見えない地平線の向こうから引かれて、漆黒の闇の彼方へ溶けていく。天国と地獄の往来線。一人の男がよろよろと立っている。ここは約束の場所。動くことが許されない。汽笛が鳴り、男は振り返る。列車のライトが遠くで光っている。さらに反対側からも違う汽笛が聞こえた。逆方向からも猛スピードでやってくる列車がある。右と左、縮まる距離。ブレーキはかけない。両側からの正面衝突。二つの列車が男を挟んで激突した。悲鳴と爆音。火花と星屑。

時間は木っ端微塵に吹き飛んでしまった。テーブルから落ちたグラスが床で粉々に砕け散るように、過去の破片も、未来の片割れも、現在とともに消え去ってしまった。産声の誕生から、息を引き取る最期まで。天地創造の閃きから、宇宙崩壊の瞬間まで。人が成長し老いて死んでいく移り変わりも、星が輝き燃え尽きて虚空に帰る流れも、森羅万象が物語ならば、すべての起承転結は形を失ってしまった。

白と黒の色の羽ばたき。

一匹の蝶が飛び立つ。暗闇の向こうにある小さな光を目指して羽ばたいていく。甘い花の蜜に引き寄せられるように。

貧しい労働者の家族。一日の終わりにテーブルを囲んでの食事。狭い部屋、ランプの仄かな明かり。窓の月の光。男は子供の頃の少年に戻って椅子に座っていた。食卓には質素な料理の皿が三枚ほど並べられている。野菜の煮込みスープに、大きな焼き魚が一匹。何かの発酵食品を盛ったもの。それを家族みんなで食べるのだ。懐かしい日常の風景があった。

父がいた。一日の仕事を終えて疲れているが不機嫌ではない。安酒で少し酔っている。無口なのは厳しい人生に耐えてきた男の我慢強さが無駄口を減らしてしまったから。川釣りの上手いやり方や、昔ながらの子供の遊びを無愛想に教えてくれた。

母がいた。料理を家族に取り分ける手は乾き荒れている。日々の労働に細い指が年老いてしまった。しなやかで美しかった女の肌はもうない。だけれども、泣きぐずる子供をあやすとき、愛しさで頬を撫でてくれるとき、温かい手の平で包んでくれる。

姉がいた。興味ある出来事や噂話におしゃべりが止まらない。ひとりで喋りまくって笑っている。口を動かす数は食べるより話す方が多い。膨らんできた乳房は衣服の上からでも分かる。口紅の赤色を父から注意されて、その口は不機嫌に拗ねてみせた。

祖母がいた。白髪に皺だらけの顔。体を丸めて食器で遊んでいる仕草は幼児のよう。大勢の子供を産み育て、激動の時代を生き抜いてきた人の意地と誇りは、長い歳月を経て小さな家庭という場所に結実した。甘美な忘却の安らぎが癒やしている。

スープを掬って一口飲んでみる。温かいものが喉を通って胃袋を暖めてくれる。この風味、この食感。強すぎる塩っけ。煮込みすぎた野菜の柔らかさ。思い出して嬉しくなる。もう一口いくとスプーンが止まらない。胃袋が熱くなり、体が火照って汗が額からぽたりと落ちてくる。蒸し暑くなり上着を脱ぐ。冷たい水が欲しくて探したが見当たらない。全身を覆って息苦しくさせる発熱。食べすぎたせいか、部屋の暖房のためか。異常事態に家族に目を配ったが、誰も異変に気づいていない様子だ。黙々と食事をする全員の姿。気を取り直してスプーンを持った。口に運んだものが沸かしきった熱湯のようで舌に激痛が突き走る。思わず手を放すとスプーンが飛んで転がった。しかし、誰も見向きもしない。汗まみれの顔と顔。たしかに室温は上昇している。みんな食べることに集中していて、それ以外の感覚はなくしてしまったかのよう。

窓から目を開けていられないほどの強烈な光線が差し込む。部屋全体が真っ白に照り返す。人物の輪郭線が細くて黒い。スープが沸騰し、焼き魚が焦げて煙る。肉が焼ける臭いがする。料理のものではなく人の皮膚が焼けているのだ。祖母の顔が炎に揺らぎ、母の髪の毛が縮れて燃え上がった。姉が金切り声で叫び、父の肩が粉々になって崩れ落ちた。男は狂乱し、全身の細胞が引きちぎれて溶けていく。のたうち回る火達磨の声は紅蓮の炎の勢いと、渦巻く黒煙の中に掻き消されていく。吹き荒れる熱風の向こう側には巨大な太陽が迫ってきていた。太陽はすべてのエネルギーを放出させて接近してくるのだ。繰り返される核融合反応。噴出する火柱が弧を描き、黒い斑点が不気味に歪んでいる。

作業船艇の計器が次々と破壊され、コックピットの壁が溶解して宇宙の真空に放り出された。悪夢から覚めた男にさらなる灼熱地獄が襲う。逃げ惑う指の爪が剥がれ落ち、焼け焦げた顔から眼球が爛《ただ》れて流れる。涙があったとしても一瞬で蒸発してしまっただろう。悲鳴とも爆笑ともつかない感情が燃え上がり、男は火に炙られた一匹の虫けらのように悶え苦しんで粒になる。

男は死んだ。男の最期の言葉はなかった。男の体は肉切れになり、肉切れは骨となり、骨は灰となり、灰は虚空に溶けて消えていった。記憶と意識も、生きた時間と空間も、すべて膨張する太陽に呑み込まれて消えていった。超新星爆発、星の一生の終わり。飛び散っていく星屑。あとには静けさだけが残された。

──そう思わないか、ジャオ──

レストランのテーブルにはゆらゆらと湯気を上げるコーヒーカップと、小皿にチョコレートが用意されていた。両目に溢れる涙を抑えきれずにジャオは天井を見上げた。高ぶった感情と掻き乱された思考を整えられない。震える手が椅子をしっかりと抑える。

ウエイトレスがデザートを説明する声。

「こちらは『濃厚チョコレートのテリーヌ』でございます。原生品種のカカオを使用いたしました。甘さを抑えた苦みに、珈琲《コーヒー》ソースを添えました。奥深い衝撃が待っています」

席に戻っているハナナが喜びの声を上げる。

「わあ、美味しそう」

ウエイトレスが立ち去るとすぐに一口頬張って、

「いいね。すごくいい。大好き。この味を言葉で言い表すならば、なんだろ?」

チョコレートを口の中で味わいながら、

「漆黒の闇の彼方、仄かに小さく光る明かり。そんな甘さ。あるいは……」

紅茶のカップを手に、考えを巡らせているハナナ。

「あの夜の大観覧車のように、ちょっと謎めいて、なにか素敵なことが起こるかもしれないと、期待する予感。そんな感じ」

大窓の外の大観覧車は通常通り動いている。優雅に回転する光の輪に目配せして話しかけてくるハナナだが、ジャオはそれに応えられない。喋ろうとするのだが言葉が絡みあって上手く流れてこない。声が切れ切れになって繋がらないのだ。ハナナが不思議そうに見ている。

「泣いているの?」

ジャオのたどたどしい嗄《しゃが》れ声が怯えている。喉を詰まらせて、言葉が声にならない。

「ねえ、どうして喋らないの?」

ハナナは弱々しく狼狽える男を前にして、首を少し傾げてみせる。

「おかしな人。まるで子供みたいよ」

ジャオは顔一面に広がった涙を両手で拭いながら、くしゃくしゃになった表情の向こう側で、鼻を啜り上げて笑ったのだ。

(了)

大観覧車

2023年9月11日　第1刷発行

著　者　風田隆一《かぜたりゅういち》

発行者　太田宏司郎
発行所　株式会社パレード
　大阪本社　〒530-0021　大阪府大阪市北区浮田1-1-8
　　TEL 06-6485-0766　FAX 06-6485-0767
　東京支社　〒151-0051　東京都渋谷区千駄ヶ谷2-10-7
　　TEL 03-5413-3285　FAX 03-5413-3286
　https://books.parade.co.jp
発売元　株式会社星雲社（共同出版社・流通責任出版社）
　〒112-0005　東京都文京区水道1-3-30
　TEL 03-3868-3275　FAX 03-3868-6588
印刷所　創栄図書印刷株式会社

ISBN 978-4-434-32586-1 C0093